百年散文探索丛书／孙绍振　陈剑晖　主编／

文化的截屏

现代散文面面观

陈亚丽　著

SPM 南方出版传媒
广东人民出版社
·广州·

图书在版编目（CIP）数据

文化的截屏：现代散文面面观 / 陈亚丽著．—广州：广东人民出版社，2017.6（2020.1重印）
（百年散文探索丛书）
ISBN 978-7-218-11743-0

Ⅰ．①文…　Ⅱ．①陈…　Ⅲ．①散文—文学研究—中国—现代　Ⅳ．①I207.65

中国版本图书馆CIP数据核字（2017）第092803号

Wenhua De Jieping：Xiandai Sanwen Mianmianguan
文化的截屏：现代散文面面观　陈亚丽　著

出 版 人：肖风华

责任编辑：古海阳
文字编辑：胡　婷　陈泽航
排　　版：友间文化
装帧设计：礼孩书衣坊
责任技编：吴彦斌

出版发行：广东人民出版社
地　　址：广州市海珠区新港西路204号2号楼（邮政编码：510300）
电　　话：（020）85716809（总编室）
传　　真：（020）85716872
网　　址：http://www. gdpph. com
印　　刷：阳谷毕升印务有限公司
开　　本：787毫米×1092毫米　1/16
印　　张：18　　插　页：1　　字　数：242千
版　　次：2017年6月第1版
印　　次：2020年1月第2次印刷
定　　价：65.00元

如发现印装质量问题，影响阅读，请与出版社（020-85716849）联系调换。
售书热线：（020）85716826

总 序

■ 孙绍振 陈剑晖

散文是“文体之母”，也是中华民族文化和精神的凝聚。在古代、“五四”时期，散文都取得了辉煌的成就。二十世纪九十年代以来，散文更是一路走红，成为最受出版商、读者尤其是大学生欢迎的文体。但与这种蓬勃态势极不相称的是散文理论的贫困，其学术积累，其受关注的程度，其对创作的影响，均远逊于诗歌、小说乃至戏剧。造成散文理论贫困的原因，在我们看来有如下几方面：其一，缺乏有较高认同度且具一定操作性的核心范畴；其二，缺乏流派思潮意识，更缺乏以流派思潮为标志的论争；其三，观念落后，理论陈旧，缺乏建构属于自己的散文理论话语的自觉；其四，一些散文研究者缺乏应有的自信，总觉得研究散文低人一等，而学界对散文研究有意或无意的贬低与漠视，又在一定程度上加重了这种自卑感。正是这几个方面的合力，导致了散文这种奇特的景观：一方面是创作红红火火，异彩纷呈；另一方面是理论冷冷清清，长期萎靡疲软、欲振乏力。当然，这是从总的方面，从与小说、诗歌等主流文体相较而言的。应该说，进入新世纪以后，在一批有志于振兴散文理论的中青年学者努力下，特别是随着一批原先研究小说、诗歌的著名老一辈学者的加盟，散文研究队伍不仅日渐发展壮大，而且提高了散文研究的起点，改变了以往只重收集整理资料，探讨散文创作技巧，尤其只重作家作品评论而轻理论建构的研究局面。散文研究开始由边缘向中心位移的标志是：一些散文研究者开始从学理上研究散文的概念范畴，试图建构散文的理论体系；一些研究者将研究中心从社会学、思想内容研究转向文体研究；甚至连一向不受重视的流派思潮研究，散文研究中的哲学问题、方法论问题也有学者关注。至于“大散文”“纯散文”“复调散文”“文化散文”“学者散文”“小女子散文”“艺术散文”“生命散文”“新散文”“在场散文”“原散文”等众多散文观念、主张或口号的提出，也从一个侧面反映了当下散文领域的热闹。总而言之，随着散文创作的繁荣，散文研究者主体意识的加强，以及研究者质疑精神、批判意识的觉醒，散文研究已告别了原先备受冷落歧视的尴尬境地，开始有了一些自信，开始引起了人们的关注，并逐渐拥有了属于自己的话语权。这是事实，也是我们必须明确的理论前提和总体判断。

不过，我们也必须清醒地看到：尽管散文研究与以往相比有了很大的改观，也提出了不少新的观念和主张，但迄今为止，相较于小说、诗歌研究，散文研究还是落后的，还远远未达到我们的期待。具体表现在：第一，散文理论、散文批评和散文理论史的研究虽进入众声喧哗的繁盛期，但由于在基本理念上缺乏共识，这样对散文成就的评价便缺乏统一尺度，常常陷入混乱、自相矛盾的困局。第二，新世纪以来虽有众多的散文理论，但大多是理论家各自的独白，并未获得散文研究者的普遍认可，作家似乎也不太买账。第三，时下的散文研究，基本上是各自为政，单兵作战，虽然发表了不少单篇评论和单本著作，但由于没有策划，宣传不到位，因而难以形成规模效应，在影响力上大打折扣。

有鉴于此，我们决定组成一个强大的作者阵容，出版“百年散文探索丛书”，从各个不同的角度和层次，对二十世纪至本世纪初期的散文进行全方位且具原创性的欣赏、梳理与阐释，同时建构起新的散文理论话语，最大可能地为散文立论、立法。我们认为，这样不仅能推动我国当代散文创作的发展，而且能在一定程度上结束散文缺乏共识、标准混乱的局面，从而提高散文研究的学术品位，使散文研究在人文学术领域有更大的影响。这是我们策划出版这套丛书的第一个想法。

我们策划出版这套丛书的第二个想法，也可以说是更深层的原因，是考虑到自“五四”以降，文学理论已发生了翻天覆地的变化。在我国古代，小说、戏剧理论十分薄弱，古代有关文章的理论，基本上都是散文理论，所以散文理论在古代可以说是正宗，享有很高的地位。但“五四”之后，随着小说、诗歌日渐占据上风，加之西方文学理论大规模涌入我国，并在理论建设和批评实践中完全压倒了传统的古典文论。如此一来，既没有西方现成理论可资借鉴，又没有思潮流派可以师承的散文研究自然成了弃儿，更不可能像小说、诗歌研究那样丰富多彩、风光无限。不过正所谓“寸有所长，尺有所短”，散文研究虽不似小说、诗歌研究那样有西方的理论资源作支撑，但它那份心定神闲，那份“任凭风吹雨打，我自闲庭信步”的气度，却是因过分追逐西方各种文学新潮和表现技巧而变得心浮气躁、“各领风骚三五天”的小说、诗歌研究所不及的。正因贫困，正因没有太多现成理论可依持，说不定散文研究的天地更加开阔，更有可能建构起带有原创性的东西。这样看来，散文研究不仅不是“白茫茫一片真干净”，事实上还是大有可为的。

我们策划出版这套丛书的第三个想法，是基于这样一种情况：目前国内尚无关于现当代散文研究和批评的丛书系列。因此，本丛书的成功出版，无疑填补了散文研究方面的空白，具有开拓与创新之功。若能好好经营，完全有可能成为一个有影响力的学术品牌。

最后，再简单说说本丛书的一些特色。第一，丛书体现创新性，强调学理性，又兼顾可读性。同时，为了让读者更好地了解散文，提高阅读兴趣，丛书将尽量回避过于“学院化”的表述，用生动优美的文字来探讨散文问题。第二，丛书以目前国内最重量级、最具名气、最有号召力的散文研究名家为作者群，旨在全面展现当代学者在这一领域所取得的学术创新成果，力求能够在学科内外产生较大的社会影响。第三，丛书不拘一格，系统论著、专题研究、文体解读、批评随笔皆可。关键是要有特色，有创新性，有可读性，尽量做到雅俗共赏。第四，我们力求把丛书打造成可持续的产品链。

一套丛书的出版，是一项复杂、系统的工程，也是一件不容易的事情。真诚地感谢广东人民出版社在当下急功近利之风盛行、学术著作出版困难之际，以不世的眼光和气魄，接纳了这套显然不会获利丰厚的丛书，为当代散文的创作和研究，为继承和发扬传统的文脉做出了卓越的贡献。还要感谢长期致力于散文研究的学者。他们甘于寂寞，享受冷遇。没有鲜花，没有掌声，没有大红大紫，但他们却安之若素，以纯正的精神去接近散文的精神，以炽热的心去拥抱散文的心。因此，“百年散文探索丛书”的出版，既是一个学术群体探索思考的展示，更是一种坚守精神的见证。但愿本丛书的出版，能吸引更多的人关注散文，并推动当代散文研究和批评更上一层楼。

目录

contents

第一篇　聚焦创新思维 _ 1

- 中国当代书画家散文创作的艺术特质 _ 2
- 后现代主义散文的叙事策略 _ 22
- 论当代散文批评主体的回归 _ 34
- 当代散文创作摭谈 _ 44
- 论“以文运事”的散文与“因文生事”的小说 _ 48
- 散文诗文体特征探微
  ——以“我们”散文诗群作品为例 _ 61

第二篇　老生代散文研究 _ 75

- 老生代散文与国学传统 _ 76
- 徜徉于西方文化之间的老生代散文 _ 89
- 跨越时空的心灵对接
  ——老生代散文与五四文化精神 _ 104
- 老生代散文：20世纪末中国散文史上的奇观 _ 117

第三篇 散文与北京地域文化 _ 149

散文与北京地域文化 _ 150

散文中的北京胡同文化 _ 164

散文视阈下的北京民俗探微 _ 180

散文家笔下的北京名胜古迹 _ 194

第四篇 散文家个体探微 _ 213

天马行空般的自由境界
——中国现代文学史上的怪才张爱玲 _ 214

论萧军散文中的文艺思想和文化人格 _ 227

蒙娜丽莎的微笑
——杨绛散文的智性思维 _ 241

金克木散文：在中西文化中行 _ 253

论汪曾祺散文中的“淡泊”与“平静” _ 266

第一篇

聚焦创新思维

中国当代书画家散文创作的艺术特质

20世纪中国书画家的散文创作，真正是中国散文文坛中的一枝奇葩。它们的存在对于书画家个人来讲，实属偶然；而对于整个散文文坛来说，纯属“意外的收获”。当然这些书画家的散文作品一如同时代的其他散文家的作品一样，亦有高下之分。就高水准的散文作品而言，与同时代其他散文家的作品可以说是春秋各半。因为艺术职业生涯的特点，使得高水准的书画家的散文作品真正别具一格。但是关于这方面的研究，之前只有《论20世纪中国艺术家散文》一文以及叶梦编选的4本《画家散文》等散文、随笔集，现有的研究成果与这些艺术家散文创作本身相比，显然不成比例。这些书画家的散文创作，无论是从艺随笔，还是自传或回忆录，都凝聚着他们独特的人生体验和智慧，有些佳作甚至能给读者带来心灵的震撼。这些艺术家包括齐白石、张大千、潘天寿、徐悲鸿、熊秉明、吴冠中、黄苗子、郁风、黄永玉、韩美林、范曾、张仃、启功、刘海粟、李可染等等。这些书画家的文笔亦如他们手中的画笔、刻刀、毛笔那样自如和洒脱。熊秉明的散文融合着雕塑师的触觉、数学家的精准、文学家的典雅；吴冠中在散文中涂抹着鲜明的结构主义色彩；黄永玉“肆无忌惮”地挥洒着“黑色幽默”……他们用艺术生命谱写的华彩乐章，一点也不逊于职业作家，有的甚至比职业作家更加光彩照人。他们的散文是文之画、画之魂，是艺术生命在散文作品中的延续。恰如吴冠中所言：“我的文是画之余，是画之补，是画道穷时的美感变种。”他是在用生命作画，同时也是在用生命铸文。这些艺术家在绘画之余、雕塑之余、书法之余，借助于另一支笔，忠实地抒写着他们的心声，尽力总结乃至进一步完善着他们艺术创作中尚未尽兴的华彩，这种“抒写”和“补充”实际是另一种创造，另一种艺术，另一种奇迹。

一、俯仰自得，游心太玄

中国的书画家常常是以“俯仰自得”的精神来欣赏宇宙，而跃入大自然的节奏里去“游心太玄”的，他们追求的最高境界就是“天地与我并生，万物与我为一”。从《易经》到庄子到嵇康、陶渊明，从郭若虚到吴道子到沈灏，无论是典籍还是诗与画，概莫能外。所以中国书画家的美学传统不是希腊的立体雕像、不是埃及墓中的直线甬道，更不是伦勃朗渺茫无际追寻无着的深空，而是“虚空中传出动荡，神明里透出幽深，超以象外，得其环中”这种虚实相生的哲学。在这种美学传统熏陶下成长起来的20世纪的中国书画家们，他们与大自然融为一体，或者说他们手握画笔，经常将大自然“玩味”于“股掌”之间，浩然之气油然而生。张大千在“谈艺录”里这样写道：“一个艺术家最需要的，就是自由。画家在作画的时候，他自然就是上帝。造化在我手里，不为万物所驱。”“我们艺术家最起码要做上帝，因为艺术家可以创造天地嘛。在我的观点来说，作画根本无中西之分。初学时是如此，到最后达到最高境界时也是如此。当然，它们也有不同之处，但那是地域的、风俗的、习惯的、工具的不同，因此表现在画面上才起了分别。”书画家这种“无往不复，天地际也”的空间意识，自然汇聚成他们散文里的“舍我其谁”的大家气韵，是艺术家所独具的豪情。中国书画家的散文、随笔，无论是古雅的文言还是规范的现代汉语，字里行间都蕴含着一股浩然之气。徐悲鸿曾经对叶浅予的国画给予高度评价：“作风之爽利，亦为表现动人之重要功能，浅予笔法轻快，动中肯綮，此乃积千万幅精密观察忠诚摹写之结果！率尔操觚者决不能望其项背，此又凡知浅予之忠勤于艺者，不可忽视之观点也……中国此时倘有十个叶浅予，便是文艺复兴大时代之来临了！”作者的思路是关乎画坛全局的，评价是大胆而高瞻远瞩的。徐悲鸿的随笔无论是述学、自述、游记、画理，都是如此，作者的学识、视域汇聚成的内在韵律总能充盈其间。吴冠中谈及中西画理的一致性时说，“艺术规律是世界语”。作者是站在中西文化的交汇点上来审视艺术规律的，透露的是“眼底春秋，胸中岳壑”。这是艺术家所独有的从容与自信，是艺术家所独有的胸襟与气魄。范曾的散文，无论从何种事物起笔，作者的视角都是高远的、宏大的。比如“号称‘地震国’的日本，亿万斯年地层的躁动和战栗，创造了意想不到的大自然景观，光怪陆离，令人叹为观止”，这类大气磅礴的文字，比比皆是。黄永玉是书画家里最为“趾高气扬”的一位，而这种自信也是成就他“鬼才”的重要基础。他说过，“我记得布什在耶鲁演讲时说过，我一无是处，所以只能去当总统了。那我就是人生没有任何出路，所以只好去美术学院当教授了”。其中有比况、有谐谑，但最重要的是他自信，总统与教授可以同日而语。他在另外一次答记者问时这样说：“我们家乡流传着一个古老的悲壮的爱情故事，这个故事是真实的……我准备以此为题，兴建一个名叫‘爱之谷’的视觉公共艺术，有花园，雕塑等多种形式……我的任务就是要使所有兴建的设施与凤凰原来的环境相协调。我自认为没有人会比我做得更好。”书画家的散文、随笔以至于言谈中的这种恢弘气魄，犹如给20世纪的散文文坛带来的一股春风，清新、珍贵。

蕴含在书画家的散文中的内在气韵，打破了中国传统文人的内敛式思维模式。学者散文或职业作家的散文也有这类“横槊十方，视通三界”的大气魄，但是他们大多不像书画家这样直抒胸臆，他们常常表现出中国传统文人的含蓄蕴藉，不像书画家这样率性、爽利，少有这类“气吞山河”的直白。书画家的散文，一如他们的艺术创作，其间涌动着黄河奔涌般的气势。这些老年书画家的非凡气韵，不光体现在他们的视野及胸襟方面，更体现在他们对事物认识的深刻以及言人未言的胆识。郁风的散文在温柔的调子之外，还显示出女作家少有的胆略与敏锐。她在《“老顽固”傅雷》一文里，强调了傅雷的个性，同时还着重分析了常人往往避讳的关于“自杀”的话题。她这样理解傅雷：“一种高尚的美学一旦成为宗教，就不能容忍人性的一切邪恶奸诈。”杨绛、柯灵等许多作家都写过傅雷，但对于这个敏感话题都回避了。而唯独郁风特别评价了傅雷的“死亡”带给世人的震撼！她认为那是傅雷最后的“闪光”。她绝不简单地把这种“抗争”与“懦弱”或者“惋惜”联系在一起，她认为傅雷夫妇的“死”与拉法格夫妇（马克思的女儿、女婿）的死同样是一种极其理性的抉择，是对“人的尊严遭到践踏”的最顽强的战斗。郁风老年以后的有些思考，比职业作家还深刻！在《蓝苹与江青》一文中，作者向世人揭示出“蓝苹”时代的“走红”，并非蓝苹本人所吹嘘的那样因为演技高超，而是因为“绯闻”卓越；而“蓝苹”时代的江青也并没有以后的政治野心和穷凶极恶。这应该是作家笔下对江青其人公正也是比较切合实际的评价了。郁风与杨绛都有深邃的思想，但是郁风没有杨绛的幽默，而杨绛也没有郁风的柔美。正因如此，也才成就了她们各自的风采。郁风年轻时以画家之名占据画坛一席之地，到老年则又添新笔，成为散文大家！可惜世人对她散文方面的成就缺乏认识，就散文作品本身来考量，郁风与杨绛、冰心应该是难分伯仲的。郁风对三叔郁达夫的描写，既有亲情的流露，又有“友人”的视角，是立体的、阳光的，富于人性的。她大胆揭示了一些鲜为人知的内情、实情。比如郁达夫去南洋的目的，过去人们都认为是因为与王映霞的感情波折，实际上他是怀着走上另一条抗敌战线——海外宣传的决心而去的。郁风以大量的文稿和书信的具体内容为依据，描述了达夫在海外把自己当成一个远征的战士那样全身心地投入到抗日的写作和编辑工作中的情况，用无可辩驳的事实，证明了他对抗日工作的无私奉献。与郁风一样，书画家因其与大自然的接触比一般作家更为密切，他们描绘大自然、亲近大自然，种种艺术活动本身铸就了他们更为深广的思维以及更为开阔的胸襟，造就了他们的画笔与文字都更加柔中带刚。

当然，书画家的内在气韵也不仅仅是“虚实相生”美学传统熏染的结果，他们的人生经历尤其是教育经历也是导致此果的重要因素。20世纪的书画家，比如张大千、潘天寿、徐悲鸿、林风眠、熊秉明、吴冠中、刘海粟、黄苗子、郁风等等，他们生长的年代决定了他们受教育的特征与程度，他们在青少年时代大都或多或少受过私塾一类传统文化的教育，或者是“家学”悠久、本身就来自书香门第，他们大多都有较好的古典文学的修养。绝非当下有些“搞艺术”的年轻人，只会“画画”，而文化素养低劣。即便是齐白石，先是在祖父的引导下认字，后又上外祖父办的“蒙馆”，《三字经》《百家姓》《千家诗》《唐诗三百首》《论语》都是他一一读过的课本。他8、9岁时就开始写诗，11岁时曾经写过一首画牛的诗：“星塘一带杏花风，黄犊出栏西复东，身上铃声慈母意，如今亦作听铃翁。”又如刘海粟，7岁学诗词，10岁填词，13岁已经读完了《红楼梦》，同时国外的“欧风美雨”也很早就传播到他的家乡常州，西学的浸染在他少年时代也已经开始。再如范曾，据范曾的家谱记载，他家是四百年文脉不断的南通范家，自明末清初他的十二世祖范应龙到其父范子愚这十二代人里，出现了数以百计的诗人、文学家、画家。吴冠中年轻时赴法留学，对法国的绘画理论与技法了如指掌，也因此成了凡·高的崇拜者，对凡·高的画作有非同寻常的认识与解读。50年代初回国之后又专门对中国古代杰出的绘画大师石涛和八大山人等的画技进行了比较深入的研究，他被称为学者画家。除吴冠中之外，徐悲鸿、林风眠、刘海粟、熊秉明、黄永玉等成年以后要么在西方留学，要么长期（至少两年）旅居欧洲，他们还在西方艺术殿堂里濡染过。所以深厚的古典文化以及西方现代艺术的双重影响，使得大多数书画家的眼界、识见都达到了非同一般的境界。刘海粟谈到他十几岁“懵懂”的“爱情”时说：“对恋爱婚姻上要求自由，并非仅仅来自《红楼梦》。当然，我和守玉表兄妹之间朦朦胧胧的爱情，多少有点像‘红楼’一角。”温柔、典雅、大气，是他散文一贯的格调。即便是文章里的小标题，也都“文绉绉”的，比如这篇文章里的“虎口余生遭变异”“最难藕断丝连时”“飞将军自天而将”“留得梧桐凤自来”等等。启功的文章，即便运用口语，也是蕴涵着书卷气的。这些书画家的散文，大都在作品的整体气韵方面表现出明显的大家气象，与同时代其他年轻作者的境界不同，与同龄的职业作家在审美视阈及抒写方式上也各有千秋。

书画家的散文在内在气韵上一方面得益于中国的美学传统，即所谓“大乐与天地同和，大礼与天地同节”；另一方面也得益于他们中西文化底蕴的积淀，得以在中西文化之间“俯仰自得”。这些书画家的散文即便是平铺直叙，话家常、谈亲情、述画理，也都是“滤过”的，纯然、淡然、雅然、逸然。恰如《易经》所云：“天地氤氲，万物化醇。”

二、视觉艺术元素的独特再现

众所周知，书画家在审视生活的过程中无形中比一般作家增加了一个甚至多个维度。线条、形状、明暗、色彩、质感、空间等等视觉艺术的基本元素，都成为他们散文的描摹视角或者描摹对象，所以书画家的散文无论直接描述艺术作品还是涉及人情理趣，常常充满新奇的意味。比如吴冠中在《人之初》一文里惟妙惟肖地描绘了小孙女的好奇以及她“动物族类”的动作，说小孙女“抱起自己的脚趾啃咬时，身体圈成一团，完全是小猫、小狗、小熊猫的神态”，耄耋之年的老者把小孙女天真无邪、活泼好动以及永无休止的“发现精神”活灵活现地用文字再现出来，那种细腻的感受，只有为人之母才能体验得到，而作为书画家的吴冠中，却发现了这微妙的“人之初”的种种，他的这种“发现”产生了少有的新奇和别样的愉悦！这种感受、这种“发现”，是一般作家的散文里所未见的。书画家常年在视觉艺术的基本元素中徜徉，铸就了他们色块般浓郁、线条般细腻的表现思路。书画家的散文，无论是端庄、典雅还是朴素、平实，都极其善于表达。他们对艺术以及生活的感知能力、表现能力是“超乎寻常”的。有些书画家在文字的抒写上，一如他们在艺术创造中的游刃有余。文字的表达与艺术创造（绘画、雕塑、书法等）肯定是有区别的，但是艺术创造的表现力与文字的表达能力肯定是相辅相成的。不是所有具备艺术感知能力、表现能力的人都善于文字书写，但是只要是书画家具备了文字书写的能力，他一定是善于表达的，表现力一定是比较强的。书画家的散文里，自然蕴含着“布局、对比、节奏、平衡、统一”等等视觉艺术的设计原则。熊秉明、吴冠中的散文，典雅、大气，风趣、机智，而且“张弛有度”，富于“节奏感”。

熊秉明，以他的阅历及文章的水准应该毫无悬念地归入老生代散文作家群。他对绘画、雕塑作品的描摹能力是超人的。《看蒙娜丽莎看》，应该是蒙娜丽莎这幅绘画作品的另外一个版本——文字版。他的文章把蒙娜丽莎的美妙以及隐藏在画布背后的丰富内涵清新、自然地一一道来，如果只看了这幅画作而没有看过这篇文章的话，那只能说看懂了画作的一半甚至更少的内容，包括一些年轻的美术界同行。笔者可以断言，这篇文章举世无双。这话可能有点“危言耸听”，但是事实。这话冒着“批评者不可把话说绝对”的风险，但没有办法！他的语言表现力，在众多书画家当中应该是当之无愧的“第一”。他对于绘画及雕塑的理解与描述常常是可以与原作并驾齐驱的，是与原作可以相提并论的文字精品，带着知性的哲思，流畅、优美、典雅、高贵，与原作一样值得珍藏！比如在《看蒙娜丽莎看》中，作者这样描绘画作：“没有发饰，没有一颗珍珠，一颗宝石，没有一枚指环，衣服上没有丝微绣花，她素淡到失去社会性、人间性。只要比较一下文艺复兴时代女子的肖像，就立刻可以发现这一点。她的诱惑不依赖珠宝的光泽、锦绣的绮丽。只伴以背后的溪流，一段北意大利阿尔卑斯山嶙峋峥嵘的峰峦，蜿蜒而远去的山路，谷底的桥……”这是对画作的原型富商卓孔达先生的爱妻肖像的衣着及背景的描述。如果不是作者在文中提及肖像的原型，一般人对此自然是一无所知；作者对于画面的观察不仅仅局限于视力所及，而且将隐藏于画面背后的东西、需要人们去细细体悟的东西一一揭示出来：“她素淡到失去社会性、人间性。只要比较一下文艺复兴时代女子的肖像，就立刻可以发现这一点。”同时提示人们这幅画作与文艺复兴时期女子肖像的差异。包括背景当中的具体位置以及那富于诗情的描摹。如果不是在西方的艺术世界里浸泡过的经历，普通人很难对这幅画作有如此真切的感受。常人只知道画作当中“微笑的神秘”，但是大多只知其然，不知其所以然。而作者娓娓道来：从达·芬奇的众多画作可以看出“他要画出生命的起源，神秘的诞生。他要画出诱惑的本质，知性的觉醒”。“而有一天，一切神秘，一切鬼睒眼的诱惑的总和，他恍然在这一个女人的面庞上分明看见了，像镭元素从几十吨矿砂中离析出来，闪起离奇的光。那是一对眼波，少妇的，含激烈的、必然性的、命令性的诱惑，而尚未含情，冷然侧睒。那眼光后面隐藏着一切可能的课题，埋伏着一切鬼睒眼的闪熠，一切形形色色都置根在其中。又似乎一无所有，只是猜不透”。常人想了解而无从了解的、常人想都未曾想过的而对于理解此画作至关重要的元素，作者一一分析、描述出来。作者这篇文章共分14节，4000多字。也许也有艺术家了解此画作的背景，但是没有第二个人能够对此画作出如此细腻的解读与精心的描绘。不仅仅此篇，作者很多艺术随笔，都是这样入情入理、生动传神，他能把原本枯燥的艺术理论、艺术规律或者难以言表的艺术作品的美妙，用语言精心呈现出来。《从米开朗基罗到罗丹》，作者对罗丹多个雕塑作品进行了解读，即使不懂艺术的人也能看懂并一定会被他的文字所感染。他从艺术史到艺术家的思想再到艺术作品以及作品所处的时代特征，他阐释艺术作品的角度是多元的。他的“随笔”，应该说不像随笔，没有一般随笔的“一板一眼”，从学理到学术到观点，他的随笔，血肉丰满，艺术家本人的鲜活形象及其艺术作品的艺术生命都在作者的字里行间“复活”了！当然这种艺术表现力，不是所有职业作家都能承担的。这种表现力当然也不是一朝一夕就能养成的。熊秉明的父亲是我国第一代大数学家熊庆来，他从他父亲那里继承的是数学般的精准，他的父亲虽然不是美术家，但对于雕塑对于美术的感知力也是非同寻常的，有他描述他父亲的话为证："父亲常说：稻田像水彩画，甘蔗田、玉米田像油画。我们的家乡是一幅油画。"他从父亲那里得到的也是数学当中的"艺术"："我虽然没有学数学，但我能感觉到父亲的数学是美的。他常说'优美的推导'，'洗练的数学语言'。而且也是善的。"除了父亲的影响还有他本人雕塑艺术的实践所赋予他的敏感的触觉。所以他描摹任何一幅作品时都将作品的神韵呈现出来了。再比如他写到母亲在父亲去世之后，要他看看父亲最后的手迹。他说："这是一个怪异的仪式。空气中凝聚着令我恐惧的母亲的严厉和悲哀……母亲就像鲁迅《铸剑》里所描写的：'母亲就坐在灰白色的月影中，仿佛身体都在颤动……'"作者把自己母亲与《铸剑》里"母亲"形象进行比况，实属神来之笔。同样的笔法还有在写父亲的文章最后，作者用范仲淹的文章来比况父亲的风范，含蓄蕴藉，令人拍案叫绝。

吴冠中的散文是那种绚烂源自平淡、如清水芙蓉般优雅的典范，是他对绘画艺术真谛的精妙梳理。绘画艺术的真经，经他的生花妙笔的点染即变成了洋溢着诗情画意的美文。《写生回忆录》中，关于"粪筐画家""北海冰冻荷花"的段落，是吴氏散文最具亮点的地方。"粪筐画家"，由同事、学生眼中见出画家与普通老农一样朴实的文化人格；"北海冰冻荷花"，抽象美由具象刻画出来，但又何尝不是画家人格和画魂的写照。吴冠中有一部分散文是记叙父母、少年恋情、夫妻人伦这最为感人的记忆的。他的叙述温婉、柔美，不紧不慢。《忆初恋》，在笔者看来，是五四至今称得上最为动人的三篇美文之一（其余两篇为周作人的《初恋》，王鼎钧的《红头绳儿》）。与周、王二氏的经典篇章相比，吴冠中笔下的初恋，写出了少年真正青春觉醒的那一份不安和躁动，吴氏的生花妙笔如泣如诉，如怨如慕地传达了其实是"剃头挑子一头热"的单相思，他连对方姓甚名谁都没弄清就义无反顾地一见倾心了。尤其值得称道的是吴氏笔下的初恋，他钟情的女子成了推动他一生事业的一个转折点，一份恒在的驱动力。幸运的是，吴氏所钟情的那位抗日战争时在重庆大后方的女战士，原来就是画家吴冠中精神殿堂的美神维纳斯。

黄苗子的《阴天的情趣》，把德国的天气与美景甚至德国人的性格结合在一起，令读者眼前一亮："在阴天，人会更收敛、更审慎、更现实。"作者对德国阴天的感受也格外的细腻："它永远幽暗静谧如子夜，针叶林更是伸手不见五指，树叶不停地滴下水来，林外大雨，林中小雨；林外响晴，林中仍是微雨。在阴雨的幽闭感中，人易于返回内心，却发现平静到好像心跳也变缓……"黄氏的这种感受，细腻无比，妙不可言！黄苗子的文章，犹如一张张精美的相片，每一张都经过了作者的精心构思，画面中都有一个相对完整的"主角"，或者是一片自然风光，或者是人物的生活小片段，景致虽小，却意味深长。他的散文是真正意义上的"聊天"，闲适异常。无论是多么重要的人物，还是多么"重大"的题材，在作者笔下，文短，句短，语调当中流露出的是轻松、自然与活泼、有趣。他的《茶酒闲聊》，自然让人想起梁实秋的《雅舍谈吃》。两相比较，梁文略长，学者气息更为浓郁；而黄文大多是千字文，轻巧、简练；就"闲适"的程度而言，黄氏有过之而无不及。郁风所写的怀人的文章，几乎都是从专业的角度入手，抒情的同时也能给读者许多知识信息，让珍贵的友情在艺术的河流里自然流淌。她的细腻，既有女性的柔情，同时还有画家的敏锐。郁风笔下的郁达夫，凸显了达夫晚节的高洁，应该是最全面、最富于人情味、最为感人、最为真切的形象了，一点不逊于杨绛笔下的杨荫榆（当然就人物本身而言，郁达夫要比杨荫榆的社会影响力高很多），甚至在细腻程度方面还要略强一些。郁风的散文集《故乡·故人·故事》，前6篇文章，是郁风创作中的代表作，完全可以与杨绛的《回忆我的父亲》，冰心的《关于男人》《南归》媲美，在艺术表现力方面伯仲难分，代表了郁风散文创作的最高成就。

黄永玉文章的超凡表现力没有体现在对绘画或者雕塑作品的描摹上，而是体现在了人物多面性的刻画上。一般作家对于自己钟爱的朋友，往往是褒奖有嘉，但是在黄永玉笔下，却在写对方的种种好处之外，还不忘“幽他一默”。他对人物的不足，毫不掩饰。在他怀念张乐平的文章里，张乐平“跑警报”不顾自己的妻儿“疯狂逃窜”的狼狈，请人陪他喝酒时的“吝啬”，都被他真真切切地一一呈现出来。他在《谈绘画木刻与雕塑》一文中对于给白石老人刻木雕一事，也将九十四岁老人的“老小孩儿”的“吝啬”毫无保留地呈献给了读者，让读者在窃笑之余，感谢作者的大胆与真实的创作态度。他写漫画家廖冰兄，作画之余总想作曲，随后说到“每一次的灵感都是‘3’音，我这个最接近作曲家的人都不免认为，鸭子要成为作曲家，恐怕比他要容易得多”。又说“就连偶尔拉开嗓子唱两句，跟退休的老母鸡一样，也叫不成什么名堂”。他把廖冰兄的“音乐爱好”贬得“一文不值”，没有比这更生动、幽默的语言了。可以与黄永玉媲美的书画家，要算是韩美林了，与黄永玉最相像的地方就是“无拘无束”“天马行空”，有过之而无不及。在《读不完的天书》中，作者说：“‘天衣无缝’。脱也脱不去的‘天衣’，说的就是人体，他是大自然的精心杰作，是人们一生下来就得到的精神兼物质的礼物。”韩美林把人体绘画讲绝了，也学理化了，神圣和崇高得到了极其强烈的凸显。尤其是作者把第一次做人体素描的紧张、羞涩等等真实的感受描绘出来，非常感人。这是这本书里最精彩的一篇。作者又说：“艺术上的配合、加强、提炼的功夫不到，就难从人体上读到语言，听到乐章，看到高尚，悟到神圣。”“我们直观人体……那里有深邃的学问，含蓄的语言，摄魄的魅力；有丝丝秋雨，有大浪淘沙；有黄土高原，有千年文化；有高山流水，有绿草茵茵；有震撼，有哀怨，有火焰，也有沁凉。在艺术家的眼里，还有深不可测的联想、宏伟的框架、缠绵的情丝、道不出来的柔情、悟不出来的装点、花了眼的色彩，是活脱脱的艺术‘真’人、‘真’形象。一切的一切，都是从人体里读出来的。”他的文章一如他的性格，没遮没掩，透明的、率真的、爱憎分明的，却把一般画家不易言说或者常人无法理解的关于人体的真谛，一语道破了，而且语言优美、生动异常。韩美林以“一部天书”，表现出他对艺术的最高境界的探寻以及对这种探寻的超凡表现力。同样给人震撼的还有《谁入地狱》等，叙述作者因受“三家村”连累而锒铛入狱，在被押解途中，作者饥肠辘辘，捡拾被人丢弃、爬满苍蝇的包子皮。作者把那种屈辱、无奈、无助的复杂感受真切地描摹出来，令人透不过气来。

徐悲鸿、熊秉明、吴冠中、黄苗子、郁风、刘海粟等等，这些书画家的散文的布局都是经过了作者的深思熟虑的，文章布局的规范与巧妙是显而易见的；而黄永玉、韩美林等则极其善于运用对比，由此产生的强烈的戏剧效果，令读者过目不忘。总之，书画家的多维视角，既为他们的散文提供了更多的素材，同时也孕育了他们超乎寻常的表现力。没有这些艺术视角，常人便无从开掘、无从表现那些关于画理、关于画家特殊遭际的艺术真谛与艺术人生。由于艺术素养的丰厚以及艺术视角的多维，高水平书画家的散文更富于穿透性的表现力。

三、惯于“一反常态”，艺术生命常青

书画家在散文创作过程中，原本就没有任何约束；而他们进行艺术创作的习惯又多半是对前人“有所突破”，求新求异，对于他们来说几乎就是“与生俱来”。所以在书画家的散文里比一般作家又多了一份舒展与洒脱。总体而言，书画家的散文，其内蕴是自由的、豪放的，无拘无束，无所顾忌，他们的文字似行云流水，让读者感受到一种与众不同的内在的超脱与心灵的超然。他们在艺术创造的视阈里挥洒不尽的才华与智慧，在以直抒胸臆见长的散文里得到了淋漓尽致的发挥。

在众多文学样式当中，散文随笔的文体特征最适宜书画家的口味，与书画家的诉求最为吻合。散文没有固定的形式，不需要“建造”另外一个虚拟的世界来映衬、映射现实生活，它只要作者如实地将自己的所思所想尤其是自己的内心世界展示出来即可，任何

粉饰都是多余的。而任何的“迂回、曲折”“曲径通幽”甚至“矫揉造作”都是书画家乃至所有艺术家所鄙视的，不能容忍的。所以画家、雕塑家、书法家等等，晚年写散文的人特别多，而少有写小说或者戏剧的。当然名嘴、政客，他们也喜欢写散文，但是艺术价值较高的散文作品，往往出自艺术家尤其是书画家之手。许多所谓社会名流的散文，也许可以在读者那里获得一时的关注，但是终究经不住时间的检验。本文所探讨的这些书画家的散文创作，都是经过了时间的考验、经过研究者的筛选、未来能够在散文史上留下重要一页的真品、精品。散文在形式以及题材上的自由恰恰给书画家提供了广阔的自由挥洒的空间，而书画家们文化的多元、思想的独特、艺术品质的勃发又恰恰是高水平散文作品的基本要素。

吴冠中对绘画艺术当中的“精品”“逸品”的解析，无形中透露出他一贯的自由精神、创新精神！“‘能品、精品、神品、逸品’，中国文人对绘画作品的最高评价是逸品。画竹不拘泥于酷似竹，逸笔草草，但写胸中逸气，别人认为是麻是芦也毫不介意。逸，放逸也，其含义当指富贵不能淫，威武不能屈，不迁就世欲，一味强调个性，强调自我感情的抒发。”此言既揭示了绘画艺术的真谛，同时也是一切艺术的价值标杆，当然更是他个人一生绘画创作的追求。欣赏过吴冠中绘画作品的人都会有同感，他的画作有诸多与众不同之处，最大的特点就是“画竹不拘泥于酷似竹”。他表现家乡江南风韵的画作，常常是用简洁的墨块与线条勾勒出灰瓦白墙、小桥流水人家。画面的整体，人们一眼就可以看出那是生机勃勃的南国水乡，但是仔细辨认又会发现，画面没有一笔笔描摹完完整整的房子或者小桥，流水也只不过是房子或者小桥下面淡蓝色的色块而已，画面中的人物，只是一群花花绿绿酷似人形的色点而已。他用最为简洁的绘画语言表现了最为丰富的对家乡的美好感情。画面有国画的底蕴，同时也借鉴了油画的“色彩运用”，不是“单一的国画”，也不是“单一的油画”，而且在色彩的运用上，他还吸取了民间艺术色彩艳丽的特点。其画面中的线条无论是

“竹”还是“树”都极其纤细，显示出柔婉的格调。没有一幅作品不是作者的“胸中逸气”的展现，没有一幅作品没有体现他的“自我感情的抒发”。就像有的评论家所归结的那样，吴冠中开创了一条“国画现代化、民族化”的全新之路。而这种创新意识一直延伸到了他的文字书写上了。吴冠中常常是站在中西文化的交汇点上、站在全球文化的高度，去评说与总结自己的绘画经验，高屋建瓴、深度与广度自不必说，其分析的角度往往新颖别致，常常“出语惊人”，警语、箴言篇篇可见。“西方现代派绘画对性灵的探索与中国文人画对意境的追求正是异曲同工”“绘画自身，毕竟是作者性灵的表露，其间不仅涵蕴着文学，更牵连着哲理”又比如他在文中写道，他组织学生去古长城写生，他所看到的不是一棵古老的劲松，也不是浓荫覆盖下的烽火台一般的古堡，他所看到的是孟姜女哭长城！孟姜女与其夫万杞良抱头痛哭，远远近近蜿蜒的长城都将为之倾塌，松与堡构成了紧紧拥抱着的整体。他从中发现了“坚实而缠绵”，发现了“1+1=1”的整体形象美。这就不难理解他所画的柳树，画面上更多的是绿荫，是朦朦胧胧的烟柳，绝不是真实的树干和柳叶。他要通过画笔奉献给读者的是“艺术”，而不是“技法”。“要‘虚’而不虚，不空洞，不乏味！”他是在用“心”作画，而他的文章恰恰就是将他用心作画的心路历程忠实地奉献给了读者。

黄苗子以他通达、洒脱的审美触角去观察他身边的画家、艺人、学者，讲述发生在他们身上的或滑稽或精彩或失落或无奈的人生遭遇，没有太多的悲凉，倒是常有不经意间流露出的机智幽默。比如讲陈寅恪会多种语言，包括已经死去的西夏文等，“都成为软件，存入他不费‘电’之‘脑’中”。他回忆吴祖光年轻时的一段经历，曾经租住在一个棺材店的楼上，用“革命”的《新华日报》来驱邪避鬼。进而笔锋一转，说道，1966年“文革”，“报刊宣称吴祖光为‘牛鬼蛇神’。这回吴祖光自己变为‘鬼物’，没有什么报纸能‘救’他了”。说到张贤亮曾经由一个阔少爷沦为逃犯、叫花子，最后又成为著名作家，黄苗子这样“幽他一默”：“张贤亮被‘深入’了‘生活’的深渊。”如此等等。黄苗子还以一个“三不愿”——“不愿花不明不白的钱，不愿见不三不四的人，不愿听不痛不痒的话”入木三分地表现了钱钟书刚正、耿直的性格。柯灵、张中行等很多人都写过钱钟书，他们评述的思路多是全方位展示，而黄苗子则另辟蹊径，以少取胜，以精取胜，只选取一个角度、一个侧面去着力展示人物的本质特征，因而他呈现给读者的多为画龙点睛之笔。黄苗子的写作手法也常花样翻新。有的采用横向的对比，比如《埃及文化》，将古代埃及建筑、文字、绘画等与同时代的中国建筑、文字、绘画等进行比较，凸显出埃及文化的博大精深；有的是纵向的追溯历史，如《柬埔寨》。开头的方法也是千变万化的，有的与全文的话题有直接关系；有的却是故意避开全文话题，先把笔端荡开，小小的迂回一下，再回到正题。当然这种“迂回”不会太远，一定与所涉及的国家或者人物有一定联系。他的文章总能让读者耳目一新，即便是前后两三篇都写同一个人或同一个地点，也都各有侧重，使读者兴致盎然。黄苗子的有些文章，直接揭示了艺术创造的真谛。比如他在《静者》中说，天真和童心，在艺术上是一种不可强求的境界，这种境界不是“硬做”出来的，而是自然地“流露”出来的。他还形象地做了一个解说，“艺术上有一种境界……如婴儿梦中的笑，如流云经空，如无风鸣籁，如开落在幽谷的花，如无人见过的朝霞，如没有照过任何影子的小溪”。此种识见，真切、自然，本身就是一种创新，是真正经历了艺术创造磨砺的人，方能拥有的所得。

艺术家的创新精神是共通的，但是有的是“大张旗鼓”的鼓吹创新，有的只是“埋头耕耘”而已。而在20世纪的中国书画家里，最“大张旗鼓”的就是黄永玉。他自己也坦言，在文学创作上很放肆。常人不敢写的，他写；常人不可能有的“组合”，他可以堂而皇之的运用多次。“恣意妄为”是他在散文创作中的突出特点。散文固然是写生活片段的，但是在黄永玉笔下，所有内容都是兴致所至。就是这种无拘无束、信马由缰、蔑视成法、我行我素甚至是“无法无天”的思维，却对读者有着磁石般的吸引力。他的文章表现出一种前所未有的“大自由”。“陈规”绝不墨守。他的文章常有惊人之语，比如“团体里几乎没有一个是念完正式中学的，是神圣抗战在‘蒋委员长’领导下，疏忽了的一大群抽象小生物。这一群孩子非常懂得自己照顾自己，自由的健康成长或自由地把自己毁掉”。不仅是语言形式的新颖，更有思想意识的创新。在那种兵荒马乱、战火纷飞的岁月，对于那些无依无靠的青少年来说，确实潜藏着“自己把自己毁掉”的危机。所谓“抽象小生物”，形象地表现出当时这些青少年的社会地位以及他们的艰难处境。黄永玉在意大利利用中医穴位疗法奇迹般地救活了一个晕倒了的老人，对于此事，他大放厥词：“这当然使我得意了好几天。我不能和雷锋比，他风格高，做了好事一点都不说出来，只清清楚楚写在日记里。我一回到住所就对几个中国留学生吹牛，描述得天花乱坠。说句不怕脸红的话，我还写信到香港告诉我的好朋友们。唯恐天下人不知，风格低到极点。毛主席《纪念白求恩》一文中就问过大家：‘这是什么精神？这是国际主义的精神，这是共产主义的精神……’我这个算个什么精神呢？快乐精神，好玩精神！”这是“我”也在其中的深刻自嘲即强烈的灵魂自审意识，具有非反讽手段所无法达到的讽刺效果，“嬉笑怒骂”且入木三分，力透纸背，是他“狂放不羁”的具体体现。这种洒脱自如的表现，他本人心知肚明。当着记者的面他坦言：“因为我到底不是作家协会的会员，所以我很自由，爱怎么写就怎么写。”这虽然是一句“玩笑”，但是它确实表明了一种事实，那就是书画家比一般作家更少束缚。黄永玉曾经说过，“画画要独立思考，自己创作自己”“不能整天重复地画你所熟悉的画，我们总要想办法画一张生的，以陌生的技巧去探索一些题材”。事实上，他也是以同样的心态去创作散文的。他谈到廖冰兄的怪僻，突发奇想：“正常的性格都一样，奇怪的性格各有各的奇怪。”托尔斯泰的话，摇身一变，又变成了一句新的“至理名言”。他对幽默的认识相当深刻，直接映射出他的自由精神与创新思想。他在答记者问时说：“幽默的前提是对生活拥有正确的看法，一旦某种正常的事物失去平衡，幽默就会从中油然而生。幽默是一种人生态度，从容、平静、不嚣张，具有自嘲的勇气，遇到苦难的时候，幽默的人可以坦荡沉着地面对。一个没有幽默感、连玩笑都开不得的国家和民族，肯定是不太平的。”可谓真知灼见。黄永玉说，他的文章是“寄沉痛于诙谐置生死于无奈”，这一说，可视为他黑色幽默的纲领。这在黄永玉的全部散文中也并不占主导地位，但这恰恰是黄永玉散文中最为令人心仪的亮点。黄永玉说得对，幽默家的幽默性格不是天生的，也不是从师父传授中可以得到的，而是时代历史和个人境遇的塑造与个人气质双向运动的结果。黄永玉在20世纪70年代初所经历的“黑画猫头鹰事件”，不仅使他看穿了事件本身的荒谬，同时更锤炼了他对形形色色的荒谬的洞察力和与之抗争的能力。黄永玉回忆其表叔的两篇长文《太阳下的风景》《这些忧郁的碎屑》，不仅是黄永玉全部散文作品中最有分量的两篇文章，还可以说，是黄永玉黑色幽默的又一个来源，是他理解沈从文先生一生境遇及其文化人格的一次升华。在湖北咸宁文化部的“五七”干校期间，黄永玉去看望表叔，南方天气炎热，饭菜易馊变腐，沈从文省吃俭用贯了，不愿暴殄天物，他笑眯眯地说，我饭前先吃几片消炎片，再吃馊坏的饭菜，就既不会浪费，也不会暴病了。这是含泪的笑，也是令人后怕的笑。黄永玉抓住了这个细节。他的散文作品透露着他的机警、洒脱与犀利，同时也透露出其故乡的民间智慧，粗野而不粗俗、粗犷而不粗糙。黄永玉将粗话夹杂在行文之中，多数情况下似乎漫不经心，脱口而出，其实在他看来，经过艺术需要的处理，粗话也是一种锦心绣口的表现。作为不避粗野的作家，黄永玉不同于小说家贾平凹和王朔，是一种解构和消解人生价值的工具，他倒是比较接近香港散文家董桥，不过，在董桥笔下是一种绅士式的刁钻古怪，而黄永玉则多了一份豪爽，多了一份“你拿我怎么办”的狂野而已。两者同为放达，但还是有所区别的。作为文化艺术底蕴丰厚的艺术家和文学家，他坚毅而豪放，大俗大雅，大开大合，思无羁绊，行无樊篱，他拥有经过历练之后的大胸襟和大气魄。

熊秉明的艺术随笔，有的是在文章整体的构思上新颖独特，比如《看蒙娜丽莎看》；有的是语言常有出人意料之笔，而且能够引起读者长久的回味。在《杨振宁和他的母亲》一中，杨振宁在七十大寿的庆祝会上介绍自己的生平，说到母亲时哽咽了，作者写道：“这样一个极端灵敏、多功能、储存了大量信息的头脑，因为‘母亲’这符码的出现，忽然发生故障。显然‘母亲’不是一个一般的信息单位。”在《父亲之风》一文里，写到父亲在病榻上要一册唐诗，作者说：“那些唐诗似乎能够给老人受伤的根蒂带来甘露，其回生的作用和药物相同。”熊秉明的散文经常是由语言形式的新颖同时带来思想的深刻，他的文章直抵读者的心灵。正像宗璞所言：“许多书的归宿是废纸堆，略一浏览，便可弃去；部分书的归宿是书柜，其中知识，可以取用；有些书的归宿则在读者的灵魂中。熊秉明的书便是如此。印在那里，化在那里，亮在那里。在人生的行程中，若想活得明白些，活得美些，都应读一读熊秉明。”

在书画家的散文里，涌动着“语不惊人死不休”的余韵，读者经常会被他们新颖、独特的思维以及出人预料的语言所震慑所感染。那是这些书画家在艺术创作之余留给世人的另外一种艺术享受，是他们人生智慧的又一次“闪光”。书画家的散文不光在语言的规范上大多与职业作家比肩，而且在创新性上还大多超过职业作家。当然，也有一些书画家的散文不如职业作家。

正如并非书画家的每件艺术作品都精彩一样，并非所有的书画家都能自如的挥洒文学语言，有些书画家同时也是著作等身的学者，比如徐梵澄，他在学术上的成就远远大于艺术上的贡献，随笔基本上是学术性的，文学性几乎谈不上。即便能够写作的书画家里，也并非都是作家水准，也还有一些随笔缺少文学性或者存在这样那样的问题。比如黄永玉的文章的确是“汪洋恣肆”，但是

“放得开，又要收得拢”，写沈从文的《这些忧郁的碎片》其中第十三节，就与沈从文无关。韩美林很擅长讲故事，但是有时故事讲得有点啰嗦，内容不够集中，语言不够简洁。范曾的随笔，很有气势，但是缺少“沉下来”的实在内容。比如他的《海外散文三十三篇》，写到他与楠莉双双赴法国，颇有“患难夫妻”的味道，但是散文里看不到更具体、更细腻、更能感染读者的细节，辜负了读者的期待。徐悲鸿的随笔是书画家里少数能用文言抒写且用词比较规范的一个，典雅、大气，但是理性大于感性，更具有学者随笔的冷静、客观。张仃及启功的随笔学者气息浓郁，但是文学性不足。其他如张大千的随笔，则是一时文言一时白话，至理名言往往深入浅出，亦有学者风范。齐白石的文章虽然平实但很有韵味。刘海粟的文章则是朴素蕴藉，比齐白石的稍具学者气息。李可染的随笔则显得朴素有余而文采不足。以上种种不足，实属正常。即便专业作家的文学创作，也会有各种各样的缺憾。尽管从书画艺术或其他艺术形式转移到文字的抒写上，不是所有人都能达到高水平，但是在我国20世纪的艺术大师当中这样一批书画家的散文确实是不可小觑的，他们的散文、随笔为整个20世纪散文长河画上了浓墨重彩的一笔，是同样值得我们珍惜的宝贵精神财富。

值得一提的是本文未涉及当代书画家陈丹青，他写过一本音乐随笔，但是与这些老一辈的书画家在语言及内在韵律上有很大差异，准备另议。另外丰子恺的散文也未在此列，原因是丰子恺已经被划归到中国现代文学著名作家之列了，虽然他也是漫画家，但是作家的身份早已确立，本文也不在此赘述。

此前有评论文章认为“艺术家散文在表现方法上可能更具艺术气质，而文学性相对不足”。这恐怕不能代表所有艺术家散文。文章还说：“它们的感觉往往大于理性、体悟多于沉思、想象大于现实、灵性大于知性、渲染大于刻画。这也是为什么艺术家散文往往缺乏学者散文的理性和知性，也缺乏作家散文的精致和优美，还缺乏报人散文的强烈的社会责任感和使命感。”其中的几个“大于”，可能是艺术家的特征，但是并不一定是艺术家散文创作的特性，这样的结论是否武断了。在熊秉明、吴冠中、黄苗子、郁风、黄永玉等人的散文作品里，“理性和知性”“精致和优美”“社会责任感和使命感”哪一样也不少，而且都表现得极其到位。用艺术家的特点与其他类型散文做简单的对比，是否具备科学性？每一种散文都不可能同时兼具多种优势，如果艺术家散文同时兼具种种优长，那恐怕也不是艺术家散文啦？而事实上确实就有一些艺术家的散文完全具备所谓“知性、优美、使命感”等等。

后现代主义散文的叙事策略

后现代主义散文的研究，相对于后现代主义理论来说，滞后的现状是不容置疑的。学界普遍认为，后现代主义是一种泛文化现象，是一种后现代氛围，几乎触及文学、艺术等现实社会的方方面面，耳熟能详的有德里达、福柯等人的理论，罗兰·巴特、苏珊·桑塔格等人的批评，金斯堡、普拉斯等人的诗歌，博尔赫斯、卡尔维诺等人的小说，贝克特、尤奈斯库等人的戏剧。后现代主义与传统的所谓流派不同，它更多地集中呈现的是一种思维的独特性。生存于这股“后”浪潮之中的散文创作自然不可能“置身事外”。后现代主义散文的主要特征是什么？中国大陆到底有没有后现代主义散文创作？一系列的相关问题亟待散文研究者作出回应。

世界散文，自蒙田、培根以降，经由帕斯卡尔、卢梭、卡夫卡、劳伦斯、纪德、帕斯、博尔赫斯、罗兰·巴特，虽然题材范围有所不同，叙述方式也有诸多变化，但是作为一种言说方式的体裁却从未中断过。不仅如此，笔者认为在世界散文创作的庞大作家队伍当中，还涌现出了像博尔赫斯、纳博科夫、艾柯等这样的大师级人物。中国现当代散文主流的发展经历了由审美、到审美与审丑、审智共存的不同阶段，其中代表性的散文家如鲁迅、周作人、丰子恺、梁实秋、林语堂、钱钟书、张爱玲、王了一、巴金、孙犁、杨绛、萧乾、汪曾祺、金克木、王小波、余秋雨、史铁生、南帆、钟鸣、林燿德等等。他们在不同时期所创作的散文作品，大多体现了散文某一方面的独特性。与世界散文的发展具有惊人相似性的是，中国大陆不仅有后现代主义风格的散文创作，而且同样也是在后现代主义散文研究甚至是后现代主义理论出现之前就存在了。这一事实，再一次雄辩地证明了理论滞后于创作的真理。值得注意的是，中国现当代的散文不仅继承了中国古代散文叙事抒情的传统，同时也继承了蒙恬、培根论事说理的本领，甚至在后现代主义理论来到中国大陆之前，我们的散文作品中已经出现了后现代主义的风格元素。鲁迅的小说《故事新编》每一篇一种结构类型我们姑且不提，就是他的《野草》，同样是现实与梦幻相互缠绕、结构上不乏剧本的结构形式，让人在阅读当代意大利思想家艾柯的《误读》时，不免产生似曾相识的感觉。

后现代主义散文，给人的印象通常是碎片化、晦涩难懂、不像传统意义上的散文等等。其实这些感受，都还是表面的或者是片面的。当我们真正走进后现代主义散文的文学画廊时，就会发现它属于另外一种天地、另外一种境界，称其为别有洞天也不为过。不喜欢，可能源于不了解；另外可爱之处，可能恰恰就是“可恨”之处！晦涩难懂，恰恰是它蕴含丰富、表述方式“特立独行”的结果。

凡是随笔作家，理性思维都是比较发达的，特别善于高度概括。满纸议论的文章，我们并不陌生。只是后现代主义的随笔，又多了一些明显的特质，比如碎片化、无穷尽的创新性，对多元的追求等等。在后现代主义散文里，一部分是带有传统的叙事风格的，但在语言形式上则有众多的创新形式；另外一部分则是有些费解的，但实际又颇具讽刺意味，是间离效果或者陌生化效果的结果。就像罗兰·巴特，既有《脱衣舞的幻灭》又有《恋人絮语》。就像传统叙事散文与后现代主义散文并存一样。

与传统的叙事抒情散文相比，后现代主义散文更具有诗的凝练，作者的思路更加活跃，作者必须拥有一个巨大的知识宝库并在其中俯仰自如，思维的跳跃性以及凝练的程度，真正堪比诗歌。后现代主义散文里也有叙述，但不是叙事抒情散文里那种单一的、线性的叙述，其中的议论也是一样，都是跳跃的、穿越的、多元的、碎片化的、拼接的。充满了象征意味，简直就是诗的拓展或叫诗的展开。但它还不是散文诗。散文诗，毕竟要有诗的韵律，但是后现代主义散文只有诗的思维，却是文章的韵味。诗，要有情感的介入，而后现代主义散文，情感大多是零度介入，而且是感性淡出，理性充盈。海德格尔说“诗歌与哲学是近邻”，所以诗需要翻译，才能读懂，而后现代主义散文则是需要翻译的文章。它是精神产品中的精华，不直接针对一人一事，但又一定指涉大多数的人与事，具有普遍意义，它是用独特的方式、常人不太容易理解的方式去反映现实，表达对现实的思考的。

一、碎片化：去中心而聚焦细节

客观地说，后现代主义散文仍然是对现实的反映，只不过要搞清楚我们是如何看待这种“现实”的。我们的“现实”，不要说与一百年前，哪怕是几十年前、30年前、10年前甚至5年前都不一样，生活节奏不断加快的步伐，总让人感觉似乎时间被上帝偷走了一样，这种快节奏的生活，导致呈现在人们面前的一切都是“碎片化”的，“电视上，前一个画面是奢侈品广告，紧接着就是报道世界某一处偏远角落所发生的战争。其结果是不同文化的界限遭到了瓦解；时间的连续发展遭到切断”。我们更加深有体会的是，快节奏的生活，不允许我们（很少、很难允许我们）在一个相对封闭的时段去安心、专注地做一件事情（除非个人采取强硬措施），经常会被其他的、毫不相关的事情所打断。从某种意义上说，“碎片化”，其实就是我们现实生活的常态，无论我们是否愿意承认这个事实。

作为一种观察和认识世界的观念，后现代主义意在打破“一体化的世界”这一神话，“不确定性”的强调构成了后现代主义哲学的一个主旋律。后现代主义散文则具体表现为意义中心的消解。没有中心，或者说去中心，是解构或消解的根本策略。因为追求“无中心”，所以传统观念中的标题与正文的呼应在本雅明的《单行道》中屡屡被打破，当然间离效果随之而产生。在中心消解的同时，过去被传统观念所持守的情感元素也同时淡出，理性思维占据主导。《恋人絮语》里并非传统观念中的“叙述恋情”，而是对“恋人”之间可能出现的种种细节的理性梳理，关注细节并关注细节的“形式”，成为作品的主要内容。

南帆，则以《守护还是复制》《叩访感觉》《舌尖上的安慰》等作品，与罗兰·巴特遥相呼应。在《舌尖上的安慰》中，南帆梳理了有关“吃”的一切，当然不是从单纯的食物入手，而是分析其背后可能想到的一切机制：人的躯体感觉（“饿与馋”“嘴的三种功能”）、社会化的表现形态（“饭局”“小吃零食”）、文化视域下的分类（“麦当劳”“故乡的食物”）等，一篇文章分为若干零碎片段，作者把所能想到的带有社会文化思考的碎片囊括在“吃”的话题下，阐述了带给人身体与心理安慰的美食背后的文化编码，即社交场合、文化侵略下的经济远征以及带有人格象征的心理羁绊。作者不是要像《舌尖上的中国》纪录片里所呈现的关于美食的小故事，而是从社会学、心理学以及经济学等角度挖掘了美食背后的诸多文化思考，没有一个一以贯之的线索，这些思考常常带给读者“豁然开朗”的惊喜。原来由简单的美食还可以关涉到这些！还可以思考如此深刻！

林燿德的《工地》，表明了作者对于工地的“一种介于非理性与理性之间关心”，场景的描述真实可信，在篇章整体内核并未显现的同时，文章的结尾却闪现出一个重要的细节，“钢筋、废料和工人留下的泛黄汗衫四处散置”，作者由这个细节产生了“华丽大厦诞生前的情景，竟是如此接近废墟”的感悟，这一联想真可谓“华丽转身”，紧接着作者继续展开相应的联想：“其实人生的至欢与至悲，看来也是相仿的，高潮中饱欲的面容和哭泣的脸孔又有什么不同？”其中“至欢与至悲”“饱欲的面容和哭泣的脸孔”都是矛盾对立的两个方面，作者由此却悟出这矛盾的两个方面恰恰存在内在的一致性，尤其是“饱欲的面容和哭泣的脸孔”，又带有多么浓郁的讽刺意味！由细节的观察而产生的这种深刻意味，实在是令人拍案叫绝。

即便是说理性极强的片段，同样都有对细节的关注。奥登的《论阅读》里这样说：“作为读者，我们大部分在某种程度上都像广告中那些往姑娘脸上描胡须的顽童。”既形象、生动，又准确、顽皮，调侃的意味凸显，将有些读者的愚昧、黑白颠倒、对作者的歪曲的现象巧妙地一言以蔽之。作者在这一个细节的描述里要表明的是阅读常常与原作有差异，甚至会给原作“抹黑”，读者往往不能很好地理解原作。文章强调的是批评家所应具有的独立品格，批评家比作家的责任更加艰巨。纳博科夫在《完美的往昔》里，是一种历史的穿越，并不严格按历史时间顺序描述，而是按作者自己的节奏，娓娓道来。他的描写依旧生动，叙事依旧引人入胜，仰仗的就是细节描写，但是没有关于细节的整体事件，可以称之为细节的跳跃，精彩的细节一个接着一个，富于动感，鲜活无限。纳博科夫对母亲的回忆，并未过多地沉溺于具体事件的叙述之中，而是用细节来凸显母亲的智慧。比如母亲如何用一堆珠宝首饰来引导他对颜色的鉴别等等。作者在行文中“细节”的设计是不露痕迹的，自然而然的。细节的“展示”，无疑产生了碎片化的效果。

后现代主义散文关注细节，但是并未止于细节，而是由细节“华丽转身”，透露出真理、见出深邃、呈现出智慧。

当然“碎片化”导致散文作品感性彻底淡出而理性占据主导，所以有时也不免出现“枯燥乏味”。罗兰·巴特的《我爱你》与让·波德里亚的《冷记忆》就是如此，只是《冷记忆》完全去中心，而《我爱你》还保留了一个相对集中的话题。

二、“多元化”与创新精髓

多年前社会曾经流行过“全球化”这个词，其实它的出现，已经宣示了“多元化”的诞生，否则“全球化”也不可能存在。“多元化”是社会发展的一个必然趋势，它给我们的社会注入了新鲜的活力，使社会得以向前发展，无疑也成为社会发展的动力与源泉。“多元化”更多地带给我们思考问题的方法上的创新，它逼迫我们不得不从更广阔的视角去观察社会。“多元化”，也是后现代主义散文整体的一个重要标志，它催生了不断创新的格局，而没有创新就没有未来，这恐怕是毋庸置疑的。

后现代主义散文作者的思路异常活跃，浮想联翩。传统的文学创作追求的是“人人心中有，个个笔下无”，而后现代主义散文创作追求的则是“人人心中无，个个笔下无”。要写出众多常人所不易想到的东西，读者的感受常常首先是“惊艳”“惊愕”。创新精髓，主要体现在思维方式上。林燿德的《未知次元的门》，整篇文章充满奇异的想象，它表明了“寻找”的困苦，同时更表达了对于“结果”的彻底失望。“门启处，迎面射来耀眼的强光和灼热，伴随刺痛的沙岚，我扑倒，全身竟如贴在烈火烤过的玻璃屑上，而门已消失……终于，我认清了环境，是一处无边无际、天空垂着金色火球的沙漠。撒哈拉？戈壁？还是喀拉哈利？我一苦笑，飞卷而来的沙粒马上填塞我的口腔，我的头也缠入无数沙粒。我此生已陷入传说中的结局了，我致力于找寻回来的门，但是每次都得到一个新，而且更为冷酷的世界。”这段文字表现困苦的词语有“强光和灼热”“刺痛”“贴在烈火烤过的玻璃屑上”“沙粒填塞口腔”等等，细节的关注自不必说，关于这种痛苦的呈现，就出乎常人的想象。尤其是“烈火烤过的玻璃屑”，那是多种痛感的集合，灼热以及尖锐的刺痛，再加上后面的沙粒，似乎已经到了“痛不欲生”的境地。结局同样令人“惊愕”，是“新，而且更为冷酷的世界”。“未知次元的门”，实际是“未知次元的苦”，“未知次元”，就是无穷无尽！作者已经把“生之苦与痛”书写得淋漓尽致了。通篇的构思以及描述都让人扼腕，同时不得不慨叹作者思维的独到！

除了在文章本身的描述上呈现出特异之外，在文章结构上的创新更是屡见不鲜。比如艾柯的《误读》《带着鲑鱼去旅行》在文章的运思、布局安排方面集中体现了作者对于旧有思维的强势突围，给读者带来的阅读刺激绝不亚于人们观看好莱坞大片，他在散文的结构形式上彻底颠覆了传统。《很遗憾，退还你的……（审稿报告）》在文章运思上极具创新意识，对多部世界名著名典，以审稿报告的形式加以肯定或否定，滑稽、诙谑，对这些名著名典的分析，貌似漫不经心，实则一针见血，入木三分。《给儿子的信》用信的形式，游刃有余地批判社会的丑恶，具有辛辣的讽刺意味。文章里时而正说，时而反语，表明现实社会充斥着战争的阴霾，枪支等武器泛滥，连儿童玩具都不得幸免。《发现美洲》又以剧本的形式布局谋篇。在艾柯这里，书信、审稿报告、剧本等等，一切组织文章的手段，几乎都做了尝试。作者简直就像一位神秘的魔术大师，完全出乎读者的预期，不停地变换出无尽的文章形式。

除了文章结构的创新之外，在语言上的创新也是极其明显的。纳博科夫在《说吧，记忆》中叙述他对蝴蝶的热爱，有这样一段描绘："一只具有斯堪的纳维亚女神这样名字的微黑的小豹纹蝶低低地掠过长有朦胧的幽蓝色果实的沼地越橘丛、掠过棕色的死水圈、掠过苔藓和泥潭，掠过芬芳的沼地兰花（俄国诗人笔下的夜的紫罗兰）的穗状花序。漂亮的Cordigera，一种宝石般的飞蛾，嗡嗡地飞遍它用做食物的湿地植物。我追逐有玫瑰红边缘的粉蝶，灰色大理石花纹的眼蝶。"完全没有传统语言的架构，只有"掠过""掠过"，这样的描写动感十足，就像电影画面一般，在读者面前一一呈现。依然是纳博科夫："然而雪是真实的，当我弯身捧起一把雪的时候，六十年的岁月在我的手指间碎成了闪光的霜尘。"完全就是用文字构筑的电影画面。他的这种神奇的描述，常常能真切地呈现出电影场面的魔幻效果。他的感受力与表现力都堪称一流，他的文章对于读者来说具有磁石般的吸引力。

可以肯定的是，后现代主义散文是对传统表述方式的颠覆，是一种"多元"的呈现，它们大多都充溢着不断创新的精髓。

三、"游戏"的态度：反讽与谐谑

后现代主义的另外一个特征就是对"游戏"的推崇。在后现代主义理论家那里，哲学、科学都被看做是一种"游戏"，这表明了后现代主义的一种人生态度。这种人生态度导致人们在对事物观察与审视时运用了一种全新的视角，即调侃的，揶揄的，反讽的，谐谑的视角。后现代主义散文的作家恰恰践履了这种人生态度。鲁迅、钱钟书是如此，博尔赫斯、艾柯同样如此。

这种人生态度，导致他们的语言总是有惊人之笔，而且常常是嬉笑怒骂，使他们成为“调侃”的大咖，反讽的能手，或者营造出谐谑的盛宴。钱钟书的《魔鬼夜访钱钟书先生》，就是作者与读者开的一个大大的玩笑，作者机智地借助于“魔鬼”这个形象，巧妙痛斥了国统区时期的种种黑暗，诸如“碳价又涨了”“有种人神气活现，你对他恭维，他不推却地接受，好像你还他的债，他只恨你没有附缴利钱。另外一种假作谦虚，人家赞美，他满口说惭愧不敢当，好像上司纳贿，嫌数量太少，原壁退还，好等下属加倍再送”“不让你用本事来换饭吃”等等，另外文章还特别讽刺了那个时代的人“灵魂缺失”的现象，总之，作者极尽反讽之能事，把那个时代社会中的“丑陋”骂了个够。无独有偶，纳博科夫在《说吧，记忆》中同样也有这样一篇文章，只不过，他所揶揄的是“流亡时期”的痛苦。英年早逝的林燿德，在他临谢世前两年分别发表了《铜梦》《尸体》，是完全成熟的典型的后现代主义散文作品，林燿德的笔触充斥着反讽，佯谬，诡异和悖论，有学者称林燿德是使中国当代散文创作与后现代主义接轨的第一人。

艾柯，这位意大利当代文坛的幽默大师，不仅了解李白、杜甫，他还了解鲁迅甚至知晓毛主席语录以及红卫兵的“大字报”。他思想深髓，出语却是异乎寻常的通俗。他总给人一种漫不经心的感觉，而实际他的每一笔都一针见血，讽刺抑或揶揄都是绵里藏针。《我不在乎几点钟》，从标题到正文，都辛辣讽刺了现实社会的虚伪，手表、钟表被赋予了太多装饰、炫富的功能，而实际的计时功能，反而被淹没、忽略了，文章批判了现实生活中黑白颠倒、本末倒置的社会乱象。《空中的吃喝》揭示了飞机上服务质量的低劣，语言诙谐、幽默，让人忍俊不禁，讽刺意味极其浓郁。《补办驾照奇遇记》，为了补办驾照，四处寻找自己的驾照信息，“我”不得不走后门，即便托了关系，得到的回答，仍然是“这种资料不得向除警方之外的任何人透露”。作者接着说：“我确信读者一定可以理解，要是我的驾照号码随便给人，国家安全将面临何等巨大的风险！那是卡扎菲与克格勃梦寐以求的情报啊，怎能不把它作为头等国家机密看管？！”反讽的意味十分凸显，作者这种写作风格，在两本“小记事”中都很普遍。《出租车司机相处须知》十分幽默，虽然没有具体的人与事，但却是真实的，真切的，诙谐的。《地狱牌咖啡壶详解》，简直就像脱口秀。

“游戏”的态度，不光体现在文章结构、语言等方面，还突出体现在对历史的“再现”方法上。克洛德·列维—斯特劳斯《忧郁的热带》①中第九节“瓜那巴拉湾”的一段描述，很好地诠释了这一特点。这一节开头从第89页至第94页，都在叙述一个378年前的故事，这种叙述故事的思路，直到94页故事叙述完成，才在起承转合之中顺带做出交代，这段内容铸就了这篇作品的一种极其特殊的叙述方式，作者在同一篇文章里采用了不同的叙述方式。值得一提的是，就这一节的内容而言，不仅是穿越古今，而且还穿越欧洲与美洲、穿越旅行与哲学，文字所呈现的画面更是在动感与静谧之中穿行，完成了对传统文章形式的彻底超越与颠覆。

出色的后现代主义散文，会成为一种“游戏”的盛宴，就像《作家豪尔斯·路易斯·博尔赫斯谈博尔赫斯》是一种绝妙的“自我评价”的方式，前无古人，后是否有来者，不得而知。人们只是享受他们艺术特质的与众不同；他们的智慧，无与伦比。我们不得不心甘情愿地将鲁迅、钱钟书、博尔赫斯、纳博科夫、艾柯等放置语言大师同时也是思想大师的宝座之上。

四、思维的多维度

传统的叙事抒情散文以及随笔，大多为单弦思维，比如孙犁的

---

① ［法］克洛德·列维–斯特劳斯著，王志明译：《忧郁的热带》，中国人民大学出版社2016年版。

《谈谀》，就是针对社会上阿谀奉承、溜须拍马的丑恶形态所进行的揭示与批判。现象、观点、论证，都在一个维度上，简洁明了，文字背后没有更多的内涵。读者大多已经习惯于这种直白透明的文章了。像《乌篷船》（周作人）、《怀念萧珊》（巴金）、《少年徐迟》（金克木）等等，读者会感到亲切、自然，这种叙事抒情散文是五四以来我们最为熟悉也最为喜爱的散文，其中在文学史上留下不少名篇佳作，在整个20世纪的中国都堪称散文主流。然而在主流之外也还有偶有特立独行之作，比如《野草》《魔鬼夜访钱钟书先生》等。鲁迅的《阿长与〈山海经〉》，先解构审视对象，之后再从批评的角度写表扬，表面批评实际表扬，与朱自清《背影》等传统思维的直接阐释完全两样。关键是在解构与建构两种维度之间俯仰自如。《魔鬼夜访钱钟书先生》，一种维度是对30年代国统区现实社会的思考，另一方面又是魔幻世界、神鬼世界的“游历”，两种思维高度融合，最终达到融反讽、谐谑、调侃、揶揄于一炉的反映社会现实的目的。这样的创作当然是对作者思维水准的呈现与考验。

另外在20世纪八九十年代改革开放以后，台湾的林燿德以及南帆、钟鸣等都在自己的散文创作中作出了全新的尝试，是对传统叙事抒情散文的挑战。南帆是从生物学、心理学、社会学等不同学科入手，将学术思考与社会现实的思考熔为一炉；林燿德的《尸体》记叙了在祖母的灵柩旁的冥思，与其他有关尸体和死亡的陈述被放置在同一个平台上，剪裁、拼接在一起，是情感的零度介入，更是情感的破碎形态。组成篇章的关键是，作者的思维是在死亡学和神秘学以及人生哲学之间徘徊。

钟鸣的《畜界·人界》《涂鸦手记》等虽有讲故事的痕迹，但其思维的跳跃性、信息容量的广博性、思想的深刻性，都令读者刮目相看，最为值得关注的是，他是在世界文明的摇篮里徜徉，将世界神话、历史传说与现实社会的种种现象缠绕在一起，呈现出了令人耳目一新的散文天地。

纳博科夫在《说吧，记忆》当中，对母亲的回忆是由感觉或是错觉来呈现的。比如母亲在他一次大病之后为他去买礼物，就完全是依靠想象一些细节，他母亲穿着何种颜色的衣服，怎样将小礼物塞给仆人，她怎样地显露出雍容华贵。尤其是回忆到他母亲给他的亲吻，当他触到母亲脸上的装饰网格时的感觉，“我也观看扩大在她脸上罩得太紧的贴面面纱时撅嘴的动作，而当我把这写下，往日我亲吻她蒙着面纱的脸时嘴唇所感到的网线的轻柔接触就回到我这里——飞回到我这里，带着一声欢乐的喊叫，从雪一般蓝的蓝色窗子（窗帘尚未拉起）的往昔传来”。是穿越时空，感觉与错觉相互交织，既亲切、自然，又生动传神，把过去与当下（作者写作之时）连接起来，让人感到既亲近又遥远；在作者笔下，母亲的音容笑貌，历历在目。作者的笔法，新颖而又无比神奇。作者的思维是在过去与现实、现实与想象之间穿梭。

无论是钱钟书的《魔鬼夜访钱钟书先生》，还是卡尔维诺的《帕洛马尔先生》（作者假想出一个帕洛马尔先生来精准地同时也是婉转地表达他个人的思想与意识）以及《作家豪尔斯·路易斯·博尔赫斯谈博尔赫斯》，他们都一改传统散文的单弦思维的模式，而是在散文中有至少两个维度。一方面是现实的维度，对现实社会的丑陋看得入木三分，另外一层又是魔幻或者梦幻的维度或者哲学的维度，将读者带入一种全新的境界。通过两种维度的混搭（巧妙的配合），将作者想要表达的思想，充分、自如地表述出来。博尔赫斯有时是在现实与哲学之间徜徉，《作家豪尔斯·路易斯·博尔赫斯谈博尔赫斯》，与艾柯的风韵颇为相似，顽皮、智慧，文中嵌入了抽象思维与神话两种思考的维度，警句、箴言、卮言，时时呈现，这就是后现代主义散文给读者带来的惊喜！

总之，要对后现代主义散文进行分类，的确是一件比登天还难的事情，而且如果给它分类的话，本身就违背了这些作家的创作意图，他们追求的恰恰是“一人一天堂，一花一世界”。所谓研究，只是一种有益的尝试而已。不过话说回来，文学批评毕竟是独立的，我们同样可以按照我们自己的意愿去发声，这也才是符合后现代主义创新精神的做法。

后现代主义散文是一种精神的饕餮盛宴，忠实记录了作者的全部思想，同时也是作者的深邃思想。依照了思想的“原型”，意识流般地将思想的片段原汁原味地自然呈现出来。这种思想的呈现，较少“加工”的程序，类似“浑然天成”，所以是片段的，更是智慧的。

阅读后现代主义散文，要不断与传统观念抗衡，传统观念不断站出来“嘲笑”“后”，而“后”又在执拗地、理直气壮地“炮轰”传统。作为研究者，要特别清醒地看到，传统散文呈现的只是感觉，而后现代散文呈现的则是以错觉写感觉，是正视错觉！后现代直接带给我们的是一种全新的思维方法，与开放、包容、多元、求新紧密相连；让人们逐渐远离单弦思维、固定模式，以一种更加富有创新性的朝气去面对各种全新的挑战。

论当代散文批评主体的回归

中国现代白话散文自五四诞生之日起，已历经近百年的历练。从百年散文长河整体考量，世纪之初既是现代散文的初创阶段同时也是散文创作的第一个高峰，而可以与之媲美的第二个高峰，则是20世纪末八九十年代的散文。五四散文家与五四文化精英的双重身份既造就了不朽的五四散文作品，同时也淬炼出值得珍视的五四散文批评。鲁迅曾明确指出新文学中的散文小品所获得的实绩在新诗之上，周作人和朱自清、叶圣陶等人也持相同观点。散文批评理论以周作人和郁达夫分别为《中国新文学大系·散文一集》《中国新文学大系·散文二集》所撰写的长篇导言为代表，周作人的散文小品繁荣于"王纲解纽时代"、郁达夫的"最具个性的文体"等言说，是那个时代的基本散文理论，也是对第一个散文繁荣期的总结。五四时期的散文理论，虽较少"鸿篇巨制"，但是当时的散文批评是带有浓重反传统意味的自觉、自主、自由的文学批评，它们是"以主体性为理论基质，以散文的人性和文学性为本体设定，确认白话文为语言载体，并以自我人格的表现为基本理论构想"的。周作人提出"中国新散文的源流我看是公安派和英国小品文两者所合成"即所谓一个"内应"一个"外援"，其实此话不仅道出了五四散文文体产生的原因，同时也反映出五四散文批评的理论依据。五四散文批评虽然是以反传统的姿态示人，但实际上它们对古代的文章传统尤其是公安派的理念还是有所继承的。"外援"也是十分明显的，"康德的审美判断"成为他们调和文学内在性与社会性对立的理论依托，黑格尔的"无目的的目的性"也成为周作人、梁实秋、林语堂等人"文艺本身就是目的""文学是无用的东西"，反对把文学作为政治宣传乃至道德教化工具，只承认文学是关于个人情感等等文学观念的来源。五四文学批评家所谓反传统，其实就是反对传统的"文以载道"的工具性，而大力倡导文学的个人性、主体性等。可以说五四散文批评，无论是对“公安派”的继承还是对“外援”的借鉴，都只有一个目的，就是要使文学创作与批评符合文学艺术规律，强调文学自身的独立性。从某种意义上说，这其实才是五四精英的真正功绩。所以五四散文批评，自然成为中国现代文学进步的标志之一。

很可惜，五四散文与散文观念并未在40年代以后得以延续，而是出现了“断裂”，恰如汪曾祺所言：“中国文化有断裂……真正的断裂是四十年代。自四十年代至七十年代几乎没有‘美文’，只有政论。偶有散文，大都剑拔弩张，盛气凌人，或过度抒情，顾影自怜。这和中国散文的平静中和的传统是不相和的。”这种“断裂”自然导致散文创作与散文批评的双重下滑。最终造成在整个当代文学批评领域，散文批评一直处于“弱势”，既没有系统的理论，又没有像样的批评队伍，散文批评主体严重缺失。这种“弱势”持续了漫长的三四十年，直到80年代初期才有所改观。散文批评从“低谷”中艰难行进的步履在改革开放以来出现的散文批评中，清晰可见。这期间的散文研究，笔者共收集到近600篇学术论文，经考察发现，当代散文批评经过三四十年的沉寂之后，也发生了脱胎换骨的“蜕变”，无论数量还是质量都令人刮目相待，尤其是在散文研究的主体性以及多元性方面给人深刻印象，与五四散文批评相互比照，当代散文批评主体明显呈现出“回归”之势。

一、主体意识的回归之路

当代散文研究在40年代到70年代数十年时间里一直处于“低迷”状态。其原因是多方面的。除了散文创作本身的衰落以及从事散文批评工作的人数之少之外，散文批评理论的匮乏也是重要因素。那个时代，散文批评基本是以社会学、政治学的理论为基础，散文创作自身的规律没能得以展现，更不可能成为研究对象。当时的所谓散文批评，只是一些类似“散文创作经验谈”式的口号，比如60年代出现的“文学的轻骑队”（柯灵）、“形散神不散”（萧云儒）、“海阔天空论”（秦牧）、“营造诗的意境”（杨朔）等等，这些观点极具时代特征，明显存在片面性和局限性。值得一提的是“轻骑兵”说、“形散神不散”等，在60年代以至于80年代，都产生过一定的社会影响。“形散神不散”被写入过小学的语文课本。而这些散文观念的共性是显而易见的。第一，这些散文观念都是单维度思维和工具性的产物。“轻骑兵”说，仅将散文的功能，局限在类似排球比赛技术层面上的“短、平、快”，为鼓舞人、教育人，将散文降格为部队行军队列一旁文工团员即兴所唱的快板书。作为实用工具性的产物，以小盖大，终究因斗转星移而暴露出它的褊狭。当然这些散文理念，在特定历史时期是有过积极意义的，不应一笔抹杀。“形散神不散”其时其地起过一定的规范性作用。第二，这些散文理念都取法于中国古典文论和诗论，只是把古典文论原本丰富多面的涵义加以肢解和狭隘了，是一种不折不扣的衰变和退化。“轻骑兵”说源于孔老夫子的“兴、观、群、怨”，诸多功能是并列的，缺一不可，“轻骑兵”说仅强调其实用功能。“形散神不散”说，是对当时的散文大家，尤其是杨朔散文创作经验的总结，它源于古典文论中的“意，犹帅也”，只不过将它八股制艺化了。最重要的是这些散文观念，无论是用知识还是用诗意，或者是“自我替代”或者是“自我置换”，都隐匿了“个我”。实用工具论，完全无视艺术自身规律的存在，一切为政治服务的社会学思路，导致散文批评的主体丧失殆尽。

散文批评主体的缺失，直到新时期伊始林非的《现代散文六十家札记》问世，才得到改观。此书揭开了散文批评主体回归的序幕。之后林非提出的“真情实感”论，使彼时散文理论匮乏的状态，暂时得到些许缓解。尽管“真情实感”论有它局限的一面，它混淆了职业伦理要求与审美规范之间的界限，混淆了艺术与非艺术之间的界限，这双重混淆导致它以职业伦理要求取消并完全取代了审美要求。即便如此，它依然是散文批评关注散文本体的开始，尤其是对“假大空”文风具有实质性的“反拨”作用。

20世纪90年代，楼肇明在《关于散文本体性的思考》一文中，从人类文化哲学及其跨文化的角度研究文学中的散文，站在中外散文史的交汇点上，透视散文："无论东方还是西方，散文在所有文学门类中与文化贴得最紧。我们完全可以说，散文在文化中，文化积淀在散文中。散文的质的规定性源于历史对其文化功能的要求。"他还说："散文属于文化，属于思想，从属于人的审美智慧。"在此基础上，他提出了"散文的文化本体性，散文作家文化人格的主体性、审美规范的先驱性"，统称"散文三性"，取代了之前时过境迁的散文理念。"散文三性"的提出，是五四散文理论的回归，给当代散文理论以及散文批评注入了新的生机与活力，真正显示出研究者的主体性。

由单向度思维到开放性思维、由"政治挂帅"的"工具性"特征到思、史、诗的整体把握，散文批评由批评主体的"缺失"到批评主体的"复位"，散文研究的方法、理论基础等等，逐步走上了正轨。

二、批评与批评家自身形象的建构

散文批评方始出现前所未有的"高涨期"是改革开放的80年代以后。由80年代的"真情实感"论到90年代初期的"大散文"概念及"文体净化"的主张，再到对"小女人散文""学者散文"的论争，散文研究的波澜，此消彼长。这些散文批评，涉及文体论、范畴论、类型论，是从多种视角对散文的表层现象进行的观察与思考。90年代一批中年学者是老生代散文家的学生，可以说他们在散文学术领域承担着与老生代散文家在散文创作领域中相对应的作用。楼肇明率先提出的"散文三性"，用他自己的话说，是整体性思维的产物，实行的是对人类迄今为止的散文史的全覆盖。他说，"一部散文史是民族文化性格的结晶史，民族审美品格的结晶史"。从功能上讲，他将散文厘定为"点化生命，润泽灵魂"；从创作主体上讲，散文是作家文化人格主体的艺术体现。这个论说是自足和自洽的。“散文三性”指的是文化本体性，作家文化人格的主体性、审美规范的先驱性和恒定性的统一，与散文本是思、史、诗的三维一体，和作品中表现出的作家心理结构是思想者、学者、诗人的三个维度的统一，是集三者于一身。这是一个折叠式的散文理论构想。在这里须特别指出的是“散文三性”说，也并非与中国古代文论毫无关系，“思、史、诗三维一体”与《文选·序》“事出于沉思，义归乎翰藻”，姚鼐的“义理、辞章、考据”等存在着承袭关系，只不过是创造性转化罢了。思，当然不是指孔孟之道，而是现代思想；史，大于考据；诗，大于辞章，但三者是对应的。换句话说，所谓“散文三性”，应该是从桐城派那里“化”过来的。楼肇明曾经多次重申这个理论构想，他说，散文从来不曾有完整的理论体系，他的“散文三性”说，也只是一张散文理论殿堂的蓝图，他充其量只不过是一名架子工，搭了一座未来建筑的脚手架而已。虽然作者谦虚，但是众所周知，散文三性，这一纵观全局对世界散文的整体关照，无疑显示出当代散文研究的深度，成为当代散文研究领域的一个亮点。林贤治提出“散文是人类精神生命中的最直接的语言文字形式”，“散文的内涵源于个体精神的丰富性”。强调了散文与人类自由精神的密切关系。既是对“散文三性”的重要补充，同时也是五四时期散文文体特性的呼应。

散文是文化的载体，散文创作的文化本体性回归，散文批评和散文理论的文化回归，我们还可以从发生在散文文坛上或正或反的喧嚣和骚动中，见出一些端倪。所谓“学者散文”的提出，“大散文”“文化散文”等一时为几家散文刊物张帜，这颇有点同义反复、循环论证、原地踏步的味道。因为散文从来就是文化的载体，散文不可能不在文化中；散文原本以小见大，外小内大，小中见大。按照列宁在《哲学笔记》中的说法，一条大河主干道的水流，和水面上的泡沫都是河流的本质。据此，内和外，大和小，都是文化，都是散文的本质。从楼肇明的“散文三性”说，到几家散文刊物的散文理论探讨，从中以一个侧面折射出散文批评理论的探索，是在广阔的文化空间中前进的。由对散文批评本身的关注到对散文批评主体的关注，这是散文批评走向成熟的重要标志。

借用秦兆基的话来说，楼肇明是当代散文创作和散文批评左右开弓、双管齐下的学者。他的《星约·情冢·诗课——张晓风散文论》，我们可以看到作者娴熟地从荣格的人格心理学谈到巴赫的“狂欢”“复调”的理论修养。《在生存时间的堤岸上》一文，是对王鼎钧的散文进行的理性分析，从中可以领略到从本雅明的历史哲学到海登怀特的后结构主义历史叙事学的深刻印痕。也许由于他过于钟情和珍惜自己的史实框架和理论建构，仅仅将评品对象视为自己理论架构中的一个个案，对于那些“型号”较轻的作家作品来说尤其难免时有拔高之嫌疑，但这与自我营销者是决计不同的。旁征博引，“广开借贷”之路，以中外古今史学和美学遗产珍品为参照，对批评对象进行粉碎性的解构以后加以重组，是楼肇明散文批评文字的一个较为醒目的书写特征。他在散文批评领域显示出比其他同行更为广阔的理论视野和文化视野。

孙绍振是我国文学批评家队列中极少数卓有成就的文论家之一，“错位逻辑”的发现者。错位逻辑构成了他的“变异论”和“幽默篇”的理论基础。他一涉足散文批评，就令人瞩目。他的《建构当代散文理论体系的观念和方法问题》等长文，一下子提升了当下散文批评理论建设的水平。他对思维谬误特别敏感，他的文章雄辩滔滔，使论辩对手无招架之力。他的《“真情实感”论在理论上的十大漏洞》，从黑格尔式的辩证法出发，在心理学、美学、哲学、文体学、思维模式等方面深入剖析了“真情实感”论的“十大漏洞”。文章所论及的问题，远远超过了“真情实感”论本身的内涵与外延，实际上是借着对此论的甄别而抒写作者个人对于散文研究的洞见，尤其是关于审丑散文与审智散文的分析。文章是对于旧理论的审视与其中不完美之处的揭发，对于催生新的散文理论的诞生有重要裨益。孙绍振能言人未言，且常常出语惊人，对当代散文现状不断发出掷地有声的真知灼见。

林贤治的批评、做派，颇有其先辈胡风倡导的主观战斗精神，忌平庸如仇寇。他笔锋犀利，笔触到位，往往如外科大夫的手术刀，切入病灶深处。《90年代散文：世纪末的狂欢》认为，20世纪90年代的散文“整个思想观念，脱不开老旧的固有的河床。由于个人在按惯性写作，面貌大体一致，水平无甚差异，故而从整体上看，依旧波澜不兴，深涵一片”；换句话说，90年代的散文看似繁荣，实则是一种“苍白”与“浮躁”的世纪末的大众狂欢。观点虽然有些“悲观”，但是不无警醒作用，尤其是在“众声喧哗”之时。当然林贤治的散文批评文字，偶有言过其实、过犹不及的情况，也不能不说是缺憾。但无论如何，这是散文批评独立性的最佳呈现。林贤治以他的散文批评塑造了个人“勇猛的战士”的形象，颇有“狂人”的清醒与抗争的特征。

上述三位批评家的研究实践提示我们，有价值的散文批评，一定源于批评家强烈的主体意识，主体即个性，主体的回归即个性的坚守。有个性才有可能发人未发，正如文学创作要有作家个性一样，批评家必须坚持自己的独立意识。散文批评不仅能够阐发个人的观点、学识，同时还能塑造与完善批评家自身的形象与个性。

三、多元并存，可能性空间的拓展

所谓多元并存，即多种批评方式并存。恰恰是批评家主体性的回归，才使得其批评视野大开；批评家的不同立场得到充分认同，才有批评领域的海阔天空。成熟的批评，应该允许不同的声音存在，应该是真正的海纳百川。改革开放以来的散文批评呈现出大气包容的势态，各种批评理论的引入、各种批评方法的运用，使得散文批评出现了兴盛的景象。恰如弗莱所言“批评是一种思想和知识的结构，这种结构本身有权利存在，而且不依附于它所讨论的艺术，具有一定程度的独立性”“批评家拥有自身的活动领域，并在该领域中享有自主权”。文学批评是否具有主人翁姿态，对于批评本身的成败起着至关重要的作用。

范培松的批评视角是负责任的俯视。他的《当今散文的审美及评估》，旗帜鲜明，批评了当前一些散文家理论家有关散文发展的观点，指出："遍地开花"是"文化自我"解放的必然，"密切联系现实"不是繁荣散文的灵丹妙药，"精""气""味"是散文审美的三大关键词。值得关注的是范培松对于整个20世纪中国散文发展脉络的有序梳理，《中国散文史》标志着整个中国现当代散文研究整体上了一个新台阶。其中对于五四散文的背景及作品分析、对于港台散文的分析、真正打破现当代的界限尤其是梳理出散文文体内在的逻辑发展轨迹，都成为此项重大散文研究成果中的亮点。范培松的《中国散文史》，真正从散文创作的内部发展规律切入，勾勒出不同阶段的散文特征，定位准确；从多种角度对不同作家进行了深入的剖析，尤其指出了一些作家创作方面的不足以及过往文学史"悬而未决"或"避而不谈"的问题，此书不仅面对而且解决了。书中对于郁达夫的分析尤见功力。此书绝不是史料的堆积，而是对众多散文家及其作品的深入探究。范培松的散文批评往往鞭辟入里、入木三分，充分透视出作者老骥伏枥、志在千里的老道与睿智。

徐学是最早向大陆介绍台湾散文的学者，他的《西而不化与西而化之——余光中汉文学语言论之一》，充满激情，用五彩缤纷的文字所塑造的余光中，是接受美学名之为期待视野中的余光中。南帆的《文类与散文》，可谓应用现代"文类"概念进行文学批评实践的范例。文章认为文类的强大权力迫使作家服从文类的惯例和成规，与作家瓦解文类的力比多冲动构成文学史的冲突和张力。又由这一视角出发，文章探讨了一个有趣的问题：散文这一文类的文类瓦解功能，或者说，散文含有反文类倾向。此论发人未发，令人眼前一亮。《不合时宜的美文——张承志散文论》，作者黄发有稳健扎实而锋芒毕露的批评风格、独树一帜的批评方法、深厚清明的学术理性等等一一得以展现。文章探讨了张承志从浪漫主义向唯美主义的转变，从诗性到神性的精神路径，分析并指出"永远的异端"

的定位必然成为张承志的桎梏，张承志只有像鲁迅一样“抉心自食，欲知本味”，进行深刻的自我解剖，才能照亮内心的黑暗，穿越生命的迷途，树立真正意义上的文学批评的标杆。此文，敢于批评的锋芒令读者敬佩，但是对于张承志散文的某些评价与分析，笔者不能苟同。上述这些散文批评，视角新颖，让人真切感受到当代散文批评走向成熟的步履是何等稳健。

可以毫不夸张地讲，近30余年的散文批评，在研究的多元性方面大大超越了五四时期。五四时期的散文批评，代表性的文章主要是周作人500字的《美文》以及周作人、郁达夫分别写出的《中国新文学大系·散文一集》《中国新文学大系·散文二集》的长篇导言、葛琴的《略谈散文》，还有十几位散文家兼评论家的零星的散文批评片段。那时着重探讨了散文的所指及分类、散文“个人之发现”及抒情性等特征、散文与其他文体的区别及文学性等关于散文文体的基本问题，大体停留在基础性研究的阶段，五四散文批评留给当代的最大财富就是对文学自身规律的尊重与仰仗。而改革开放后的近30余年，散文理论、散文现象、作家群等等的综合性研究，则大大加强。成果丰硕，毋庸置疑。

在改革开放以来的散文批评中，也不乏针对现代散文的批评亮点。有些学者的散文批评，其切入点新颖独到。因为具备了主体性，所以其批评往往洞彻底里、切中肯綮。钱理群在《鲁迅散文漫谈》中指出，鲁迅散文的特殊价值在于“相对真实与深入地展现其个人存在——个体生命的存在与文学个人话语的存在”。他认为，《朝花夕拾》是“任心闲谈”，《野草》是拷问自我，杂文中的散文是观察社会作清醒的批判，演讲词是袒露自己的思考与困惑，与听众一道探索。在作者的指引下，我们由散文走近鲁迅的生命个体。舒芜《周作人的散文艺术（上下）》，在剖析周作人散文特色时，作者细分为平淡、腴润、平淡与腴润的统一三个部分，继而分析周作人散文中异于平淡腴润的成分及其与平和冲淡特色的内在关系；文章还论述了周作人的坚持“人文的全体”和中庸美学理论等等。文章大量引述原作片段，文本解读精细，论述严密，丝丝相扣，深入揭示了周作人散文世界的丰富性与复杂性。陈平原《林语堂的审美观与东西文化》，则在20世纪东西文化相互碰撞的历史背景下，从文化的角度切入林语堂的审美观，认为林语堂审美思想的发展有一个“由克罗齐而袁中郎，由袁中郎而老庄”的“三级跳”过程，并指出老庄思想是林语堂实现其东西文化交汇的关键，以此为基础，林语堂得以立定脚跟，放眼中外，把表现说、性灵说、幽默、闲适等融为一体，创造出“独立”的文艺理论体系。陈平原的批评，视野开阔，论证严密，具有相当的理论深度。王嘉良的《“白马湖”作家群：精神品性与审美追求》认为，“白马湖作家群是以其显赫的文人群体组合和丰厚的文学创作实绩，显示出它在中国文学史上独标高格的意义，尤其是在一个相对集中的历史时段和在一种特定的文体领域里的无可漠视的价值”。作者从“五四”精神与“为人生”立场、“平民意识”和平民立场、儒佛融通中的高洁人格追求、“人生艺术化”的审美选择等方面重点论述了白马湖作家群的精神品性与审美追求。

面对如此丰厚的当代散文批评，我们不得不自豪地说，尽管以五四散文批评的独立精神为旨归，当代散文批评无论数量与质量均已毫无悬念地超越了五四。当然近30年的散文批评成果，也不能说是完美无瑕，也存在一些批评的空白，比如：散文的诗性思维问题，散文中的诗与诗中之诗的异同；散文中的艺术真实性问题；借鉴和挪用中直接搬用的问题等等。这些论题的论证与研究，将有待于未来散文研究者的共同努力。

当代散文创作摭谈

回顾近30年的散文创作，其成就还是可圈可点的。首先，八九十年代的老生代散文（杨绛、金克木、萧乾等），在中外文化的厚重积淀中“化”出了难得的通达与洒脱；其次，余秋雨的知性散文、王小波娴熟的反讽、史铁生深层的人生终极关怀、韩少功人文关怀与生态关怀的结合、南帆将知性本身作为散文内涵的后现代主义散文、刘亮程存在主义哲学在散文当中的体现等等，都给当代“多元复调”的散文艺术长廊增加了绚丽的色彩。他们的散文创作在某些方面与时代精神息息相关，杨绛与金克木以及上述多位散文家，都称得上是当代文坛中的思想者，特别是90年代以后，在总体上所取得的成就是对现代散文第一次高潮（1919—1930）的超越。就近30年的散文创作整体而言，散文精品的数量，可以说是不次于现代散文30年；以“老生代”为代表的散文家，其学贯中西的文化素养在自己时代的水平上可以与五四散文家并驾齐驱（五四文化巨擘除外），老生代散文不仅与五四散文接轨，而且在继承民族文化传统与吸收外来文化两方面都有令人瞩目的成绩；在散文艺术手法的创新探索方面也可以说是丰富多彩。当然任何时候都会有“繁华遮蔽下的贫困”，在散文成就的周边，也还存在些许不太如人意的散文作品。把这些作品的特点剖析示人，给后人以警醒，可能也是这些作品存在的“意外收获”。

散文曾经是文艺复兴和思想启蒙的工具，在某种程度上代表了一个民族的思维模式和文化品格，文化本位性无疑是散文的本质特征。散文靠的是作者赤裸裸的“实力”——作者文化人格的深度与厚度。

五四散文姑且不提，就是在当代老生代散文里，一方面儒道精神，处处闪现；引经据典，随手拈来，“仁学”“诚学”等古典文化的精华得以重生；另一方面他们的散文里也自然浸润着外国文化的影响，他们不但可以用西方文学作品的内容来表达自己的思想，更能对西方的文化思想做出客观、公允的评价。他们的文化视野是多元的。其散文作品常常会涉及20世纪中国文化史上的许多重大事件、重要话题，笔之所到，无不留下他们的重言、卮言、真言乃至寓言。比如对孔子的评价、对五四的评价、对中国"反传统"传统的认识、中西文化的比较、显文化与隐文化、宗教信仰问题、科学、哲学与艺术的关系等等，他们这类随笔大都写得汪洋恣肆、滔滔汩汩，思路开阖自如。这一方面取决于他们的人生经历，另一方面也取决于作者主体深层体验的深度与广度。但是在当下一些年轻人的散文作品里，却因为文化底蕴以及深层体验的欠缺而显得单薄无力。尤其是有些冠以"哲理散文"的作品，作者虽然采用了独句语段的形式，似有蒙田、培根的随笔之风，但是读者仔细品味之后就会发现，内涵浅陋，徒有其表。其中最根本的原因就是作者的肤浅。这一方面是作者自身的修养问题，另一方面也是社会导向、风气的问题。究其根本是某些人将市场原则与文学创作规律混为一谈的恶果。在有些"80后"的散文创作中，也有极少数作者引用古典诗词，但是往往让读者感到欣慰的同时，也会很快发现那些引用与上下文基调的不和谐。余光中说散文是"测谎器"，孙犁说散文是老年人的文体，其实他们都从侧面表明了散文是对作者综合实力的检验。散文要展现作者真实的情感与经历，容不得半点虚构或伪装；人生阅历丰富才有可能表达深刻，浮泛与浅薄都与散文佳作无缘。

罗曼·雅各布森认为"文学研究的对象并非文学而是'文学性'"，散文的文学性，既不能像诗歌那样直抒胸臆，也不能像小说那样讲究结构布局，而是要用一种含蓄蕴藉的语言表达极为丰富的内涵。散文在本质上是思、史、诗三位一体的，思想性是首要的，诗性主要是指散文的审美。高水准的散文应该拥有不同于诗的诗性。小说讲究情节、结构，而散文要有细节以及随意性，散文的写作应该像流水一样，不留任何雕琢的痕迹。鲁迅的某些散文，其表达就是以"无情"表"有情"，文字背后的力量是十分厚重的。

《朝花夕拾》与《野草》，已经融入了众多现代主义元素；而杨绛与金克木在散文艺术手法的运用上也已经涵盖了从古希腊到后现代主义的多种手法，超越时代，是各个时期散文“大家”的共同特征。具体而言，老生代散文在艺术追求上，普遍表现为“随物赋形”“无技巧之技巧”的境界，常常是寓绚烂于平淡之中，表现出传统与现代相互交融的特点，对话体及反讽手法的运用、内敛式的思维方式、简洁内蕴的语言形式共同构成了他们富有诗化个性的艺术表征。

儒学大师钱穆对汉字有深刻的理解，他说中国文字“能以甚少之字数而包举甚多之意义。其民族文化绵历愈久，镕凝愈广”而且是“以文字之明定，驭语言之繁变”。[①]而汉语这种形式简洁而意蕴丰厚、无可比拟的表现力，在散文作品当中的体现是最为凸显的。杨绛在回忆父亲的散文里写她得知父亲有过一次中风的经历，这样描述自己的感受：“我只觉口角抽搐，像小娃娃将哭未哭的模样，忙用两手捂住脸，也说不出话，只怕一出声会掉下泪来。我只自幸放弃了美国的奖学金，没有出国。”作者将自己的真实感受和盘托出，细腻、真切、感人，而不是直陈什么父女情深。同样是回忆故乡、怀念父母的素材，有些年轻的散文作者则只会概括生活事实，只是一些简单而粗线条的表述。比如“在我最孤独的时候，我开始怨恨父母，恨他们的无情，恨他们的残忍，恨他们的……将我一个人扔在这个陌生的城市孤独面对着孤寂的夜晚”。很显然，作者未能挖掘出自己那种感受的独特性，未能真正呈现出自己那种特殊的情感体验，相反却是一种“文艺腔”，作者原本独特的情感体验，被概念性的词语淹没了，明显是“有口无心”“言不尽意”“词不达意”，全然一副“不给力”的感觉。像这样“不落地”的现象，还只是内涵空洞的具体表现之一，还有之二，那就是表面“天南海北”，但是实际每笔都是蜻蜓点水，俗话说叫“玩

① 钱穆：《中国文学论丛》，三联书店2002年版，第4、5页。

虚的”。比如同样是获奖的“新锐散文”里也有这样一段：“而罗马的神话同样因为这个城市而流传千古。无论是当年流水行云的拜占庭艺术，还是帝国元老院和凯旋门的历史风景，或许是神圣罗马帝国的布拉格，当尤瑞克斯和大力神的故事在一个华丽而又博大的时代激情上演的时候，城邦时代的影像和神话在那个时代悄然隐没。”思路不可不谓开阔，但是作者想要表达的意思，却是空泛而贫庸，是典型的商业性质的文化时尚“作秀”，“为文而文”要不得！作者文化视野的“虚无”与“狭窄”，是根本原因。更值得关注的是，这类“唬人”的思路，在某些“名家”的散文集里也俯拾即是。“忽悠”只能存在一时，绝不会流传一世！

散文的确是一种比较“自我”的文学样式。自由、灵活，“有一种活泼的文调”（梁实秋语），但是形式上的自由，并不能遮蔽散文内在的精神内核，那就是文化本位性、思想性和它的审美先驱性。所以优秀的散文作家，就是自己民族和时代的文化精英。身为一位散文作家，若一无诗才，二无学殖，那是不堪设想的。在老生代散文家里，要么是学者兼散文家，如金克木、杨绛、季羡林等；要么是画家兼散文家，如吴冠中、黄永玉等；要么是饱经世纪风雨的职业作家，如巴金、冰心、萧乾、孙犁等等。他们是当代文坛唯一一批亲身受到过正规中国传统教育的散文家，同时也是当代唯一一批亲身感受过五四文化精神洗礼和熏染的作家。他们的散文展示出学者、作家所特有的历史哲学，无论在文化人格架构方面还是艺术特质方面，都毫无悬念地成为后来者的典范。

论“以文运事”的散文与“因文生事”的小说

当代散文研究在近三十多年里取得了令人瞩目的成绩，发表的相关论文在600篇以上，专著也超过两位数，其中梁向阳的著作《当代散文流变研究》，是其中的代表。书中提出的散文三性即现代性、真实性、自由性以及对当代散文现象的观察研究，对于建构当代散文叙事学，提供了可进一步思索的参照。然而进一步的跟进研究，亟待出炉。

在文学文体理论的家族中，成熟最早的是诗歌理论，次之是戏剧理论，再次是小说理论。小说理论是小说修辞学和叙事学完善以后才最终宣告独立的。散文理论，确切地说，目前仍处于建构阶段。中国古代“散文”，源远流长，历史上曾经出现过多次散文繁荣的时代：先秦诸子散文、两汉史传散文、汉魏六朝的辞赋骈文、唐宋古文、明清小品。如此丰厚的历史积淀，为当代散文叙事学的建立，无疑奠定了坚实的基础。只是中国古代散文，其内涵与四大文学样式之一的“现代散文”的内涵不尽相同，古代散文概念有一个发展演变的过程，需留待以后另设专章阐述。

就现代散文自身而言，还存在许多需要厘清的问题，比如散文的文体特征。散文与其他文学文体小说、诗歌、戏剧相比，其中的区别在哪儿？联系又在哪儿？这些问题亟待澄清，这是本文探讨的核心。

一

“现代散文”，也就是周作人所说的“新散文”，其源头要追溯到蒙田和培根。五四时期，最早提及蒙田的是胡适，他在1918年4月撰文《建设的文学革命论》中谈到国外有不少散文样式值得取法，其中就提到蒙田和培根开创的随笔。而最早引进“Essay”这一概念的是傅斯年，他在《怎样写白话文》中说，散文“以杂体为限，仅当英文的Essay一流”。之后，郁达夫的《中国新文学大系·散文二集导言》、鲁迅的《小品文的危机》、周作人的《〈燕知草〉跋》、陈光虞的《小品文作法论》等文章，都强调英国随笔对我国现代散文的影响“大且深”。

英国随笔是散文的一种重要形式，原是与韵文相对而言的，泛指一切不讲求韵律和排偶的散体文章，相当于我国古代汉语里与韵文、骈文相区别的广义散文概念。所以西方的传统是把小说与散文都叫做叙事文学，散文与小说没有区分。随笔，在英国自16世纪末至20世纪初有长达三四百年的历史，有与诗歌争奇斗艳的辉煌成就。它是英国“历代文士驰骋才思、各显神通的艺术天地，是他们观照大千世界、表现自我个性，沟通人类心灵的便当方式”。五四时期，对于广义叙事文学概念引入时间不长，很快就衍生出一种“非小说性散文”，于是出现了我国现代文学“四分法”中的“散文”概念，它包含随笔小品、史传、评论、游记、特写、书信、日记、演说辞等等体裁。

作为“四分法”之一的现代散文，一方面深受英国随笔的影响，另一方面又继承了中国古代散文明清小品的传统。现代散文立足于民族文学的立场，没有将散文传统淹没在叙事文学之中，而是将散文与小说、诗歌、戏剧并列，尽管现代散文与古代散文的概念内涵有出入，但依然延续了中国古代散文处于主导地位的特征，这体现了五四学者、作家对于中国古代散文传统的坚守，也是五四散文的最突出特点，也就是周作人所谓：新散文发达、成功的缘由即“一是外援，一是内应”。五四时期，众多作家与学者，如王统照、朱自清、梁实秋、林语堂、李素伯、葛琴等等，都曾参与过关于“Essay”的大讨论。他们的探讨，都结合了各自的创作实践，无论是“小品文”“絮语散文”还是“纯散文”“小品散文”等等，实际大都指向了两类文体，一是叙事抒情散文，二是随笔。只有鲁迅例外，他所说的小品文，是指现代杂文（与刘勰《文心雕龙》里的所谓“杂文”不同）。

现当代散文的创作实践，大体也是沿着这种“两分法”的路径发展的。概念的内涵既已确定，接下来就是对现代散文的文体特征做细致深入的探讨，在与其他叙事文学的对比当中，则更能见出散文自身的特性。

二

关于散文真实性的问题，林非、刘锡庆、林斤澜、梁衡等，都认为真实是散文恒定不变的原则。而对于散文“真实性”的判断标准，其他评论者也有不同观点。陈剑晖曾撰文论述了散文必须在真实的基础上有所虚构的观点。总之，相关的论述、不同的观点，并不少见，但仍有阐释的空间。

散文与小说，都讲究“真实性”，但是真实性的内涵有所不同。就一般散文而言，散文的真实性，主要是指散文文体承载的内容是曾经发生过的事实，而小说所写的是可能但未必发生过的事实，大多是未发生的事实。散文中的真实，是一种再现性的记忆的复制，再现同样也需要想象，但不是天马行空般的凭空想象，不是虚构，散文是“从记忆当中抄出来的”。小说则是凭借作者想象的翅膀“塑造”出来的。

散文中的真实，是客观实在的真实，是自然的真实，说白了，是实有其事的真实，人有户口，事有依据，一切都是有案可稽的。像杨绛的《干校六记》、季羡林的《牛棚杂忆》等等，都是对“往事”的记忆的再现。小说的所谓“真实性”，只是艺术的真实，是合乎生活逻辑的真实。就像鲁迅所说“艺术的真实非即历史上的真实……因为后者须有其事，而创作则可以缀合、抒写，只要逼真，不必实有其事也”。就像《祝福》，极具“真实性”，但是它不能等同于现实生活，它仅仅符合生活逻辑而已。文学理论家蔡仪曾这样概括：文学作品“即使写真人真事，也还是经过了作者一定的分析、综合、选择取舍的加工，决不只是照抄日常生活的实际情况”“实际生活中的一切，只是它的创作原料……”就像杨绛在《钱钟书与〈围城〉》中所阐释的那样，《围城》中的某些人物的确有现实生活中某个人的影子，但是那只是作品中的一小部分，随着作品情节的发展，大多数的故事，还是虚构的。小说中的人物来源于生活，但是高于生活；符合生活的逻辑，但是不等同于生活。

散文的真实性，包含了现实生活的真实以及情感的真实。散文所要呈现的是作家个人的人生经历以及对生活的感悟，是比较私人化的生活与情感，但并非意味着“窄化”和“矮化”。散文所呈现的“现实”，是经过了作家个人心灵的过滤的，而且常常是“眼底春秋，胸中岳壑”。而小说中的人物与事件，则是作者根据创作目的的需要塑造出来的、虚构出来的。

鲁迅在《朝花夕拾》“小引”里说，儿时所曾吃过的菱角、罗汉豆等，“都曾是使我思乡的蛊惑。后来，我在久别之后尝到了，也不过如此；惟独在记忆上，还有旧来的意味留存。他们也许要哄骗我一生，使我时时反顾”。鲁迅在此所道出的是一种普遍的真理：记忆会有“旧来的意味留存”，而这种留存“旧来的意味”的记忆，是带着一种主观情感的东西，是作者记忆之中的真实与美好。散文就是要表现这种记忆，而引发这种记忆的是真实的、已经发生的事实。林语堂曾经强调“小品文”读来应“如至友对谈，推诚相与，易见衷曲”实际上他展示的是散文的真实性。林语堂心目中的理想散文是：“乃得语言自然之节奏之散文，如在风雨之夕围炉谈天，善拉扯，带情感，亦庄亦谐，深入浅出，如与高僧谈禅，如与名士谈心……”林语堂对散文文体特征的这些阐释，与厨川白村的论述如出一辙，都强调了散文需不加掩饰，纯正天然，是作者心声的自然流淌。而这恰恰就是散文的灵魂，无论五四散文还是当代散文。

鲁迅的《朝花夕拾》、巴金的《随想录》、孙犁的《乡里旧闻》、杨绛的《干校六记》、萧乾的《北京城杂忆》、季羡林的《留德十年》、陈白尘的《云梦断忆》等等，都在作者与读者之间形成了默契，即散文作品的内容是真实发生过的事实。《乡里旧闻》尽管写得像小说，但是为什么依然被作者放在散文集里，关键是它们是回忆，记录的是作者曾经经历过的真实的人与事。散文当中的人物与事件，大多是已经发生过的事实、现实生活中活生生的人物。当代一些作家也曾直接阐释过散文与小说的差异。王安忆曾经直言："我以为小说和诗都是虚构的产物，前者是情节的虚构，后者是语言的虚构。而散文在情节上和语言上都是真实的。它在情节上和语言上都无文章可做，凭的倒都是实力。"王安忆既阐明了小说与散文的区别，同时也强调了散文对于作者有更高的要求。同样，池莉在自己的文集第四集里这样袒露自己的创作感受："虽然我是一个以写小说为主的作家，但是从感情上我更珍视这些散文随笔……它们更其真实和本然。""我非常感谢有了散文随笔这种散漫随意和率真的文体形式。它使我不必将每一句想说的话都非得借助别人的口说出来。"池莉把这一集叫做"真实的日子"。其中一篇叫做《怎么爱你也不够》，讲的是从她怀孕到把自己的女儿生下来并把女儿带到四五岁的生活经历。池莉强调了散文"真实和本然"的文体特征，所谓"借助别人的口说出来"，也就是小说中的人物，也就是小说的虚构性。可见，池莉对于散文与小说的区别是有自觉意识的。

就像王安忆、池莉对于小说的感受那样，小说的虚构性是极为突出的。众多学者、作家都对此有自己的理解与分析。明清小说评点家金圣叹在《读第五才子书法》中指出，"《史记》是以文运事，《水浒》是因文生事。以文运事是有事生成如此如此，却要计算出一篇文字来，虽是高才，也毕竟是吃苦事。因文生事则不然，只是顺着笔性写，削高补低都由我"。"以文运事"和"因文生事"，清楚地划开了散文表现真实和小说需要虚构的界线，切中肯綮；同时金圣叹也阐明了"以文运事"的艰辛以及相比较而言"因文生事"的随意适性，无意中道出了以事实为依据的《史记》和以想象为指针的《水浒》创作过程的差异。无独有偶，金圣叹对于小说创作过程的这种理性分析，现代多位作家同样也有自己的感悟，只不过现代作家的描述比金圣叹更为细腻。比如，鲁迅曾经说过他创作《祝福》的经过，他说写“祥林嫂”，她的“有没有灵魂”有没有地狱的情节取自一个原型，她的再嫁与抢亲情节又概括于农村的类似事件，阿毛被狼衔走是一个看坟人遇到的实事，鲁四老爷的书房又是以作家的故乡为蓝本。鲁迅在《我怎样做起小说来》中说：“《祝福》所写的事迹，大抵有一点见过或听到过的缘由，但绝不全用这事实，只是采取一端，加以改造，或生发开去，到足以几乎完全发表我的意思为止，人物的模特儿也一样没专用过一个人，往往嘴在浙江，脸在北京，衣服在山西，是一个拼凑起来的角色。”是“杂取种种，合成一个”。这些创作经验，极其明确地说明了小说创作是以虚构为前提的。

同理，老舍在谈到“骆驼祥子”的创作过程时也说过“祥子”这个形象产生的缘由：“记得是在民国二十五年春天吧，‘山大’的一位朋友跟我闲谈，随便的谈到他在北平时曾用过一个车夫。这个车夫自己买了车，又卖掉，如此三起三落，到末了还是受穷。……紧跟着，朋友又说，有一个车夫被军队抓了去，哪知道，转祸为福，他乘着军队移动之际，偷偷地牵回三匹骆驼回来。这两个车夫都姓什么？哪里人？我都没问过。我只记住了车夫与骆驼。这便是骆驼祥子的故事的核心。”可见“祥子”这个形象是来源于现实生活中两个原型的综合，可以说，小说的创作过程即是从虚构到虚构，恰如阿·托尔斯泰在《向工人作家谈谈我的创作经验》一文里说过的，没有虚构就没有文学。这里所谓“文学”自然是指小说。也像楼肇明所归结的那样：“小说依凭虚构，而散文允许虚构的情况几乎等于零，散文是经验事实、体验事实、感性、知性的文学体裁，它拒斥像小说那样隐去直接的经验事实和体验事实，以白日梦的形态作艺术呈现。”

如果散文允许有若干虚构成分的话，也仍然是有底线的，即在散文中作为叙事人的作者是不能虚构的。众所周知，散文的叙事人等于作者，小说的叙事人不能等同于作者。鲁迅的《人力车夫》，虽然用了第一人称，但它是小说，读者都清楚，文章中的“我”，不能等同于鲁迅。郁达夫的小说《沉沦》，尽管用了第一人称，但是仍然是小说，不能因此就认为小说中的“我”，就代表了作者本人；而散文里的郁达夫，才是作者自己。也就是说：“小说中的叙事人，不论是隐作者还是显作者，都是可以虚构的，而散文则是作家人格智慧的艺术体现，叙事人都是作家其人，决不容虚构，散文允许再现性的想象，但不能容忍虚构自我，这条底线绝不能突破。”比如余秋雨的《道士塔》中对王道士的描写：“王道士频频点头，深深鞠躬，还送出一程。他恭敬地称斯坦因为‘司大人讳代诺’，称伯希和为‘贝大人讳希和’……”这样的描写就属于像骨生肉（钱钟书先生评《左传》语）式的揣摩，只是用以补足生活的场景而已。散文中的这种悬想，我们可以称之为是再现性虚构。而小说中的虚构是彻头彻尾的，是反映性虚构，想象性虚构。

可以说，散文是以真实发生过的事实为基础，是对现实生活的再现，大多数情况是纪实性的，是再现性的记忆的复制；小说创作是以作者的想象空间为基础，充满了“无中生有”的创造性想象，离不开“缀合”与“虚构”。

三

散文和小说创作都是作家心理活动的外化，都属于有目的的、主动的、积极的心理活动。感觉的锐敏，知觉的精确，记忆的耐久，思维的严密，感情的崇高，意志的坚韧，兴趣的健康，对于散文家和小说家都是不可缺少的心理品质。但是由于散文与小说存在着纪实与虚构的本质区别，散文与小说的创作心理，同样是有差异的。

散文的写作心理严格来说主要是联想。联想的心理活动的基本规律是由此及彼。联想包括感性联想和理性联想。感性联想多半由具体的事物或情景引起。比如鲁迅的《阿长与〈山海经〉》，由对于阿长的称谓到阿长的睡姿直至阿长所教的“吉祥话儿”，每一件事、每一个细节，都源于作者的联想，因为所有内容均为已经发生，而且所联想的事情均为日常琐事，且都是具体的事物或情景。这属于感性联想。

又比如鲁迅的《魏晋风度及文章与药及酒之关系》，虽然被放在杂文集里，但实际却是一篇演讲录，更符合随笔特性。这篇演讲录主要阐明了曹操以及“建安七子”的为人以及为文的特点，尤其是对于魏晋时代的文章风格，做出了极其精辟的评说。说它是一篇学术研究论文也不为过。洋洋洒洒，万字左右的文章，材料之间的连贯与衔接，靠的就是理性的联想。鲁迅对于魏晋时代的文章风格了然于心，概括、梳理、研究都是准确、熨帖的，所有观点均来自于作者的理性思考，绝不能掺杂半点伪饰。鲁迅的另外一篇作品《女吊》，也是被当作杂文，但文章主要介绍了家乡的民俗，实际也是一篇随笔，作家在写作过程中同样也主要运用了联想的思维方式。

无论是写作叙事抒情散文还是随笔，感性联想与理性联想都十分重要，作者都要调动一切已有的生活信息以及相关知识信息，“倾群言之沥液，漱六艺之芳润”，要“据事以类义，援古以证今”。联想要以现实为基础，其联想的内容当然是客观存在的事物。又如茅以升的《最早的桥》，作者在写这篇随笔时，绝不能像老舍写“骆驼祥子”那样，想象最早的桥是什么样。凭空的想象与有生活基础的想象都是不允许的。作者只能依据“桥”这一客观实体，去考察历史上关于桥梁史的记载。作者考察了东晋王嘉编写的《拾遗记》，还考察了《诗经·大雅·大明》中关于“梁”的记载，最后才得出结论：“我国最早的桥，就是浮桥。”作者在文章里向读者介绍了许多有关桥的知识，全文的写作完全依靠联想。总之，散文的写作是作者在已有的知识信息中，去搜寻、去选择。其创作心理主要是联想，但也存在少部分再现性想象。

与散文的写作心理不同，小说创作则是以想象为主要心理基础的。这种想象是创造性的想象、虚构性的想象。鲁迅曾经讲述过

“阿Q”这个形象产生的过程：他“该是三十岁左右，样子平平常常，有农民式的质朴，愚蠢，但也很沾了些游手之徒的狡猾”。可见，阿Q这个形象是根据作者的创作目的“塑造”出来的，阿Q具有什么样的性格，全由小说的创作宗旨来制约，于是“阿Q”形象便集中了中国农民身上的各种“劣根性”。另外，我们再看看“骆驼祥子”这个形象的创作过程。老舍曾经这样描述：“怎样写祥子呢？我先细想车夫有多少种，好给他一个确定的地位……车夫们而外，我又去想，祥子应该租赁哪一车主的车，和拉过什么样的人……有了人，事情是不难想到的。人既以祥子为主，事情当然也以拉车为主……于是，我还再去想：刮风天，车夫怎样？……下雨天，车夫怎样？由这里，我又想到，一个车夫也应该和别人一样的有那些吃喝而外的问题。”可见，小说作者考虑的是“人物”可能怎样生活，应该怎样生活，而不是记述他过去怎样生活、正在怎样生活。丰富的、合乎情理的想象是小说创作过程中重要的心理基础。换句话说，缺乏想象能力的人，是当不了小说家的。莫言是一位出色的小说家，他曾经谦称自己就是一个会讲故事的人，所谓会讲故事，其前提就是得有超常的想象力。文学的想象又可以分为三类。首先，想象可以把现实生活中被时间、空间分开的事物捏合在一起，创造出全新的形象。也就是鲁迅所说的“嘴在浙江，脸在北京，衣服在山西，是一个拼凑起来的角色”。其次，想象能使一个客观事物被另外的客观事物所补充。如孙悟空这个形象就是人与猴互补的结果，非人非猴也是一个全新的形象。最后，想象可以把客观事物加强或削弱，如英国作家斯威夫特《格列佛游记》的“大人国”“小人国”。总之，想象是“精骛八极、心游万仞”，是一种超现实的关联。

从散文的写作心理和小说的创作心理的差异看，小说的主体性比散文的主体性强烈得多。小说创作给作者提供了更为广阔的发挥主观能动性的空间，可以“因文生事”；而散文写作则更多需要“按部就班”“以文运事”，必须按照基本的客观事实去组织篇章。可以说，散文反映主客观世界的方式，是在已有的现实材料中去“选择”，所以更多的是联想。而小说反映主客观世界的方式主要是模仿现实生活去创造一个全新的与现实生活毫无现实关联的虚拟世界，虚构性想象、创造性想象是必备的心理基础。

四

散文与小说的差异，不光体现在虚构与否以及创作心理的差别上，同时还体现在对于作者的不同要求上。散文属于“向内”的文学，所谓向内，指散文常常是对作者内心世界的呈现，散文要表现客观事实，不能有半点虚假成分。散文表现的常常是人生重大历史背景下的一个“点”或者说是人生的一个横断面，是经过作家内心世界过滤之后的眼中的现实，是对作家自身情感和心灵的审视与裸露，它直抵心灵。换句话说，散文的作者，是完全裸露在读者面前的。散文作者，首先是文化人，其次可能同时还是学者、小说家、戏剧家、诗人等等，作者本身的文化积淀都会自然而然地融入到散文作品的字里行间；更因为它没有任何人格面具，所以作者的思想深度、历史哲学以及审美风格等等都会在散文中裸露无遗。散文的作者，有怎样的胸怀、怎样的修养，作品就会如实呈现怎样的胸怀、怎样的修养。因此，一方面，散文所呈现的是作者真实的智慧、思想、情趣以至于生活态度等等；另一方面，散文是不允许作者有半点虚假的成分的。余光中很早就说过“散文是测谎器”。比如当代某位知名作家在散文里，隐瞒了事实或者粉饰了自己，一些知情人就会站出来揭露真相，甚至对簿公堂！散文作品一旦出现与事实不符的情况，读者必然穷追不舍，这是散文文体特征使然。

小说属于“向外”的叙事文学，即指小说反映了“人”对社会现实这个“外部世界”的关注和探究。小说常常要反映一段时期的社会历史现实，不同时期的社会历史大背景的主要特征，会在小说中烙上明显的印记。有些作品表现的社会背景可能是近百年，如莫言的《丰乳肥臀》；有些作品表现的可能是几十年或者十几年，如路遥的《人生》。小说的重心，不管是现实的人生，还是哲理的人生，总之要表现相应历史背景下人的生存状况与精神世界，必须要表现一个相对完整的社会历史背景下的人生。作者不必对小说的真伪负责。小说家也不会遇到被审查真伪的麻烦，因为读者与小说家也已经达成了一种默契。在小说创作过程中，作家“个我”是完全隐蔽的，作家的思想或者兴趣爱好可能在作品中会有一定的体现，但是小说家的思想，是要通过作品中的人物、情节等诸多因素来体现的，不是也不可能直接表达作者个人的真实观点，所以才会有西方叙事学中所谓作者、“隐含作者”“叙述者”之论述。小说作者要将并未亲力亲为的“故事”，讲得比亲力亲为还“真切”，这就是小说家必备的想象能力与虚构能力。

综上，散文表现的是作者真实的现实生活以及他们的内心世界，散文作者的人格素养、思想深度等完全暴露在读者面前，散文作者在作品中大多是一种真实的呈现，散文与作者之间是一种天然地融合关系，散文要求作者必须讲真话。小说表现的是作者以现实生活为蓝本的想象的世界、虚拟的世界，小说作者并不等同于作品中的人物与思想，小说作者可以完全游离于作品之外，小说对于作者没有有关真伪的任何约束。

五

从静态的角度观察，我们可以梳理出散文与小说在不同层面的差异，这有利于我们对于散文本体特征的深入把握。而从创作实践的角度审视，不容否认，散文与小说，交叉与重叠的现象在作品中也有一定的呈现。

小说化散文与散文化小说，都有代表性的作品。关于小说化散文，较有代表性的几位作家及作品是，丰子恺的《王囡囡》《五爹爹》《忆弟》《中举人》《癞六伯》《歪鲈婆阿三》等等；余秋雨的《道士塔》《一个王朝的背影》《风雨天一阁》《这里真安静》等等；贾平凹的《丑石》《河南巷小识》《盼盼》《一位作家》

等；台湾散文家有琦君的《一朵小梅花》《髻》《一对金手镯》《外祖父的白胡须》等。小说化散文，对于小说手法的借鉴就是有限度的，像前文所论述到的，不能逾越底线，叙事人必须是真实的作者。如果有人连叙事人都是虚构的，那么就不如直接写小说算了，没必要带着散文的帽子。

散文化小说，也值得一提。其特点是，小说情节淡化，抒情性增强，使小说整体洋溢着诗情画意。鲁迅的《伤逝》其实就是典型，诗意的浓郁远远超过情节的张弛。另外，废名的《菱荡》，沈从文的《边城》，萧红的《生死场》《小城三月》以及整个“京派”作家群都有这类创作特点。汪曾祺深受废名、沈从文的影响，他在小说创作上自觉追求散文的诗化，是一种“苦心经营的随便”。他的小说经常有天文地理、风俗人情、掌故传说，《受戒》《故里三陈》等近似随笔的小说文体，给读者带来了小说观念的更新以及别具一格的阅读趣味。外国小说家中蒲宁的《从旧金山来的先生》，契诃夫的《万卡》《草原》等等同样也是散文化小说的典范。《草原》，作为1888年出版的中篇小说，主要讲述了主人公在旅行当中所见到的大自然的景色和人们的生活，小说告诉读者，草原是美好的，人民是智慧的，但是草原上奔驰的没有人民的英雄，只有贵族、商人和神甫。小说表达了期望未来的俄罗斯大地应由人民来主宰的理想。小说中的景色描写堪称完美，散文化的诗意描述给小说增强了抒情意味，使小说在艺术上更加多姿多彩。

由此可见，虽然散文理论目前还比较薄弱，但是并没有阻挡散文创作以及散文手法在小说创作中的应用，其实两类交叉文体的出现共同说明散文与小说从根本上是两种不同性质的文体，否则何来这种倾向性十分明确的交叉文体呢？

综上所述，散文与小说的关系，应该是既有区别，又有联系。区别使二者各自凸显特性，成为各自独立的文体；联系又使二者在“互通有无”之中，彼此相互借鉴，相得益彰。论述至此，自然想到楼肇明的一段话：“散文是整个文学大厦的基座，是诗以外别的文学门类的母体，它还每每是一个民族、一个时代文学成就潮涨潮落的标尺，是作家们文学能力的试炼场，是测试其思想、文化、审美涵养的全部综合能力的一枚指针。”这段话一方面表明散文在整个文学门类中无可替代的重要位置，另一方面也强调了散文直接反映作家的思想、文化、审美涵养等全部综合能力的特征。作家在创作散文时，作家的心理活动、内心世界展露无遗，作家的文化人格全部投射在散文的字里行间。可以肯定，散文就是作家本人文化积淀的集中展示，也可以说散文就是文化的直接载体，是作家文化人格与智慧的艺术体现。

散文诗文体特征探微

——以“我们”散文诗群作品为例

散文诗自18世纪诞生至今，已经走过了两三百年的历史。在众多诺奖得主中，目前为止，还没有直接因散文诗作而获奖的。但是在获诺奖的作家当中，有一些同时也是重要的散文诗作者。比如法国的纪德、圣—琼·佩斯，德国的黑塞，西班牙的希门内斯，墨西哥的帕斯，印度的泰戈尔等。换句话说，世界顶尖级的作家当中，许多人都有散文诗创作。与小说、诗歌相比，散文诗的历史虽然算不上悠久，但是散文诗的起点却是比较高的。众所周知，《巴黎的忧郁》使波特莱尔成为世界散文诗的真正鼻祖，而巅峰之作《野草》使鲁迅成为中国散文诗创作的标杆。在两位散文诗开创者的引领下，散文诗作品，无论数量与质量都令人瞩目。其中国外散文诗创作有结集的《世界散文诗精选》，国内专门的散文诗刊物有《散文诗世界》等。另外值得一提的是，在高雅艺术日趋边缘化的20世纪90年代，北京还成立了散文诗创作团队“‘我们’——北土城散文诗群”。种种迹象表明，散文诗这种文体具有无限生命力。有学者曾经这样讲：“世界上任何一个国家和地区不会像中国大陆这样拥有一支值得自豪，人数以千万计的散文诗创作队伍，和一个更为庞大的足令西方诗人们眼热心跳羡慕得要命的诗歌读者文化市场了。”[①]尽管如此，散文诗，迄今仍无一个公认的定义和相对恒定的审美规范。所以散文诗的文体特征研究仍然可以成为今天我们要探讨的课题之一。本文试图以“‘我们’——北土城散文诗群”的创作为例，对散文诗的文体特征进行微观的探析，以求对散文诗的研究有所裨益。

---

① 楼肇明：《或是先知的箴言或是撒旦的诗篇》，《世界散文诗精选》，浙江文艺出版社2006年版，第12页。

散文诗不同于诗歌，但是在精神层面上，与诗歌最为接近。散文诗作为一种独立的文体，它首要的特征是诗性。所谓诗性，包括诗情、诗思和诗意。作者的情感、思想以及驾驭语言的功底全方位地裸露在读者面前。散文诗是作者敏捷才思的直接呈现。

散文诗与诗歌一样，饱含作者浓郁的情思。散文诗自始至终包孕在作者“浓得化不开”的“诗情画意”之中，就抒情性的浓烈程度而言，散文诗起码是与诗歌并行的，而且是外露的、直接的。虽然在行文中不会运用过多感叹号，但是字里行间的情愫是饱满的，甚至可谓字字皆情语。比如周庆荣的《我们》的开头：“多少个日子里，我们在寒冷的季节静静地坐着，孤独而美丽。……我们试图不被忽视地活着，但一生中最为辉煌的只是寂寞和遗忘。”[①]再比如爱菲儿的《可待因》：“所有的等待都有原因。/菩提等如来。/拈花等微笑。/因果等轮回。/我等你，今生的命运。”前者是对人生经历的艺术感悟，后者是借中药（毒品）药名的阐释融入人生真谛，处处皆感悟，笔笔皆有情。无论何种题材，散文诗应该是从第一个字到最后一个句号，都裹挟在浓浓的诗情里。说散文诗的作者是“情圣”，是不过分的。

所谓“诗思”，主要指散文诗的哲理性及深刻性。散文诗透过作者的心灵对客观世界的灼照，映射出作者对人类的命运哲理思考，是人类命运、人性善恶、人的心理意识轨迹和社会历史发展盛衰兴亡的艺术方程式。周庆荣的《我们》，从迷茫彷徨，到艰难的找寻与发现，再到最终的价值确定，反映了一代人从精神的迷茫彷徨、自省找寻到自我确立的全部阶段。再比如灵焚的《城市草稿》（作品081202），“消费已经主宰了社会的时髦，商业宛如一群性感且妩媚的妓女，满街广告着欲望。每一个夜晚，霓虹灯把每一条街道打扮得露骨的丰满。繁荣本来与灯火无关，而灯火却能渲染繁荣的梦想”。作品将现代社会物欲横流的本质揭示得入木三分。散

① 周庆荣著，蕙兰译：《我们》，译林出版社2010年版，第7页。

文诗的思想性、哲理性，是作品成败的关键。

所谓“诗意”，是指散文诗语言的华美。格律诗的解放构成了自由诗，自由诗的解放构成了散文诗；作为人类审美变革的产物，散文诗虽然冲破了诗歌形式严格的格律要求，但是内在韵律的呈现与辞藻的考究，依然是散文诗的重要特征。有人可能会讲，任何文学形式的语言都是美的，但那只是从整体而言，宏观而言；而散文诗的语言，则是需要句句精雕细琢，这恐怕是除诗歌以外，没有哪种文学形式能够与之媲美的。比如黄恩鹏的《孤独的梭罗》：

> 梭罗不孤独，一只小松鼠给他搬来了一座可以装得下全世界鸟鸣的森林！
>
> 他栽种山核桃、糖枫、白桦树和栗树。他听湖水的镜面打磨锋利的鸟鸣。他随清风吐扬文字的花香。那薄薄的香，切割着空气。他的孤独，是沿寂静而上、思想而升的雪花的孤独。他是一棵远离尘世的茅草，是一只浮游于天地的小木船。谦卑的小动物与朴实的大自然，是他内心频频闪亮的诗句，也是他超验生命的理由。

作品形象呈现了这位生态文学创始人的心路历程。每一句都朗朗上口、合辙押韵，艺术地展示了梭罗在瓦尔登湖的生活实景，无论是小松鼠、白桦树，还是雪花、小木船，所有的文字都给人带来美的享受。即便是写事物正反两个对立侧面的特性，文字本身依然是雅致的。比如《一朵花的力量》：

> 打开紧闭的宫门与窗帏，一朵花，呈现它的杀气与祥和。五百年、一千年或两千年，深不可测。可以让卑贱与高贵错位，可以让剑影与刀光聚拢，可以让兴盛与毁灭瓦解。无论是倾城倾国的牡丹，还是生死相许的玫瑰；无论是啼血啼泪的杜鹃，还是与世无争的南山隐菊。一朵花

啊，是一瞬也是永久。它释放香气，也容纳乌烟瘴气。一朵花，亦真亦假，柔软坚硬，抵得上十万大军的刀枪！

这里有牡丹、玫瑰、杜鹃与南山隐菊，同时也有杀气、剑影刀光与乌烟瘴气，作者深刻地表现出“一朵花”（女人）的正反两方面的巨大能量。表明作者对历史与现实深邃的透视力。与20世纪30年代陈梦家的《一朵野花》表现感伤情绪相比，题材重大并严肃，但是文字本身却依然优美。所有成功的散文诗概莫能外。

诗情、诗思与诗意的融合自然铸就了不折不扣的散文诗的诗性，也使散文诗无可置疑地进入了高雅艺术的殿堂。这注定散文诗不能高产、读者也不可能是所有普罗大众。所以有学者说“散文诗是与人类精神世界、精神结晶、人生的意义、目的和价值以及人的心灵、人性的深层世界紧紧联系在一起的。散文诗体是人类文化精英们手中诉说对世界的感受和探求的一种便捷式的、使用起来能够得心应手的工具”。[①]诗性构成了散文诗的灵魂。

散文诗脱胎于诗歌，保留了诗歌所独具的诗韵，当然也与诗歌存在着明显的差异。诗歌表现客观事物相对比较集中、概括，因而诗歌中的意象相对比较抽象；而散文诗因为比诗歌更为自由、整体内涵更加丰富，所以散文诗的意象相对具体，对意象的描述也更加细腻。无论是思想的含量还是审美范式方面，散文诗均可称为“拓展版的诗歌”。

散文诗的第二特征就是散体，即整体上的散文形式。如果没有散体的特征，散文诗似乎就不存在了。诗性与散体是散文诗作的“一体两翼”，缺一不可。这种散体特征，成为散文诗区别于诗歌的标志的同时，还增加了散文诗表现的自由度或者说自由流动的随意性，因而不仅加大了散文诗局部的内涵，同时也扩大了作品

---

① 楼肇明：《或是先知的箴言或是撒旦的诗篇》，《世界散文诗精选》，浙江文艺出版社2006年版，第4页。

整体的内蕴，使长篇散文诗作成为可能。周庆荣有分别写于1993年和2008年共46章的《我们》，黄恩鹏有《一朵火被缚到人间安居》（组章九题）、《内心的剑光》（组章六题）、《魏晋名士》（组章十题）、《一粒盐的魂》（组章二十题）等等。这些散文诗作品，思绪绵长，但不像散文可以声情并茂地叙事，更不像小说可以借助于人物、情节、结构去细腻地展开历史的长卷，长篇散文诗只能依靠自己的情思与才思，更需要作者有宏大的构思与恢弘的气魄。长篇散文诗中每一篇作品，又相对独立，好比一串串袖珍珍珠，最终连缀成一副富丽堂皇的珍珠项链。相比较而言，长篇散文诗创作的难度定然要高于散文与小说。以《我们》为例，看看散文诗的自由流动的随意性，可以产生怎样的“鸿篇巨制”。

《我们》在诗歌开篇，作者就直白地指出了“我们”这一代人“孤独”的生存处境。“我们”也曾有过努力挣扎，也曾向外界求助，但是均以失败告终：

> 不止一次地，我们希望每一次伸出去的手都能有所回报；不止一次地，我们怀着热烈的畅想，希望自己的这只手能不被人拒绝。
>
> 我们在数不清的场合里，握住的是空气的虚无，柔柔的空气滑过指尖，惆怅因此总是难免；我们呼唤众人能手拉着手，因为世界上许多事情是一个人难以做完的。[①]

作者无疑对这种尴尬、艰难的处境有着极为清醒的认知。“被忽视”不是一种独立个体的境遇，而是作为一种群体性的困境而存在着，因而“我们”这一代人陷入了求而不得、自救无路的窘境。存在定位的不确定、存在意义的缺失，让“我们”充满了疲惫与焦躁两相交织的情绪。一方面，“我们”对境遇有着较为自觉的自省

① 周庆荣著，蕙兰译：《我们》，译林出版社2010年版，第9页。

意识，而另一方面，“我们”的这种认知态度却又使自身迷茫与彷徨，继而做出了一系列自相矛盾的行为：

……于是我们寻找爱恋，又背弃了爱，仍然在继续苦求爱的神圣。①

作者深深反思了造成这种境遇的原因，他意识到，问题的根源首先在于“我们”这一代人自身：

想到有一双手曾向我们伸出，但又被我们忽视；想到一支歌曾真诚地响在耳畔，但唱歌的人依然遭到我们的冷落；想到一位女子会在最需要依靠的时候，我们却认为还有更重要的事情要做，将她推向无情的风雨。②

作者指出，“我们”被忽视的原因之一就在于“我们”也曾经忽视别人。这种间接拒绝的态度，一方面是因为“我们”试图走出一条属于自己的道路，另一方面是因为担心自己被“不忠与背叛”所伤害。

孤独的行人走在一条最为平静的路。

于是我们别无所求。我们目睹了背叛与不忠，亲历了重利而轻义，但奋不顾身前行的依然是一群不敢放弃最后信念的我们。③

19世纪的存在主义者克尔凯郭尔认为，死对人来说并非生命的最后之事，绝望才是人的致死之病；只有人才能拯救自身，而这契

---

① 周庆荣著，蕙兰译：《我们》，译林出版社2010年版，第11页。
② 周庆荣著，蕙兰译：《我们》，译林出版社2010年版，第15页。
③ 周庆荣著，蕙兰译：《我们》，译林出版社2010年版，第19页。

机也就正在反抗绝望当中。周庆荣对这些身处困境中的“我们”寄予了极大的同情与悲悯，但是人们应该勇敢地正视这荒诞、虚无的世界，不计失败的结局，坦然地承担自己的人生，并且时刻都要不停地进行抗争。就像加缪所倡导的那样，生命的真正意义并不在于结果和未来，而在于反击绝望与积极奋斗的过程之中。因而，“我们”这一代不断“被忽视和拒绝”又极其需要“被认同”的群体，只有抱着不灭的信念继续找寻下去：

> 我们遇到坎坷，想到的是曲径有终；我们遭到诋毁，想到的是快乐的前奏；我们受到冷遇，想到的则是总算有一个机会可以让我们不依靠任何的人，仅凭我们自己的智慧和血性，去创造生活，去证明自身。①

> 我们的成长和困惑始终相交相织，我们是带着问题寻找答案的一代。②

作为一代人的宣言书，周庆荣很明确地指出了“我们”所追求的价值取向，点明了“我们”的精神主旨。在他看来，“我们”是“追求生命的自如、追求一种洒脱的活法、追求平淡真切”的，“我们”不愿人为地铺张夸大，不愿吞吞吐吐，不愿伪装自己的心灵和行为。简而言之，“我们”只是追求一种对责任的担当和一种对存在价值的构建。

在找寻与追求的过程中，“我们”避免“拳头和斗争”而遵循“交流和友谊”的方法：

> 我们把近处看成是远方，丑陋或卑鄙都幻化成风景，

---

① 周庆荣著，蕙兰译：《我们》，译林出版社2010年版，第21页。
② 周庆荣著，蕙兰译：《我们》，译林出版社2010年版，第33页。

我们以这种方式进行挑战，像迎接诱惑响应召唤！

我们的现实就这样越来越远离我们最初的理想。

鲜花终于不是为了美丽而开放，我们选择了果实，在收获的季节里，我们把丰收看成是人生的辉煌。[①]

最终，“我们”终于找寻到了存在的意义。“我们”意识到世上“生长着意义”，因而决定为“意义”而活。由此，作者笔下的“我们”的存在意义也被建构而成了。

这部散文诗集，作者以浅白朴素的语言，钩织成了“我们”这一代人找寻与发现存在意义的精神历程。作品中所表现的思想力度和深度、所体现的阅历和意志，绝非一般性的散文诗可以比拟。平淡，而山高水深。对于一部文学作品而言，再多的华丽辞藻和繁复修饰，都只是一种装饰，而字里行间中显露出的词锋、思想深度和启迪意义，才是一部优秀作品的真正价值。周庆荣的散文诗集《我们》，无愧为一代人的“宣言”，无愧为一部经得起考验的佳作。

由这篇散文诗作，我们可以清楚地看出，散文诗虽然形式自由，但是并非毫无章法甚至“意识流”，她不但可以表现“宏大叙事”，同时还能主旨鲜明，而且一以贯之，首尾呼应。

曾经被誉为“德国浪漫主义的最后一位骑士”、拿过1946年诺奖的黑塞（1877—1962）的散文诗作《烦恼的心情渐次消散》与周庆荣的作品，颇有精神上的相似性。“烦恼的心情渐次消散，离我远去了，生活又变得美好起来，天空又是一片晴朗，外出游荡又充满趣味。在这重新回归的日子里，我有一种身心复原后的感受：倦怠而没有痛苦，顺从而没有抱怨，感激而没有自卑。生命之线又开始缓缓上升。人们又哼起那配上了旋律的小诗，又摘下一朵花，摆弄着漫步时随身携带的手杖。人依旧活着，又挺过来了。想必以后

---

① 周庆荣著，蕙兰译：《我们》，译林出版社2010年版，第89页。

还能经受得住生活中可能发生的一切。”①

诗歌，常规情况下，多是独语体。而散文诗，既可以是独语体，同时也还可以有家书（周庆荣的《家书》《写给朋友的信》等）以及戏剧的架构（周庆荣的《三人剧》）。散文诗在形式上接近散文，但是二者也有本质的区别。

就抒情性而言，散文诗比散文更浓郁。散文虽然也具有抒情性，但是散文不能是句句含情。散文要借助于叙事或者议论、说明来抒情来间接抒情，散文诗则更多的是直接抒情。就叙事性而言，散文诗的核心是抒情，散文的核心是叙事。虽然在叙事的能力上，散文诗比诗歌强，但是与散文相比，散文诗叙事的能力则略为逊色。散文，以叙事为核心，篇幅少则上千，多则上万。散文诗则以抒情为核心，相对短小，所以散文诗虽然涉及叙事的成分，但是与散文相比，只能算是“蜻蜓点水”了，散文诗比散文要凝练得多，“浓缩的都是精华”，更具概括性。散文诗的叙事带有高度的概括性，是“诗意”的叙事；而散文的叙事则是生活本真的叙事，原汁原味的叙事。

第三是情与思的高度融合。庞德认为散文诗是“智力和情感的瞬间复合”。情感的浓度与思想的深度，在散文诗里是不能分开的。散文在叙事时，大多直接叙事，当然可以带有感情色彩；但是在散文诗里叙事是被包裹在情感的窠臼里的，绝不是具体的事件本身。诗歌里，因为形式的限制，叙事本身就相对短暂，而在散文诗里，“诗情”则被相对拉长了。诗歌的思想，大体要在整首诗作中完整体现，但是在散文诗里，思想是更为丰富和多元的，思想的丰富性，导致散文诗里两三行（一小节）就可以表达一层意思，所以散文诗的意蕴是比诗歌更为复杂的，同时情感的融合却是自始至终的，因而形成了情与思的和谐一致。

我们观察一下灵焚的《城市草稿》作品081108号（节选）：

---

① 楼肇明：《世界散文诗精选》，浙江文艺出版社2006年版，第145页。

因为繁忙，人们企图用一杯咖啡的心情留住一段音乐的记忆，在任意一个无人陪伴的午后。然而，心思却总在计划里进进出出，让手机的铃声勒紧脖子，把惬意零零碎碎扯断。

不知道为了什么来到世上，只知道懂得追问时自己就在世上。即使到了傍晚，剩余的疲倦还会掠夺生命在一天里仅存的一抹残阳。

让一种物质取代着另一种物质，一种速度占有了另一种速度，人们只是喘息着趴在时间的背上经历着莫名其妙的匆忙。

那么，有谁追问过：为了什么我们需要如此匆忙？

于日北京地铁10号线车上

作品揭示了现代人生活的困境——生活节奏的紧张，简单说就是永远匆忙。作者发人未发，指出了现代生活的“异化”：“让一种物质取代着另一种物质，一种速度占有了另一种速度，人们只是喘息着趴在时间的背上经历着莫名其妙的匆忙。”作者发现了现代生活这种畸形状态，同时对此提出了质疑。因为生活节奏的紧张，人们渴望“休闲”，但是即便在“休闲”过程中，“心思却总在计划里进进出出，让手机的铃声勒紧脖子，把惬意零零碎碎扯断”。作者深刻地揭示出人们被现代生活所奴役的窘境，指出现代人生活的目的茫然以及生活意义的缺失。作品不仅表现了对现实生活的深刻思考，同时也自然流露出作者对于这种现状的担忧。作品情感的书写，自然温婉，真切、细腻。情感的抒发与对现实的深入思考，达到了完美的统一。

灵焚的《城市草稿》，让人不由自主地想起废名的现代诗《街头》：“行到街头乃有汽车驰过，/乃有邮筒寂寞。/邮筒PO，/乃记不起汽车的号码，/乃有阿拉伯数字寂寞，/汽车寂寞，/大街寂寞，/人类寂寞。”在20世纪30年代，现代性的表现仅仅限于汽车、邮筒，而当下，已经是消费主宰社会、灯红酒绿的霓虹灯世界。事实表明，散文诗是可以表现日常生活的，只不过它的表现依然是一种精神层面的概括，这需要作者具备相应的概括能力、思考能力。思想的深度决定了作品的宽度。对现实生活的反映，同样可以是自如而清新的。

散文诗的表现力，并非局限于人们传统观念中的诗的解释或者散文的浓缩，有时是惊人的。在情与思的融合方面，成功的散文诗作，都具有这样的特性。比如爱斐儿的散文诗集《非处方用药》，整体构思就非常新颖，颇有创新性。而且行文中想象奇特，想象力极其丰富。

其中《甘草》一篇中写道：

> 你埋下了病根，带走了草药，一遇分离就复发。
>
> 那个病得不轻的人，一定是爱上了白天的星星，夜空的太阳，继发了症状多变的后遗症。
>
> 使君啊，一个“念”字，怎能拯救病中的世界重回太平？

病症的表现及药效巧妙地与思念联系在一起，想象奇异。字里行间还透露出洒脱。值得一提的是，爱菲儿的散文诗中药组合，颇有当代法国诗人蓬热的散文诗作品《物象录》的遗风，他的《水》这样写道：“它无色，闪亮，无定形，消极但固执于它唯一的癖性：重力。为了满足这种癖性，它掌握非凡的手段：兜绕、穿越、侵蚀、渗透。”“它崩坍不已，形影不固，唯知卑躬屈膝，死尸一样俯伏在地上，就像某些修会的僧侣。永远到更低的地方去，这仿佛是它的座右铭。”[1]作者在寻常事物中发现和创造出一个自足的

① 楼肇明选编：《世界散文诗精选》，浙江文艺出版社2006年版，第107页。

奇妙世界，贴切而生动，充满客观理念的魅力，那些原本客观的事物，在作者笔下获得了生命。

爱菲儿的散文诗，充满新奇的意味，从构思到表述，新鲜感无处不在。作者就像一个顽皮的小姑娘，时时要给读者带来惊喜。而其中的情感抒发与人生的思考，是紧密融合在一起的。比如《可待因》的后半部分：

天色尚早。道路上的人间正行走着微暖的春寒。

打扫完前尘往事与来世轮回，剩下比虚无更真实的余生足够等一次美景重现。

无论早晚，伴随恍惚的清醒与醒后的麻醉。

症状必须是爱到痉挛，疼到不能忍。

剂量是关键。

适量的等是药。过量的等是毒。

不宜久服。成瘾难戒。

作品阐释了饮用此药的后果以及诚恳的忠告。隐喻运用得恰到好处。既写药效，又写人生。写药的同时融入人生真谛。其中“适量的等是药。过量的等是毒”颇具哲学意味。另外一篇《苍耳子》叙事性较强，将新近发生的事实以及历史元素融进作品，古今之间穿越，显示出作者的洒脱与机智。最后一句颇耐人寻味，“不过，看太医又是虎头参又是鹿茸淫羊藿的调兵遣将，陛下这次八成病得不轻……据说后宫正在扩招”。含蓄地点出了皇帝的病因，颇具讽刺意味。另一篇《车前草》，又颇为豪迈，充满侠气。

综上所述，散文诗是一种具有明显诗性，情感与哲思达到完美统一的散体篇章。从文体学意义上讲，散文诗在精神层面，更接近诗歌；而在形式上同样具备散文的洒脱，尽管如此，散文诗依然既不属于诗歌，也不属于散文，她是一种独立的文体。散文诗与诗歌、散文一样，属于无遮无拦“裸露心灵”的文体，作者有怎样的审美眼光、怎样的思想深度，都会分毫不差地呈现在字里行间。

有人说，诗是一切文学艺术的灵魂和精神，散文是整个文学大厦的基座，是诗以外别的文学门类的母体。笔者要说，散文诗就是整个文学大厦中最璀璨的一颗明珠。散文诗与小说、戏剧不同，这种文体对读者有着天然的选择性，不像小说、戏剧拥有众多大众化读者；散文诗的作者是社会的精英，它的读者同样也只是知识分子中的一部分。它形式短小，却并非颜容卑猥；它小巧玲珑，却不一定非小家子气不可，相反，恰恰常有“壮怀激烈”、大气磅礴之作。

关于散文诗的种类，楼肇明在《或是先知的箴言或是撒旦的诗篇》一文中，把散文诗分为四种。第一种是诗的散文翻译，或曰散文阐释；第二种是一篇抒情散文的浓缩，是经诗化提炼的最后结晶，也可以是一篇短小说的诗意要点和提纲；第三种是以第一人称出现的：“直抒胸臆”的“引吭高歌”；第四种是寓言体和格言体。当代的散文诗作，大多属于第三种。

作为散文诗的鼻祖，波德莱尔的散文诗作，从诞生之日起，就充满反叛性，《恶之花》和《巴黎的忧郁》解构了真、善、美的组合法则，区别了诗和道德、诗和科学的不同，把善与美的表面联系切断以后，代之以“真、恶、美”“真、恶、丑”的新的组合，用他自己的话来说，是“发掘恶中之美”的产物。他说，“诗最伟大，最高贵的目的”是“美的观念的发展”，“诗的本质只不过是，也仅仅是人类对一种最高美的向往”，他对真善美的统一和谐法则提出了怀疑和挑战，同时在创作实践和理论两方面做到了双管齐下。波德莱尔的散文诗作以及相应理论，到21世纪的今天，依然具有重要启示。散文诗要想有所突破，必须要有不断打破常规的勇气与胆识，我们不但要在散文诗里发现真、善、美的正能量，同时我们也要学会去揭示生活中的真、恶、丑。而对真、恶、丑的揭示，同样是为了净化我们的社会，同样是为了增加社会中的正能量。

第二篇 老生代散文研究

老生代散文与国学传统

一

老生代散文，指由20世纪八九十年代中国散文文坛陆续涌现出的一批已进入耄耋之年的老作家（有些人同时又是资深的学者或艺术家）创作的凝聚着独特人生体验与智慧的散文作品。他们在散文作品中表现出来的人格精神和艺术品质，构成了当代散文文坛一道亮丽的风景。老生代散文家的创作状况不尽相同，有些是文学艺术人生的第二次“闪光”，有些则是进入暮年散文艺术成就的总爆发。他们大体可以分为三个类型：第一类是职业作家，包括巴金、冰心、孙犁、陈白尘、萧乾、柯灵、汪曾祺等；第二类是学者兼作家，包括杨绛、金克木、季羡林、张中行、施蛰存、贾植芳、黄裳等；第三类是艺术家兼作家，如吴冠中、黄苗子、郁风、黄永玉等。

老年人的散文浸润着人世的沧桑，对于人生的总结也是那样的中肯，确能为读者带来诸多的启迪。发轫于20世纪最后20年的“老生代散文”并未形成一个“步调一致”的流派，然而此种诸如“最具才华的散文创作群落”的称号却是可以当仁不让的。一大批经典的散文作品渲染登场，诸如杨绛的《干校六记》《将饮茶》《我们仨》，金克木的《天竺旧事》《燕啄春泥》《燕口拾泥》，季羡林的《留德十年》《牛棚杂忆》，萧乾的《未带地图的旅人》《我的年轮》，张中行的《负暄琐话》《负暄续话》《流年碎影》，黄苗子的“黄老汉聊天”系列《雪泥印爪》《世说新篇》《茶酒闲聊》《人文琐屑》，黄永玉的《比我老的老头》《太阳下的风景》，可谓显赫一时。

老生代散文是当代文坛特定历史时期的特殊产物。从主观方面讲，老生代散文家是当代文坛唯一一批亲身受到过正规中国传统教育（与此前和此后的散文作家在文化素养上先天不足，如此前“行伍出身”及此后的“知青作家”，相对而言）的散文家，同时也是当代唯一一批亲身感受过五四文化精神洗礼和熏染的作家。在中国现当代文学史上，他们是接受中西文化教育最为全面的第二代作家（第一代则是参与五四启蒙和奠基中国现代文学基础的作家们），童年时代便接受中国传统文化教育，青少年时期更是走出国门，学习异域文化（大部分）。学贯中西的知识状况使他们的文化视野分外开阔，同时也正是对于中外文化的深入研究、比照使他们认识到中国传统文化的博大精深，进而拨正散文之船的航向，回归到中国传统文化的本体。老生代散文家开始执着于生命的此刻，而非“彼岸”世界“虚妄之花”，“无往不复，天地际也”，他们的“通达”便是如此的洒脱。老生代散文家的淡定、宽容与超越，同道家的隐忍、超脱颇为一致，体现出那种生命的自主性和精神的自足性。“苦难”“生死”不再成为人生的纠结与羁绊，一种饱经沧桑的超越化作人生价值的导引。艺术探求方面，老生代散文表现出某种现时和传统交织在一起的共性——“随物赋形”，寓绚烂于平淡，“无技巧之技巧”可谓被表现得淋漓；谨严内敛的思维方式、简洁蕴藉的语言习惯更是将这“诗心”“诗语”演绎得尽致。

老生代散文家大多出生于20世纪前20年，是生活在世纪之交的最后一批接受过正规中国传统文化教育的作家。其后，传统文化教育日渐势微，新中国成立之后甚至演变成“零星点缀”。当代散文文坛，除“老生代”之外，可作古诗之作家寥寥无几，真正通晓儒释道的人更是鹤立鸡群。时下许多年轻作家，讲到叔本华、弗洛伊德便要眉飞色舞，至于孔孟老庄便要“捉襟见肘”，所知不多。当代散文文坛，只有在“老生代”的作品里，还可见些中国古代文化的“遗迹”，“老生代散文”倒真成了当代唯一一方“盛载着中国悠久文化历史”的园地。如此说来，其在文化传承方面的价值亦不输于艺术创造方面的价值。

二

老生代散文家，青少年时期大多都受到过良好的传统教育，很多人都上过正规的私塾，五经和四书则是他们的必读书目。他们的老师也是“满腹经纶”，轻则秀才，重则举人，古文的功底自不必说，“传道授业”也可算作“名门正宗”。老生代散文家很小就接触到古代优秀典籍，汪曾祺自幼便有祖父教授《论语》、书法，孙犁儿时即可背诵《孟子》《楚辞》，施蛰存的文学素养更为“家学”所就，从《古文观止》读到《昭明文选》，至十七八岁，文学能力已然不凡。

良好的传统文化教育，无疑是老生代散文家在古代文化方面拥有较深造诣的前提，更为他们老年之后的散文创作自觉传承传统文化埋下了伏笔。老生代散文家绝不是拿古典文化做“装点”，而是对古典文化真正有深入的研究。在他们的散文作品中，“仁爱”思想，自然洋溢，儒道精神，处处闪现，古典文化在他们的作品里得到了前所未有的彰显和弘扬，真可谓引经据典，信手拈来。

晚年的孙犁把大部分的时间和精力都投入到对中国古典文化的研究上，从对经典文献的收集到对作家作品的研究，无不显现出他在古典文化方面的恒久兴趣和深厚学养。孙犁专门写过《我的经部书》（“史部、子部、集部”）等四篇文章，而对于其中的“史部书”，则是尤为钟爱。对于古书的“沉迷”甚至使孙犁“动摇”了对文学作品的看法——历史书中的人物和故事比文学作品更引人入胜。读史，可知兴亡，可晓得失，可明智慧，个中悲欢情仇更是生动非常，引人入胜。金克木认为中国传统思想文化的精髓主要集于“六经”之中（《周易》《老子》《尚书》《春秋》《毛诗》《论语》），更从文化学的角度对这六部经书分别做了深入的剖析，其见解之精深透辟，令人耳目一新。对于“六经”，金克木不仅做了细致的个案分析，更把佛法六经与儒道六经进行了横向的比较，很显然，他这种宏观的审视，是对儒道思想体系的一次全新观照。《用艺术眼光看世界》《食人·王道》《世界思潮》《历史的断层》《门外议儒家》《妄谈孔子》等文章，不仅是对中国传统文化的深入剖析，更是能够站在世界文化的高度，对中外进行比照研究，把中国传统文化放到世界文化的潮流中去观察。张中行可算作老生代散文家中的“老夫子”了，他的《闺秀小楷》《歙砚与闲情》《砚田漫步》等文章，简直就是中国书法文化研究方面的专业著作。在当代，“老生代”以外的散文家里了解书法的人尚且寥寥，何况像张中行这样真正精通者就更加“稀有”了。在《歙砚与闲情》中，张中行从陶渊明的《闲情赋》说起，细陈收藏砚台的两种方式，更从《阅微草堂砚谱》《钦定西清砚谱》叙及各朝各代的集砚“能手”，专业知识之精深可见一斑。“尊孔尚礼”，乃是张中行散文中的一大“国学标志”，经典中的“至理”应用于时下状况的分析，不可谓不通透。在他的散文里，《论语》的“出镜率”颇高。《尊师与尊理》一文，开篇便以《论语·季氏》为引子，阐述了他对熊十力老师“忠于所知所信”的钦佩，更表明了与其不尽相同的学术观点。文中尽管多有“基本粒子”“星系演化”等现代科技术语的穿插，整个文章依然是古韵犹存，给人以汪洋恣肆、挥洒自如的感觉。他的《清风明月》《我与读书》《敝帚自珍》等散文，亦循此道。

“古风古韵”乃是老生代散文家的创作追求，孙犁、金克木、张中行如此，其他大家亦为如此。黄裳创作史论、书话，便要寻访古迹，“编派”古人、古事；季羡林提及“送礼”，亦要下意识地联系到“来而不往，非礼也”；施蛰存坦承“老人好色”，但仍坚持“吾未见好德如好色者也”，“不知子都之娇者，无目者也”，[①]要在《孟子》里找到“食色，性也”的依据；汪曾祺书法、戏曲功夫了得，其创作的散文也是要“满浸”着传统的民间

① 施蛰存：《论老年》，《施蛰存散文》，浙江文艺出版社1999年版，第199页。

文化，《抱朴子》《东京梦华录》等经典随手拈来[①]，浑不觉“轻浅”，读来满是鲜活的生命。传统文化，尤其儒道思想，乃是老生代散文的精魂，可谓相伴相生，相辅相成。

老生代散文家致力于中国传统文化的承载传递，此为世人有目共睹，而受到古文古风的影响，他们自己也有明确体悟。汪曾祺认为自己在古人中受归有光影响最大，就文学作品而言，更是偏爱王维、温飞卿、李商隐以及元人小令的作品；施蛰存精通两门外语，译作丰厚，却钟情于唐诗宋词的研究，以现代派的姿态扬名的同时又凭借传授古代文化立身。

开风气之先的五四散文，是在强烈的“反封建”呼声中诞生的，人们便顺势在主观上断绝了其与中国传统文化的联系，而事实上，五四散文家是秉承着数千年的文化传统来开创一个新的文学时代的。可以说，“中国新文学一开始就没有脱离传统文化的影响”。[②]鲁迅、闻一多、郭沫若、沈从文等大家都对中国古典文化有着很深的研究。老生代散文与五四散文的时间“距离”长达数十年，但它依然承续了五四散文的血脉，承担了传承传统文化的重任。这种承袭是自然的，也是合乎客观规律的，这是一种民族血脉中的文化渊源。老生代散文家的国学功底与五四散文家相比或许乏善可陈，而与20世纪四五十年代以后出生的作家对照，则可显示出一种压倒性的优势。这倒不是为老生代散文家吹捧，只是这理所当然的传统文化的传承在当下反倒成为了“老生代”的“特性”，不可为“不优”。孙犁早有觉察，在谈论当代职业作家时便如是说道：

“从当前的情况看，并不是受了传统散文的束缚，需要解脱，而是对中国散文传统，无知或少知，偏离或远离。其主要表现为避

---

① 汪曾祺：《城隍·土地·灶王爷》，《汪曾祺全集·五·散文卷》，北京师范大学出版社1998年版，第96页。

② 汪曾祺：《传统文化对中国当代文学的影响》，《汪曾祺全集·六·散文卷》，北京师范大学出版社1998年版，第357页。

实而就虚，所表现的情与理，都很浅薄，且多重复雷同。常常给人以虚假、恍惚、装腔作态的感觉。”①

与孙犁观点一致，汪曾祺在《传统文化对中国当代文学创作的影响》里更是直戳痛处，“我认为当代中国作家，应该尽量多读一点中国古典文学”。②“中生代”是在“农村的广阔天地”里接受“高等教育”的，如果不是自身“后天”的努力，中、西文化的学养都难抵深厚，创作之时难免有一些类于“瓶颈”的限制；“新生代”则是在传统文化教育几近“缺席”的情况下，较为单一地接受了西式文化的教育，他们习惯上的参照系往往是外国文学，谈及个人创作，首先映入脑海的便是国外的某位作家。老生代散文家对于中国传统文化的看法与“中生代”和“新生代”相比有着很大的不同，在思维方式上，二者的区别则更为明显：老生代散文家自觉因袭着传统的思维方式，他们习惯于用生活的点滴琐事去演绎深刻的人生哲理，此为中华民族特定思维之精深所在；而在其他年龄段的散文家那里，思维方式往往变成由“说理”到“说理”，堕入由“虚”到“虚”的深渊，正中了孙犁那句“避实而就虚”。

三

儒学，乃是中国传统文化的强大精神支柱，“儒学是推崇阳刚之性的生命哲学，视宇宙为生生不息的大生命体，视社会为宇宙生命体的有机组成部分，阴阳相推，大化流行，天人一体，相感共生”。③儒学的“恕道”，也即“己所不欲，勿施于人”，更被认为是最具人性的思想，是放之四海而皆准的“金律”。“孔孟儒学”已然经成为中国历代散文的文化前提——既是立论依据，也为情感旨归。老生代散文与中国传统文化的融合，更多的便要体现在

---

① 孙犁：《散文的虚与实》，《孙犁散文》，浙江文艺出版社2003年版，第321页。

② 汪曾祺：《传统文化对中国当代文学的影响》，《汪曾祺全集·六·散文卷》，北京师范大学出版社1998年版，第357页。

③ 牟钟鉴：《儒学价值的新探索》，齐鲁书社2001年版，第76页。

对于儒学思想的弘扬之上。“文以载道”的传统可谓中国古代散文一脉相承，而所谓“道”，其主导内容便是孔子所倡导的以“仁”为核心的礼法制度和伦理道德思想。这种“道”不是抽象的哲学命题，而是一种具体的人文精神，是建立在“仁”的基础上的情感伦理和世事忧患，这是一种仁义之道，是经邦济世，治国安民之道，古代散文也因其对“道”的直接承载而在中国文学史中牢固地占据了“正宗”之地位。孔孟之道方为正宗，仁义礼智信“五伦之常”也便成了中国古代散文言道抒情性的基调取向。言道、抒情似有矛盾一面，然而正因它们所共有的传统“仁学”的基础达到了完美的和谐与统一。“仁学”，已然成为民族文化心理同一性结构的必要基础。老生代散文亦然传承此道，也可以说是当代文坛对于“仁学”“儒道”有所弘扬的唯一一批作家。“仁爱”思想、“温柔敦厚”总是自然地洋溢在老生代散文里，它可优化人与人间的关系，更可改善个人的精神风貌。“仁爱”，对于一般作家来说，并非稀罕、繁复之物，但在老生代散文家看来，这种“仁爱”却是博大的、浓烈的、纯真的，哪怕付出莫大的代价也会义无反顾。为了追求“祖国之爱”，萧乾便放弃了剑桥的优厚待遇，更是毅然决然地认定：

“我是个土生土长的中国人，中国在重生，我不能在这样时刻走开。”“要把自己投入祖国重生这一伟大事业中。”①

对萧乾来说，对于祖国的“热爱”并不是逻辑推演抑或利害取舍的产物，那是一种与生俱来的精神，一种“虽九死犹未悔”的民族情结。萧乾也曾受到基督教的影响，陶醉于教堂里的大风琴奏出的音符，甚至可以大段的背诵《旧约》中的章节，但是他始终没有听从他“洋嫂嫂”的规劝而皈依基督，更是对基督教有着极为清醒的认识：基督教教义的中心是一个“爱”字。它还不是“己所不欲，勿施于人”的爱，而是“如果你的敌人打你左脸，就把右脸也

① 萧乾：《往事三瞥》，《萧乾散文》，浙江文艺出版社2000年版，第89页。

给他打的爱”。[1]

对于“仁学”和“儒道”的深刻认识使他看出了基督教虔诚表面掩映之下的奴性，儒学与基督教文化的比照使得他对宗教有了更为深刻的认识，有研究者这样说：无论萧乾对基督教是赞美还是批判，“都是基于一个最根本的目的，即对宗教文化人性化的完美追求”。[2]在萧乾那里，“仁学”“儒道”显然起了基础性的作用，面对颇具吸引力的宗教说辞，萧乾选择了沉着，做出了有选择性的优化，他“对于宗教文化人性化的完美追求”与儒家“仁爱”的践履算是不谋而合了。

老生代散文在表露这种千回百转的“仁爱”之心的时候，也并非总是“含蓄委婉”，有时也会选择一种率直而大胆的方式。杨绛在《丙午丁未年纪事》里便毫无婉曲地控诉了她所遭受的不公正待遇。“控诉”并没有使杨绛丧失理性，她依然能够发现“同遭大劫的人”之间才可能有的“同情和友情”，那“含蕴着光和热的金边”依然是她记忆中永难磨灭的部分。《忆高崇熙先生》《林奶奶》等散文亦不见杨绛性情里丝毫的委顿，对于善良者，对于普通百姓的关爱以及对人性美的呼唤都率直地表现出来了。

四

儒家思想对于中国古代散文的渗透、影响不可谓不深，以孝、悌、慈、仁为核心的伦理原则则为尤甚。作为“齐家”的规范，一方面要求孝亲，另一方面还要慈幼，“老吾老，以及人之老；幼吾幼，以及人之幼”，俨然成为理想人格的一个重要指标。中国古代散文中有相当一部分表现家庭关系的篇什，如《陈情表》（李密）、《祭十二郎文》（韩愈），其中以“仁”持家和以“德”教子的倡议主张更是折射出中国以家庭为中心的群体文化特征和社会

---

① 萧乾：《一本褪色的相册》，浙江文艺出版社2000年版，第142页。

② 刘勇：《中国现代作家的宗教文化情结》，北京师范大学出版社2003年版，第254页。

文化心态。儒家主张追求完美的和谐，希望人们的言行在实践中不断得到优化，正所谓“言忠信、行笃敬”，儒学“诚”学是也。而对这些，老生代散文做出了最好的诠释，更用“真诚”与之遥相呼应。儒学精神，乃是中国古代社会生活中的强大精神支柱，在很大程度上更是成为了中国社会的国民精神。“儒学是推崇阳刚之性的生命哲学，视宇宙为生生不息的大生命体，视社会为宇宙生命体的有机组成部分，阴阳相推，大化流行，天人一体，相感共生。”[①]“老生代”推崇“儒学”却没有一味的迷信儒学。季羡林在《怀念乔木》里便说道，胡乔木经常送他一些好吃的东西，但是他没有送给胡任何的礼物，他马上很自然地想到“按照中国老规矩：来而不往，非礼也”，接着便是略带戏谑的反思，“投桃报李，我本来应该回报点东西的，可我什么吃的东西也没有送给乔木过，这是一种什么心理？我自己并不清楚。难道是中国旧知识分子，优秀知识分子那种传统心理在作怪吗？”[②]施蛰存也是颇尚此道，在《论老年》里为了证明老人“好色”是“人之常情”，便很自然地引用了告子的一句话“食色，性也”，更是搬出孟子的“吾未见好德如好色者也”“寡人好色”“不知子都之娇者，无目者也”。然而最为关键的是悟到“色即是空”，老人只有一种悲天悯人的情绪而已。儒家信条不再高居“神坛”，借鉴引证只是化为己用，认真、严肃不再成为唯一基调，幽默、真诚亦要杂陈其间。施氏文章带给读者的不光是轻柔、温馨，更有那文化先觉者的无私和无畏。老生代散文家既经历过中国传统文化的洗礼，又接受了西式文化的浸润，故而在文化的接受、选择上会保持一种颇有活力的理性，儒家思想中有精粹亦有糟粕，“老生代”不堕“盲从”有所取舍倒真是难能可贵。“诚”学便是儒家思想文化中的精粹，老生代散文家凭借朴拙、真诚的文风承续之，弘扬之。

---

① 牟钟鉴：《儒学价值的新探索》，齐鲁书社2001年版，第76页。

② 《中华散文珍藏本·季羡林卷》，人民文学出版社2002年版，第212页。

“诚”学源于先秦作品，孔孟论著中的名言警句，诸如《易经·文言》“修辞立其诚”（诚谓诚实），《论语·学而》“主忠信”，《论语·卫灵公》“言忠信，行笃敬”，《论语·子路》“刚、毅、木、讷近仁”，《论语·为政》“人而无信，不知其可也”“举直错诸枉，则民服”，《孟子·离娄上》“诚者，天之道也；思诚者，人之道也”。经后世儒学家的不断挖掘和研究，形成了一个比较完备的“诚”学体系。牟钟鉴在他的《儒学价值的新探索》中便如是总结，“孔子未明言诚，但‘诚’这一概念内含的忠信、笃敬、正直等品格，却常为孔子所称道”。[①]近代哲学家贺麟在《儒家思想之展开》中更是指出“诚亦不仅是诚恳诚实诚信的道德意义”“所谓‘诚’，即是指实理、实体、实在或本体而言。《中庸》所谓不诚无物，孟子所谓‘万物皆备我矣，反身而诚’皆寓极深的哲学意蕴，诚不仅是说话不欺，复包含有真实无妄、行健不息之意”。[②]与“诚”学相承续的便是老生代散文所表现出来的“真诚”，此一方面，老生代散文家与读者之间形成了一种天然的默契，一种无言的承诺。他们把读者当作自己的“知己”，将自己的经历、自己的内心世界，都毫无保留地呈现出来。这个“真诚”涵括了坦率与诚恳，没有任何私心、没有任何顾虑，达到那“心底无私天地宽”的真境界。老生代散文家们有一种明确的“意识”：就是在走向人生的终极之前，他们不能“夹带任何私货”，必须清理干净，方可心安理得。他们表露自我的意识都是强烈的、自觉的。他们心甘情愿地剖析着自我、袒露着自我，在那些“一吐为快”的文字中，人们能够真切地体会到，“与读者交心”，已然成了老生代散文家的天职。他们这种“坦然与诚恳”是与生俱来的，混溶于他们的血液之中。他们敢说真话，敢表真情，力求达到与读者之间零距离的状态。无论是传统文化中的“诚”学，还是“老生

① 牟钟鉴：《儒学价值的新探索》，齐鲁书社2001年版，第77页。
② 牟钟鉴：《儒学价值的新探索》，齐鲁书社2001年版，第83页。

代”散文里力主的“真诚”，都应如此关照：诚是本体之学；诚是德行之学；诚是践行之学。正所谓，“仁而无诚则伪，义而无诚则欺，礼而无诚则虚，智而无诚则殆”。[①]诚的精神实在是亘古不变的修身治世之至理。

老生代散文家的这种“真诚”，有时表现为字里行间的自然显露；有时亦表现为思想上的明确意识。

柯灵在《巴金对你说·序言》中对巴金有一个恰切无比的评价：“老人的本色是一个‘真’字：坦荡清醇，胸无宿物，言行如一，表里如一。和诡谲多变的现实相矛盾。”[②]这一个“真”字，便是对巴金老人人格最为准确贴切的概括。无论是五四时期充满激情的小说创作，还是“拨乱反正”之后《随想录》等一干散文的诞生，他对读者的心，都是赤诚的。尤其是在晚年的散文创作中，巴金的这种“赤诚”表现得更为酣畅淋漓。在《怀念老舍同志》里，他对老舍的为人、对老舍的创作才华表达了无比的敬佩，对于老舍的早逝，心中则是满怀惋惜，他甚至说：“老舍死去，使我们活着的人惭愧……”[③]巴金由早逝的老舍联想到其他同样受到不公平待遇的知识分子，几乎是向社会发出了哀求“请多一点儿关心他们吧，请多一点儿爱他们吧，不要挨到太迟了的时候”。[④]他的散文，几乎每一篇，都是强烈情感的真实流露，他的文字几乎就是一种面与面相对，心与心交接的“倾诉”。《随想录》的诞生，宣告了这种“真诚”由“自然”进化为了“自觉”。在文章里“他大声疾呼，提倡说真话，对精神喑哑和语言欺诈的灾害性现象起了振聋发聩的作用”。[⑤]甚至巴金就有一篇名为《把心交给读者》的文字，“在三十年代和四十年代中，很少有人问我写作的秘诀。从

---

① 牟钟鉴：《儒学价值的新探索》，齐鲁书社2001年版，第84页。
② 《柯灵散文》，浙江文艺出版社2000年版，第330页。
③ 《巴金散文》，浙江文艺出版社2002年版，第375页。
④ 《巴金散文》，浙江文艺出版社2002年版，第377页。
⑤ 《巴金散文》，浙江文艺出版社2002年版，第377页。

五十年代起提出这个问题的读者就多起来了。我答不出来，因为我不知道。但现在我可以回答了：把心交给读者”。[①]这是巴金经过一生的“探索”方才得出的真理。他更是明确地表示：“没有读者，就不会有我的今天。”[②]“文革”之后的“反躬自省”是无法解释巴金一贯的“真诚”的，事实上，这种情感在巴金的内心一直存在，只不过“文革”的催化剂使得他这种情感变得更加强烈、更加自觉了。

无独有偶，关于“真诚”季羡林、柯灵亦有所论述。季羡林说过自己喜欢的人应该是这样的，“质朴、淳厚、诚恳、平易；骨头硬，心肠软；怀真情，讲真话……关键是一个真字，是性情中人；最高水平当然是孟子所说的‘富贵不能淫，贫贱不能移，威武不能屈’”[③]“怀真情，讲真话……关键是一个‘真’字”。这与巴金的想法便有了同工之妙。季羡林所讲的“质朴”“淳厚”“诚恳”与“主忠信”等诚学思想恰恰是不谋而合。他所追求的是古人所说的“知音”，直言“孔子说‘勿友不如己者’”，其中的“如”字，他更是选择“如同”之意。个人性情中的“真诚”配以儒家的道义主张，潇洒通脱之余更添古风古韵，季氏文风算是臻至化境了。柯灵散文，情真意切自不必提，即使是他创作的“序”文，都是“摄人心魄”，令人回味良久。《促膝闲话中书君——为台湾〈联合文学·钱钟书专辑〉作》便完全打破“序”的格局，评介内容之余，更有柯灵对钱钟书的钦佩与景仰。这“钦佩、景仰”不事造作，字里行间满是真诚与严谨。

老生代散文家因“诚”而坦然，因“诚”而豁达，因“诚”而无畏，更因“诚”而高远。“言忠信，行笃敬”的儒家信条给予了这些“世纪老人”更高的人生追求，使他们无论遭遇怎样的险境，都可敛住性情，不为物累，不为境移，达到一种极高的精神境

---

① 《巴金散文》，浙江文艺出版社2002年版，第391页。

② 《巴金散文》，浙江文艺出版社2002年版，第377、390页。

③ 季羡林：《千禧文存》，新世界出版社2001年版，第16页。

界，并生发出超然的创造精神。在当代的散文天地里，这些“世纪老人”，聚集在“说真话”的旗帜下，营造了当代文坛“真话的语境”，更创造出“真诚”与“朴拙”光大弘扬的文化壮举。

老生代散文是20世纪末文化散文的一个杰出代表，它继承了五四文化散文的衣钵，极大地弘扬了以儒家“仁爱”思想、“诚学”思想为代表的国学传统，是当代文学乃至世界文学的宝贵财富。

徜徉于西方文化之间的老生代散文

一

老生代散文家大多从小受到了正规的中国传统文化的教育，这在20世纪末的当代作家当中，已属“唯一”。值得关注的是，与此同时，多数老生代散文家同时是20世纪末生存的受过正规外国文化教育与熏陶的作家。这在刚刚改革开放的中国当代文坛也是独一无二的。作家去国外作短期访问应该说是司空见惯，但是能够长期在国外生活和学习，对外国文化有深入了解和研究的则不能算普遍。而老生代散文家当中，深度接受外国文化影响的则比较多见。直接在国外专门求学的就有不少。冰心在美留学三年，攻读硕士研究生，期间酿造了成名之作《寄小读者》。她虽然在美国留学，但是与英国作家弗吉尼亚·伍尔夫有来往，而且是印度作家泰戈尔的异国弟子；金克木专门在印度学习梵文、哲学和印度文学；杨绛随钱钟书在英国留学，钟情于英国散文及西班牙小说，翻译了《堂·吉诃德》；季羡林在德国十年，专攻梵文、巴利文，翻译过德国女作家的小说集，后又翻译多部印度古典作品《罗摩衍那》等；萧乾在英国剑桥大学英文系读研究生，后又去法国当战地记者，对福斯特、弗吉尼亚·伍尔夫等英国大师颇有研究；巴金留法，受到启蒙主义思想的熏陶。但他在文学创作上颇受俄国赫尔岑和屠格涅夫的影响；贾植芳在日本读的专业是社会科；吴冠中留学法国三年，在巴黎国立高等美术学院进修油画。在国外长期学习、居住的经历，为他们打开了一扇了解世界的窗子，使他们的学识见长、眼界大开，使他们的鉴赏力、鉴别力均得到了飞速提升，更使他们能够在中外文化的对比当中，清醒地看待民族文化。还有一些老生代散文家虽然没有走出国门，但是对国外文化也有比较深入的了解和研究。他们是在国内自学外国文化的，比如施蛰存自学英文，多年从事西方文学的翻译和研究工作，对西欧和北欧文学都很熟悉，他很喜欢英国乔治·吉辛的《亨利·雷克洛夫随笔》和莫姆的《西班牙印象记》。他的《梅雨之夕》《将军的头》成为中国意识流小说的“鼻祖”。汪曾祺曾经受契诃夫和阿索林（西班牙）以及屠格涅夫的影响，早年曾经“迷”过叔本华等等。

追根寻源，老生代散文家之所以有机会接触甚至亲自到国外去深造，都得益于五四。在20世纪二三十年代，正是他们人生成长的阶段，其世界观的形成也基本都在这个时期。而这一时期的民主、自由的思想在他们这一代作家的心灵里落下了不可磨灭的印记。贾植芳曾明确表示，我们这代知识分子，在五四精神培养下迈入人生道路，生存于内忧外患的动荡年代，一方面追求人格独立，社会进步、精神自由的“五四”理想；另一方面又继承了传统文化中的“天下兴亡，匹夫有责”的忧患意识。五四民主、自由的思想，既影响到他们的人生道路，同时也影响了他们的创作旅程。这应该是他们这一代人一生的幸运。任何创造性的精神劳动，要想取得成果，开放、自由的思维空间应该是首要的前提条件。

有研究者指出：“整个老生代散文几乎都可以理解为是对鲁迅、周作人和胡适为代表的五四散文的延续（影响的接受可能是发生在若干年前）。”[①]老生代散文家个人所拥有的“东西兼顾”的学养，不能不算是五四时代的赐予。他们的性格也是这样一个倡导个性解放、精神自由、创作自由的社会氛围中的结晶。尽管他们深受传统文化的熏陶，但同时在文学创作的方法及创作理念方面，他们更直接地接受了外国文学的影响。他们的文学创作理念是全新的。萧乾在《我的年轮》里说：“我的手有些抖，我的脚步有些颤，但我的心还能和五岁的孩子比年轻。那个曾经不被爱尔兰喜欢、最后成为自己国家——以至全世界光荣的乔伊斯屹立在我面

① 楼肇明等：《繁华遮蔽下的贫困——九十年代散文之路》，山西教育出版社1999年版，第209页。

前。几乎全世界都拥有了他那以天才和学识向极峰探险的记录——《尤利西斯》。现在我和我的妻子，把这一份瑰宝，译成我们的语言献给了具有五千年文明史的中华民族——我相信这是我生命年轮中镌刻下的深深的一圈，但还不是最后。”老人对西方现代文学险峰的挚爱，正是他对人类文明的眷恋，险峰是一种高度，视界、胸襟和高度是成正比的。“会当凌绝顶，一览众山小”，何况，这不是虎生生的少年，而是颤颤巍巍、步态不稳的老人。

老生代散文，独抒性灵，呼唤人性，将真实的“个我”呈现给读者。巴金的《怀念萧珊》《小狗包弟》，杨绛的《干校六记》，陈白尘的《云梦断忆》，孙犁的《亡人逸事》等，都是这类散文的代表作。其中不仅反映出作者人生参悟的深透精辟，更可见出作者艺术表现的娴熟与精湛。陈白尘在《忆鸭群》里，充分表现出鸭群的“适性任情”和“怡然自得”，将作者个人追求自由精神的境界表露无遗。他们在作品中展现出的“天高、海阔”的高远境界以及闲适、洒脱的笔调都在不同程度上与五四散文暗合。可以打一个不太确切的比方，“老生代”是在五四时代播下了“自由”的种子，而在20世纪八九十年代才开花、结果。就自觉与五四文化精神相呼应这个角度说，老生代散文亦是当代的唯一。

老生代散文普遍具有通达洒脱、俯仰自如的特点，雄厚的知识储备，是他们散文作品真正洒脱的重要资本。他们的作品里自然交织着东西文化的情结。萧乾九岁开始跟“洋嫂嫂”学英语。这是他走出国门、了解外国文化的第一步。“洋嫂嫂”让他信奉基督教的目的没有达到，却为他今后的文学创作以及中外文学的研究做了铺路石。他在北新书局当学徒时，不光接触到国内五四时期的很多知名作家及作品，而且还使他得以阅读大量翻译的外国文学作品，使他文学眼界大开。他与外国文学较早结缘，必然导致他在创作中不由自主地带有“洋味”。他在总结他最初的小说创作经历时有这样一段坦率地叙述：

去年路过香港时，《开卷》编者杜渐问我对自己过去作品的感觉，我借用了《约翰·克利斯朵夫》第一部开头鲁意莎的那段话回答了他。鲁意莎把出生的娃娃搂在怀里，又惭愧又欣喜地说："哦，我的小乖乖，你多难看，多难看，我多爱你哟！"①

萧乾能够自如地借用罗曼·罗兰作品当中的语言来表达他自己的内心世界，这本身就展示了作者所具备的外国文学的深厚修养，同时这样一句直率、天真、情感外露的西化语言，也展示了他与西方文化在思维层面的契合。这样的语言现象在萧乾散文里有一定的代表性。如果说青少年时期，他在国内对外国文学的接触只是一个开端的话，那么到了他踏上英国的国土之后，应该说就是正式走进了外国文学的殿堂。在他许多作品里萦绕着浓重的西方文化的情结。他先后在英国留学、当战地记者七年。对英国文学中的劳伦斯、弗吉尼亚·伍尔夫和福斯特都颇有研究（与福斯特有很深的交往，留存下来的通信就有四十封）。他尤其喜欢伍尔夫，曾经坦言：

在意识流的作家中间，我最喜爱伍尔芙夫人的作品。她是诗人多于小说家。在《波浪》《戴乐薇夫人》和《到灯塔去》里，我看到的是一位把文字当作画笔使用的作家。②

因为他以研究英国文学而闻名，所以他早年创作的长篇小说《梦之谷》，曾经被挪威的汉学家误认为是受了伍尔夫的影响，而实际上对这部作品真正产生影响的是法国诗人拉马丁的《格莱

① 萧乾：《一本褪色的相册》，《萧乾散文》，浙江文艺出版社2000年版，第142页。
② 萧乾：《一本褪色的相册》，《萧乾散文》，浙江文艺出版社2000年版，第143页。

齐拉》。也就是说，萧乾对外国文学的了解是相当广泛的。凡是杰出的西方文学学者，从莎士比亚到乔伊斯，从易卜生到斯特林堡，他对西方文学传统和这个传统的反叛者，都是极为熟悉的。作为二战期间唯一亲临欧洲战场的中国记者，他要去采访，要去阅读英文报纸，然后要把掌握的信息发送到国内。这种经历自然促使他比一般留学人员对英国有更为“透彻”的了解，因而他受到英语思维的影响也就成为“不可避免”。作为《大公报》驻英特派员，他当时写了大量通讯报道，还创作了一些重大题材的报告文学，《剑桥书简》《伦敦三日记》《银风筝下的伦敦》等篇，以多彩的笔墨，展现了战时英国伦敦五花八门的景象。萧乾虽然深受外国文化的影响，但是他非常注意对外国文化的消化。他散文中蕴涵的优雅气质，倒更多地取之于中国传统散文。而且他对学习外来的东西，认识清醒。他明确主张吸收一切流派的优点，“要做它的主人，而不当它的奴隶”。[①]同萧乾一样，杨绛的散文，也时常会不由自主地显露出她在外国文学方面的丰厚学养。“林奶奶叙事全按古希腊悲剧的‘从半中间起’”[②]“我如今只能替我父亲说：‘我不是堂吉诃德，我只是你们的爸爸。’”[③]这种外国文化的渗透，极其自然、和谐，是对民族传统文化的有效补充。施蛰存的《论老年》，从古罗马政治家西塞罗的《论老人》一文谈起，同时也考证了孟子及《诗经·国风》中关于“老年”的观点。透露出作者文思泉涌的丰富联想力。

75岁高龄的巴金，孜孜不倦地翻译赫尔岑的《往事与随想》。翻译的过程中他得到启示，写下了自己“随时随地的感想”，成就了晚年的鸿篇巨制《随想录》。冰心晚年的散文《霞》，凝聚着她对人生的新的哲理感悟，与她在20世纪40年代写的《谈生命》，既是一种呼应，又是一种升华。而在这两篇文章里，读者都不难看到

---

① 萧乾：《一本褪色的相册》，《萧乾散文》，浙江文艺出版社2000年版，第144页。
② 杨绛：《林奶奶》，《杨绛散文》，浙江文艺出版社1998年版，第241页。
③ 杨绛：《回忆我的父亲》，《杨绛散文》，浙江文艺出版社1998年版，第137页。

泰戈尔诗歌的影响。汪曾祺年轻时也曾热衷过尼采、叔本华、萨特等西方哲学思潮，但他认为那是“赶时髦而已”，他能融奇崛于平淡，纳“外来”于传统，其主要思想根源还是“淡泊”。汪曾祺虽然是个衔接现、当代的作家，中国传统文化的光环一直笼罩着他，但是他实际并不保守。他曾多次提及，他要的民族传统是“对外来文化的精华兼收并蓄的民族传统”“我也曾接受过外国文学影响，包括‘意识流’作品的影响，就是现在的某些作品也有外国文学影响的蛛丝马迹”。[①]这也就是他之所以能够被80年代，甚至90年代的人喜欢的重要原因。施蛰存自己曾经有过一个十分生动的比喻，说他一生开了四扇窗户，东窗是文学创作，南窗是古典文学研究，西窗是外国文学翻译和研究，北窗则是碑版整理。“窗开四面”，铸就了他学术视野的广袤，更奠定了他坚实的散文创作的基石。

金克木散文的特点就是惯常在中外文化的连接点上徜徉。他要在古代文献里寻找中国传统思想之根，也要不由自主地从国外的当代思潮谈起。他从国外文化思潮的重心——“对语言的再认识”的成果，顺藤摸瓜，推演出中国孔子、老子等传统思想里也带有“两面性”。他追寻中国思想传统，不忘以外国思潮作参照；考察古代文献，不忘联系当代文化动向，他的视野像是站在地球之巅，作整个世界文化长廊的巡礼。他的《用艺术眼光看世界》《世界思潮》《历史的断层》《门外议儒家》《妄谈孔子》等，都是站在全球文化的高度，进行中外对比、东西对比的，把中国的传统文化放在世界文化的潮流当中去审视，既显示出作者思维视阈的无比宽阔，同时也表明了他对中国传统文化的深刻理解。外国文化的发展进程，是他追踪中国传统文化本质特征不可或缺的参照系。金克木在《科学·哲学·艺术》一文指出“近代欧洲文化思想是从怀疑开始的，

① 汪曾祺：《回到现实主义，回到民族传统》，《汪曾祺全集·三·散文卷》，北京师范大学出版社1998年版，第289页。

是从提问题开始的”，婉转地表达了科学、文化的繁荣对思想的解放、言论自由的高度仰仗。文章立足于中国，又穿越了时空的阻隔，以印度及欧洲的文化史为参照，显示出少有的广博的视界。他写30年代北大英语系主任温源宁，也是妙笔连连。他说，听温源宁读中国古诗时，“竟仿佛会见了一位宋朝或明朝的词人、文士，那么温文尔雅”。又说，温源宁的英语“也使我闻所未闻。那么自然随便，轻轻的低语，和他的中国话一模一样。法国的蒙田，英国的艾狄生，中国的陶渊明，化为一个人来到我的面前了吗？我如入梦境，竟不知道怎么和这样一个人谈话”。[①]他的想象，简直是出神入化。同时他这种想象也表明了作者的文化储备兼具中西的特点。在黑白颠倒的日子里，他居然倚老卖老地引诱一位同事“上当”，去翻译“倚老卖老”一词，一方面消解大家的苦闷，而其实是验证一下朋友是否荒疏了专业。幽默与诙谐已然成了他对待生活、审视生活不可或缺的态度。金克木在表达自己的思想时，时常闪现出唯有大智者才有的智慧。这种智慧的渊源则是中西文化的交融。金克木的散文，无论是精神内涵还是外在形式，都无一例外地呈现出学贯中西、博通古今的深厚素养，就是因为如此，也毫无悬念地使他成为老生代散文家中的佼佼者。

被选为法兰西院士的绘画大师吴冠中，年轻时赴法留学，对法国的绘画理论与技法了如指掌，也因此成了凡·高的崇拜者，对凡·高的画作有非同寻常的认识与解读。50年代初回国之后又专门对中国古代杰出的绘画家石涛和八大山人等的画技进行了比较深入的研究，所以他被称为学者画家。就他的文章而言，也同样称得上是学者散文。他的语言颇为规范，有些颇具理论色彩，经常在不紧不慢的叙述中自然流露出“至理名言”。“西方现代派绘画对性灵的探索与中国文人画对意境的追求正是异曲同工”“绘画自身，毕

---

① 金克木：《当代中国散文八大家——华梵灵妙》，海天出版社2000年版，第166页。

竟是作者性灵的表露，其间不仅涵蕴着文学，更牵连着哲理”[①]这些画中真谛是他文章的主旋律。他在文章里还常常引用古代的诗句以及鲁迅的文章。他也能像有些老生代散文家一样，可以即兴赋诗，古典神韵跃然笔端。同时，法国文学作品，也是他引经据典的源泉。他的许多文章，可以称作绘画随笔，是他从艺60年的切身体验，其中有他绘画过程中的辛劳，有他对中国画以及西洋画的对比和分析，更有他从绘画的过程中领悟到的画中真谛、人生真谛。黄苗子的散文有许多介绍西方文化的内容，比如《卢浮新宫》《阴天的情趣》《日耳曼性格》《埃及文化》《柬埔寨》。

从叙事学的角度考察，散文在一般情况下，都是由作者以第一人称的方式直接表述的。中国古代多数怀人叙事、咏物抒情的散文是如此，国外的蒙田随笔、培根杂感等也是如此。但是在哲理散文的鼻祖庄子、柏拉图等人那里，却有一种例外，他们开创了用对话谈论哲学的形式，如柏拉图的《理想国》、狄德罗的《拉摩的侄儿》等等。这种对话体，由作者设想出两个“人物”，就某一话题展开辩论。对话体便于论题的展开和抽丝剥茧般深入，或环行旋转，螺旋般地逐级上升。论辩中的两个角色，其中之一可能代表作者，如柏拉图笔下的苏格拉底，但也可能两个角色并不代表作者，作者隐蔽在两个辩论者的背后，他似乎是一名玩提线木偶的艺人，他自己的意见、观点在辩论“之中”和“之外”。应该说，这是散文叙事学上的一大创造，而且这个创造又是如此古老和如此具有生命力。有多位老生代散文家，在言说方式上回归到了哲理散文的源头，他们没有完全沿用一贯的直抒胸臆的独白方式，而是采用对话的形式，用假想的两个“人物”（有时是两个符号）的对话来抒“一己之见”，在文章中“一贯到底”。这当然不包括文中自然引用的对话形式。这种言说方式，使他们自己的诸多观点，能够在对

① 吴冠中：《是非得失文人画》，《吴冠中人生小品》，花山文艺出版社2001年版，第153—154页。

话中一一道来，逐层展开。比文中只用第一人称，“一个声音”“一个思路”，灵活许多。

施蛰存早在1937年就曾以对话的形式写出了《一人一书》（上下），以主人、客人的问答为线索，把作者所要点评的现代作家一一加以评说，形式活泼，表达自如，比作者一人“独语”，思路要开阔得多。这种对话的方式，据目前掌握的资料看，施蛰存应该是首例。在《雨窗随笔》的两章里，作者分别采用的是“客问”“主答”以及“大学生问”“教授答”的对话形式；到了《闲话孔子》里，作者采用的是“我”与“他”（一位好学的中年人）的对话形式。问答的主人公各有不同，但是问答的内容，都是作者一人的思想。问答的形式，简练精粹，直截了当。与施蛰存一样，金克木亦为使用“对话”形式的高手，他在《与诗对话：〈咏怀〉》里，更是别出心裁。施蛰存的“对话”，还都是人与人之间的对话，而在金克木笔下，则出现了一个“人”与“诗”的对话，其中不光有“对话”本身的创新，而且还有“对话者”的创新。这里蕴涵着作者超凡的想象力。文章展开的形式是对话，实际上却是作者对于这首《咏怀》的新解。文章的言说方式与思想内容相得益彰。金克木的《闲话哲学》《“重理轻文”一夕谈》《文化百川汇大都》《门外议儒家》《妄谈孔子》都是对话的形式，对话者都是“甲”和“乙”。《北京对话》，是“A”“B”对话。更有甚者，他的《范蠡、商鞅：两套速效经济软件》，用一个圆圈和一个方块这样两个图形，分别代表两个对话者，类似于计算机里的“0”和“1”。读者无论在何种心情下读这篇文章，都会首先被这两个“对话者”“逗乐”的。柯灵的《答客问——〈文苑漫游录〉序言》，以“客”和“主”两个角色对话，主要将作者不便直接表述的“个人的心路历程”巧妙、自然地展示出来。笔尖带着锋芒，颇能引人深思。张中行《关于解放思想的对话》，是“老朽”与“少壮”的对话。整篇对话，可谓妙趣横生。“老朽”是竭尽“周延”“圆滑”之能事，“少壮”则是打破沙锅问到底，不达目的不罢休。你一言，我一语，既把该说的说了，又把想说而没有机会说的也趁机说了，轻松自如、诙谐幽默。孙犁的《关于散文创作的答问》，直接就是以“问”和“答”的形式展开的。只是，孙犁的对话，不像金克木那么洒脱，有点儿拘谨。

对话体，比起作者的“独语”要活泼得多，尤其是谈论文化、历史这类严肃话题，作者又创造了一个发言的角色，使话题的阐述就更加自然和灵活，而且使作者更加游刃有余。另外一方面，这种问答的方式，其实是对作者提出了更高的要求。作者必须以两种角色，分别去考虑话语的逻辑性，既要使两种角色的话语各自有比较明确的立场、有自己的个性，同时还要保证文章的文气贯通，浑然一体。当然对话的言说方式，对于作者所要表达的内容是有选择的，不是所有的题材都适宜用“对话”。在话题比较严肃的文章里，对话的形式，可以达到舒缓语气、阐释自由的艺术效果。它尤其能够调节文章的气氛，给散文开拓了更广阔的自由表达的空间，使文章的传播效果更加理想。

老生代散文家除了在散文叙事形式方面与西方文学相呼应之外，在散文创作技法上同样也有比肩之举。老生代散文家们，有一种非同一般的品格，就是面对曲折和不公正待遇，他们可以化戾气为祥和，化烦恼为菩提；他们可以以喜剧的情怀去写悲剧。他们的文章展示出一种旁观者的“审视”态度，真正体现了历史老人的“忍耐”功夫，他们这种特殊的人格导致了他们特殊的文格，那就是在散文里不由自主地运用反讽技法。

反讽是“一种用来传达与文字表面意义迥然不同（而且通常相反）的内在含义的说话方式。来自希腊语eironia，原为希腊古典戏剧中的一种角色类型，即佯作无知者”。“反讽的基本性质是假相与真实之间的矛盾及对这一矛盾的无所知，反讽者佯作无知，说的是假相，却暗指真相。”[①]在新批评理论中，指“语境对一个

① 王治河主编：《后现代主义辞典》，中央编译出版社2005年版，第111—112页。

陈述语的明显的歪曲”，即词语在上下文中发生了意义的改变，也就是言非所指。从叙事文学的角度看，反讽是一种修辞手法。叙述者在叙述的过程中，为读者提供至少两套代码，一套代码是“表面的”“显在的”，在字面上提供了貌似正确的道理，而另一套代码是“内在的”“隐藏的”。通过叙述者在语言上的婉转周旋，利用历史语境的差异或逻辑上的谬误，让读者心领神会“内在的”“隐藏的”代码的“正确”，和“表面的”“显在的”那套代码的“错误”，或虽然明白“错误”却依然坚持错误而产生的荒谬感。反讽叙述欲达到的效果，与叙述者字面上的陈述往往是错位的，“言在此而意在彼”是反讽的基本修辞面貌。[①]反讽不同于一般的讽刺，它往往带着谐谑，叠合着苦涩或亮色的喜剧意味。重要的是它的自嘲与自谑，常常把自己“摆”进去，是“蓦然回首”，“我”也在其中的深刻自嘲即强烈的灵魂自审意识之中。老生代散文不单单站在权威地位俯视卑劣灵魂并对其进行揶揄、鞭笞，也不是那种站起来的灵魂对这没有站起来的灵魂的调侃。正是“我也在其中”的一种心态。面对人生的乖戾与悖论，老生代承受着由己及人以及由人及己的心灵震撼，他们用生命咀嚼出的这种人生况味，也许是前无古人后无来者的。老生代的伟大在于他们没有居高临下地裁决生活，而是以一颗悲天悯人的心灵去体察人们生活中的各种滋味。他们不再简单地注重人生的社会意义和是非善恶的简单评判，而是倾其心力于人生况味的执着品尝，倾心展示他们人生行进中的特异感受与生命体验。

反讽是现代主义给小说的审美与叙事带来的一种新的元素。在小说、诗歌、戏剧等文学形式上的反讽的研究比较多见。比如欧·亨利式的结尾；《尤利西斯》利用现代人与古代英雄观之间的反讽对比营造结构等等，而反讽在散文创作方面的运用的研究则是凤毛麟角。有研究者认为早在中国古典小说里就已经有了事实意义

① ［英］D.C.米克：《论反讽》，昆仑出版社1992年版，第101页。

上的即艺术实践上的反讽，当然它不是艺术理论和小说叙事学意义上的有意识的反讽。从《金瓶梅》到《儒林外史》，这种事实意义的上反讽，都不是由叙事者讲出来的，而是由文本的内在结构显现出来的，是自我意识出现矛盾的产物，或者可以更明确地说，反讽乃是在小说的叙事结构中出现的自身解构、瓦解的因素。

散文中的反讽与小说不同，它是由散文作者——叙事者本人直接表述出来的。散文从写历史、写社会、写风俗到执意品尝人生的况味，在更宽广、更深邃的意义上表现了人性和人的心灵深层。这就是老生代散文在艺术品质方面迥异于其他散文的地方，它会通过反讽提供一面多棱镜，不露声色地照出各色人等的行迹。反讽的方向在本质上是批判性的。反讽并不是一种简单的形式构成的方法，更重要的是它浸润了写作者的生命体验。因此，老生代的反讽实际上包含了对事物与人生的深刻理解，因而其批判的力度就显得格外显著。杨绛在《丙午丁未年纪事》里这样说："派给我的劳动任务很轻，只需收拾小小两间女厕"，"革命群众叫我干小刘的活儿，小刘却负起监督文学所全体'牛鬼蛇神'的重任"。事实本身透露出一种对比，就是"我"与"小刘"的身份、地位的颠倒。没有任何附加的评论。表面极其温和，但温和的背后却是讽刺与揶揄，自然流露出一种无声的愤怒与极大的蔑视。

黄永玉的水墨画，既有国画的粗线条，同时也有工笔画的细腻；既有中国画的神韵，又有西方油画的鲜明色彩，与他的水墨画同样光彩照人的还有他的散文。黄永玉的散文与杨绛、金克木一样，也是一个运用反讽的高手。在怀念沈从文的文章里，有这样一段："表叔呀表叔！你想你给人添了多少麻烦！全国第一家报纸，要用一个星期的智慧才能得出你准确斤两的估价。不免令我想起了莎士比亚的哈姆雷特先生说的那句话来：'死还是活？这真是一个问题。'"①他在意大利利用中医穴位疗法奇迹般地救活了一个

① 黄永玉：《这些忧郁的碎屑》，《比我老的老头》，作家出版社2004年版，第117页。

晕倒了的老太太，对于此事，他大放厥词：“这当然使我得意了好几天。我不能和雷锋比，他风格高，做了好事一点都不说出来，只清清楚楚写在日记里。我一回到住所就对几个中国留学生吹牛，描述得天花乱坠。说句不怕脸红的话，我还写信到香港告诉我的好朋友们。唯恐天下人不知，风格低到极点。毛主席《纪念白求恩》一文中就问过大家：‘这是什么精神？这是国际主义的精神，这是共产主义的精神……’我这个算个什么精神呢？快乐精神，好玩精神！”[①]正是这种“‘我’也在其中的深刻自嘲即强烈的灵魂自审意识”，是非反讽手段所无法达到的效果，也是黄永玉“狂放不羁”的具体体现。他的语言，有点“嬉笑怒骂”的味道，而且入木三分，力透纸背。他在文章里表现出作为艺术家的洒脱，同时也透露出艺术家特有的审美情操。他笔下的神父都是一反常态：“譬如不苟一丝言笑的天主堂神父，你以为一天到晚他都是板着面孔，不尽然，他不单喝水吃饭，还脱了上衣只穿一条短裤跳进水里游泳，长着满身想象不到的黄卷毛，又唱又跳，幼稚得如演电影一般。”[②]黄永玉敢想、敢写，没有任何雕琢的痕迹，完全是他自由思想的真实记录。他自称他的文章是“寄沉痛于诙谐置生死于无奈”，这一说，可视为他黑色幽默的纲领。

反讽是西方现代主义作家最为擅长的表现手法，但恰恰是容易被我们的读者所视而不见的。在老生代散文以前，只有在鲁迅、钱钟书的文章里可以看到反讽手法，而在20世纪八九十年代的老生代散文里，反讽的运用几乎成为艺术视野中一道独特的风景。在他们笔下，如果是痛苦，那就以知识去融化它；如果是磨难，就以大智慧去蔑视它。在思想层面他们永远是“高高在上”的智者。反讽，恰恰在深层意义上，体现着老生代散文的“老到”和“洒脱”。

---

① 黄永玉：《沿着塞纳河到翡冷翠》，作家出版社2006年版。

② 黄永玉：《蜜泪》，《黄永玉的柒柒捌捌》，湖南美术出版社2004年版。

二

老生代散文家对于外国文化的汲取是积极主动的，更是客观、理智的。施蛰存和杨绛在小说创作上都适当采用了西方现代派的创作手法，但是他们在散文创作中，都不约而同地以中国传统的创作方法为主干（关于老生代散文与中国传统文化的分析详见《老生代散文与国学传统》一文）。老生代散文家“学贯中西”，而西方文化在他们的散文创作中只是作为传统文化的一种补充与完善，完全是一种调和，他们的根还是扎根在传统文化的土壤之中。闻一多在《文学的历史动向》里谈及世界四个最为古老民族的文化历史时说，只有中国文化勇于接受外来影响，所以至今“还是自己文化的主人”。老生代散文家虽然许多人都深度接受过外来文化的影响，但是在散文创作上，他们依然是“自己文化的主人”。这在20世纪末外来文艺思潮纷繁的当代文坛不失为“保有文化主体性和开放性”的努力。值得注意的是，传统文化重生的过程其实也包括了对西方文化的吸纳与融合。老生代散文明显展示出了对中华传统文化的传承意义和再生能力。由于老生代散文家大多所受的教育是中外兼顾、东西兼顾，所以他们世界观的形成，都带有多元化的特点。他们当中有怀揣着中国传统文化，努力致力于中国古代碑帖整理的施蛰存，却十分强调当代作家对于西方文化的了解；有早年怀揣着五四民主、自由理想的孙犁，对俄国作家托尔斯泰、果戈理、契诃夫等十分喜爱，晚年却主动回归中国传统文化。当然中外文化、东西文化之间并没有截然的界限，彼此之间也不应该互相排斥。文化精神的转变同样表现为民族文化的开拓、发展和延续，而不是用一种文化精神代替原有的文化精神。像老生代散文家这样，既同时受到多种文化的熏陶，又能十分理智、客观地对待外来文化并且能够坚定地立足于民族文化立场的，在当代文坛确实是弥足珍贵的。

中国传统文化是以儒道思想为核心的中国古代的哲学、文学、艺术、宗教、习俗、伦理道德等的综合。老生代散文家的国学功底与五四散文家相比或许乏善可陈，而与20世纪四五十年代以后出生的作家对照，则可显示出一种压倒性的优势。这倒不是为老生代散文家吹捧，只是这理所当然的传统文化的传承在当下反倒成为了“老生代”的“特性”，不可为“不优”。从40年代到80年代，近40年间活跃在中国大陆散文文坛上的散文家，尤其是“头面人物”，我们极少见到他们身上的那种国学根底。汪曾祺曾直言：“当代中国作家，应该尽量多读一点中国古典文学。”[①]对老生代散文家来说，传统文化不是“装点”，而是丰厚底蕴；外来文化的影响持久，但又不全盘“西化”。老生代散文家一手握着国学传统，一手攥着外国文化，他们的散文，就在他们两手的自由挥动之间，画出了难得的洒脱与自如。这种由文化积淀所构成的洒脱与自如，既是一种人生态度，又是一种文化人格结构的表征。

① 汪曾祺：《传统文化对中国当代文学创作的影响》，《汪曾祺全集（六）》，北京师范大学出版社1998年版，第357页。

跨越时空的心灵对接

——老生代散文与五四文化精神

20世纪，对于中国而言，是一个非同寻常的世纪。中华民族在这一百年的时间里，经历了有形的社会制度的变迁和无形的观念的（idea）的更新。尤其是波及整个社会的思想观念的更新，对中国文学尤其是散文的发展产生了深远的影响。第一次是五四新文化运动，第二次是1978年的“拨乱反正”。民族的传统文化在与西方的新思维的不断撞击中得到丰富和完善，真正的民族思想的精华最终被筛选出来，并得到了有效的传播。两次思想观念的更新，老生代散文家都是见证者和受益者。尤其是后者，更是给老生代散文家创作注入了新的活力。经过近一个世纪的积淀，他们在自觉完成对中国古典文化的传承任务的同时；又实现了对五四文化精神的跨越时空的心灵对接。他们在文学思想的自主上，在人格品位的升华上，在作品闲适风格的形成上，都与五四散文家相互呼应。放眼整个20世纪的中国散文的历史长河，人们会发现，五四散文与老生代散文是长河中的两股波澜。自中国白话散文诞生之后，五四是一个较高的起点，也是第一个散文发展的高峰，而到了世纪之末的八九十年代，才又出现了与起点相媲美的终点，也是一个世纪里的第二个散文发展的高峰。五四散文是阳春白雪，老生代散文仍然是学者、知识分子的精神港湾；五四散文家大多亲身参与了对“旧势力”的斗争（反封建），老生代散文家则大多完成了对“文革”劫难的深刻反思。七八十年的间隔，两个散文峰巅的对峙，偶然之中，也存在着必然。

一、主体价值取向的“自由”展现

五四时代的散文家，在“民主、科学”的旗帜之下，突破了封建思想对文学的桎梏，积极参与反封建的斗争；大量吸取了西方文学的营养，积极参加对于外国文学的译介，并自觉学习外国文学的创作方法。创作主体的“自我”意识得到了空前的释放空间。五四时期文学创作的“自由”，是五四散文家亲身参与“破旧立新”的抗争的结果，也是以创作主体思想意识的自觉更新为先导的。从作家的创造性、自主性来说，五四散文家要比老生代散文家更强一些。他们是用自己的作品、自己的刊物打下了文学创作的自由天地，他们是中国新文学的创立者之一。五四时期，之所以有散文的繁荣发展，归根到底，首先是当时作家的思想得到了彻底的“解放”。五四时期的散文家，他们虽然没有走到人生的暮年，但是他们的经历也都相当坎坷、丰富，而且很多散文家都曾经在不同时期，在国外不同程度地受到各种新思想的启蒙。再加上他们个人在传统文化方面的造诣，也使他们为进行散文创作而拥有了相当程度的个人识见的储备。另外，社会上反帝反封建的浪潮、民主与科学进步思想的冲击，也为五四散文家的酣畅笔墨提供了现实的土壤。无独有偶，老生代散文也是在“万物复苏”、思想解放的氛围下应运而生的。当代文学，从发生（有人认为应该从40年代初期延安的革命文艺算起）到80年代初期，文艺政策一直是充满了不确定性，文艺的方针，不是鼓励作家、艺术家自由的创作，而是指导性的教育、诱导如何去创作，造成文艺思想领域的过于紧张，并形成了所谓“新的现代性焦虑”。所以直到80年代初期，当代文学才真正“解冻”，自由的创作空间才逐渐开始形成。老生代散文家在20世纪八九十年代，随着中国社会的变迁与发展，他们的人生阅历相当丰富，对于人生的感悟更是达到了日臻成熟的地步。真正到了有资格“总结”的时候了。就社会氛围而言，改革开放的大方略之下，人们思想的逐渐“解放”、思想观念的逐渐更新，为老生代散文家的“畅叙幽情”“自由书写”提供了难得的任意驰骋的空间。总之，他们人生的“积淀”与释放这种“积淀”的条件都适时。这与五四散文家的背景在某种程度上有相通之处。所不同的是，老生代散文家的个体因素与社会因素是泾渭分明；而五四散文家的个体因素与社会因素更多地表现为相互作用。但是无论怎样，这两个不同时期的散文高潮，都是在个体因素与社会因素互动的情况下产生的。从五四散文以后，散文家思想第二次获得真正的“自主”，就要数老生代散文诞生的八九十年代了。虽然时间相距遥远，但是老生代散文同样也是以思想意识的更新为先导、为基础的。所以两代散文家创作高峰的来临，都是在创作主体的思想得到彻底解放之后。所不同的是老生代散文家并未直接参与对于“文革”的破坏，只是在“拨乱反正”之后，对“文革”进行了深刻的反思。

按照历史发展的正常轨迹，五四散文的文化精神应该顺序地遗传给建国初期的当代散文，但是散文发展的实际像是给散文研究者开了一次玩笑。老生代散文与解放初期的散文创作有明显差异。新中国成立初期，适逢社会制度的变换，人民当家做主的现实，散文家虽然也是欢欣鼓舞，但是那时的社会氛围、政治思想都比较单一，人们思想的观念保守，尤其是政治思想的禁锢，文学的发展与政治目标不能截然分开。所以那时的创作，无不体现“文艺为政治服务”的宗旨。作家的个性完全被掩盖了，那时的创作，无论是小说还是散文，大多都是隐去“个我”的“新八股”。导致了文学包括散文创作失掉了一个“腾飞”的机会。“无论是对于取法西方的讲求艺术的一线，还是对于执着于现实人生战斗的一线，五六十年代的散文都已经背离了。五四传统在社会政治学模式中，已经丧失殆尽。”[①]所以五四散文的文化精神，并没有按照它应有的运行规律直接遗传给新中国成立后的当代散文，而是经历了一个长达近30年的文化断层。直到改革开放以后的80年代初，当代散文才真正回归到了自然发展的正常轨道上来。所以老生代散文与五四散文相比，在文化底蕴上尽管有差距，但是老生代散文仍然跨越了时间的“阻隔”，直接接续了五四散文的文化精神。从这个意义上说，老

① 王钟陵：《20世纪中国散文理论之变迁》，《中国现代、当代文学研究》1999年第1期。

生代散文在当代散文文坛的生存价值是无可替代的。

五四散文家与老生代散文家都是在“自我”意识建立之后产生并发展起来的。这是内因，也是决定因素。与此同时，两代散文家在文学创作的方法上、思想观念的更新上也都存在着显态的关联。

多数老生代散文家在三四十年代就已经开始文学创作了。比如巴金、冰心、柯灵、施蛰存、杨绛、萧乾等，已经有小说、散文或戏剧发表了。他们在最初走上文学道路的时候，多少都受到了五四光环的荫蔽。可以这样说，老生代散文家是沐浴着五四新文化运动的光辉成长起来的。许多老生代散文家从三四十年代，在思想上就一直把五四文化精神的代表鲁迅作为自己的人生楷模的。他们对鲁迅充满了崇敬。巴金称鲁迅是“伟大的导师”“民族解放运动中”“伟大的战士”。[①]柯灵认为鲁迅是“文坛巨星”，认为他“卓荦的人格，也将是一切革命者永久的典范”；他“上百万言的著述”，“是中华民族金匮石室中的瑰宝”。[②]孙犁终生以鲁迅为学习的楷模，在抗战时期，就是“在鲁迅精神的鼓舞下写了一些短小的散文”。他认为鲁迅的书，在五四前后“都是无与伦比的”。[③]老生代散文家在思想上与五四文化精神的暗合，必然导致文学创作方面潜在的因袭和模仿。这种“因袭和模仿”，在整个文学史的长河中，应该是有益的，也是难得的。因为历史不会拒绝“优秀的文化”。正像楼肇明先生指出的那样：“整个老生代散文几乎都可以理解为是对鲁迅、周作人和胡适为代表的五四散文的延续（影响的接受可能是发生在若干年前），而一批以杂文为主要体裁的作家（多数是老年或中年作者）继续受到鲁迅的影响（虽然在思想深度和文采方面总的来说成绩并不算大），梁实秋和周作人对九十年代出现的量新的闲适小品（作者以老年和中年人居多）有重大引导作

---

① 《巴金散文》，浙江文艺出版社2002年版，第274页。

② 《柯灵散文》，浙江文艺出版社2000年版，第73页。

③ 《孙犁散文》，浙江文艺出版社2003年版，第201页。

用——”[①]另外，在老生代散文里，更有一种回归到五四的自由境界中去的精神状态。就像唐代“古文运动”之后，宋初又产生所谓“复古运动”一样，是老生代散文家调整心灵秩序的一种努力，一种回归到“文本文学”的有意尝试。

二、一等襟抱

五四散文家，像鲁迅、周作人、胡适等，身处“新旧思想交替”的动荡年代，历史自然赋予了他们改变社会现状的社会责任。因而他们有比较明确的“文学救国”的思想意识。老生代散文家亲身经历了“文革”的洗礼，他们也同样背负着将历史真相告白于天下，勿使“文革”悲剧重演的社会责任。就承担社会责任的主动性、自觉性来说，老生代散文家与五四散文家极为相似。而在老生代之后的中生代和新生代作家就不存在这个现实问题，起码没有老生代那么迫切。无论是五四散文家还是当代老生代散文家，他们都在潜意识里把“小我”与“大我”融合在一起了。社会责任感的自觉是两代散文家的共有精神家园。

在20世纪八九十年代，老生代散文家的人生积淀恰巧达到了一个比较高的境界。这一点比五四散文家略胜一筹。老生代都已经是70岁以上的年龄，他们的散文，与其说是一种创作，不如说是一种人生的总结。因而在他们的散文里，充盈着一种大智慧，表现出一种大胸襟、大气魄，是一种少有的集团式的“大家”手笔。

这种“大家”手笔，在“文革”题材的处理上表现得最集中也最鲜明。老生代散文家一方面本着对后人负责的态度，对“文革”进行了彻底的反思，包括个人在这场浩劫中的“糊涂想法与做法”。尤其是对于“文革”产生的根源，如何防止类似事件的重演，做了深入的思考。表现出知识分子高度的忧患意识。另一方

---

① 楼肇明等：《繁华遮蔽下的贫困——九十年代散文之路》，山西教育出版社1999年版，第209页。

面，在揭示“文革”罪孽的时候，虽然在他们被逼无奈时，都曾发出过“天道宁论”的“怒吼”，但是他们仍然普遍表现出超常的虚怀若谷，雍容大度。不光是不计较个人的得失；而且是连描写“文革”时自己所受的非人待遇时，也都表现得举重若轻，似乎是在写“别一个”杨绛、“别一个”陈白尘。他们这种博大的胸襟，不能不让了解那段历史的读者肃然起敬。

在老生代散文里有很多涉及“文革”的作品，最引人注目的当数巴金的《随想录》。《随想录》以它对作者灵魂的考问而在社会上产生了强烈的震撼力，这一点不容置疑。而对于“文革”史实，敢于直面、敢于具体揭示真实全过程、全内幕的则要数季羡林的《牛棚杂忆》。《牛棚杂忆》是在作者没有发现揭示“文革”罪孽的作品而极度失望的情况下写就的。作者的目的非常明确，他觉得对这一场惨绝人寰、震惊世界、世界罕见的事件，应该有深刻的反思，尤其是应该有反面教员的献身说法，才能引起广大民众的警觉，真正找到产生“文革”的根源，才能保证后人不再重蹈覆辙。当然，反面教员难寻，季羡林就只好献身说法，去正面揭示了。他一方面忍受着重新揭开身心伤痛的剧烈折磨，去真实、客观地描述了那一段“非人”的生活；另一方面又背负着拯救国民良知、洗刷民族耻辱的责任，而且力图阻断类似事件重演的基因。他再一次“挺身而出”，道出了一位老知识分子的一片赤诚。就对于读者的震撼力来说，《牛棚杂忆》绝不亚于《随想录》。这也是一本让人读过之后回味良久的血泪相和的控诉书，它让人感到压抑的同时，确实还能引人深思。偌大的一个民族，怎么就一下子变得黑白颠倒、人鬼错位了呢？人受着“非人”的待遇，无处说理、无处申冤，全国上下，乱作一团。因为季羡林写作初衷的基调就比较高，所以整部作品，都给人一种高屋建瓴的感觉，作者在字里行间所蕴涵的气韵，确实是高高在上。正像该书的封面一样，昏暗的背景当中，血光像是茫茫宇宙的象征，一位老人正在这茫茫宇宙之中，诉说着他所经历的血和泪，更诉说着他的赤诚与忧患。柯灵的《回看血泪相和流》同样也是对“文革”的直接揭示，但是他揭示的还是片段，还不是“全息”，还不够淋漓尽致。只是有一点是相同的，就是从文字里看不出作者在发个人之感慨；“小我”已经完全融入“大我”之中了。萧乾的《“文革”杂忆》，写自己的感受比较少，更多的是对他人的遭遇的记叙。主要写了一个老戏剧家、“标兵”和一个“自绝于人民”的“他”。就其批判性与震撼力来说，这一篇当然不及前面的几篇。但是有一点与前面的几篇相同，就是文章透露出的历史责任感。尤其是文章最后对“文革”语言的探讨，就更加深化了作者的写作初衷了。作者在文章结尾的问话，更是意味深长。把文章的思想深度推向了高潮。

巴金、季羡林等人的“文革”题材都是采用的直白的手法，而杨绛的《干校六记》《丙午丁未年纪事》，陈白尘的《云梦断忆》等，则是适当采取了艺术的表现方法，在揭露的同时，还能让读者感受到不少艺术的想象甚至黑色幽默。比如杨绛在《干校六记》里说她与钱钟书可以经常在菜园里相会，随后就有一个“神思妙想”，她说“远胜于旧小说、戏剧里后花园私相约会的情人了”。作者能够创作出这样富于讽刺和寓意深刻的作品，固然有作者艺术修养的重要因素，但同时，作者的思想境界如果不能达到一定的层次的话，这样的艺术形式，恐怕也难以铸就。另外，在陈白尘的《云梦断忆》里，作者总的基调还是要在那段不堪回首的日子里寻找一点儿“人情”，他仍然试图在痛苦中寻找到美好。房东的儿子对他关心、照顾，在《忆房东》里有充分的表现。陈白尘的《忆鸭群》与杨绛的《“小趋”记情》，颇有异曲同工之妙。即便是在自己流血的日子里，他们仍然能在其中寻找到“温情”，一只小狗、一群鸭子，成为他们那种畸形生活环境里的唯一“安慰”，甚至“精神的寄托”，这是一种人情的自然流露，更是一种胸襟的自然展现。是一种哲理上的大度与宽容。

老生代散文有一种掩饰不住的气韵，那就是作家的人格魅力。这一点与五四散文家相比，显得更突出一些。这主要因为老生代散文距离我们比较近，我们还比较熟悉（其实对于中生代、新生代来说，又是陌生的了），而对于五四散文了解相对比较少的缘故。其实，五四散文，从本质上说，它们所承载的社会负担不比老生代散文轻。因为那时的散文，承载的是对一个旧制度的认知与“破坏”，同时还要吸收国外的有益的东西，建立一个全新的社会秩序。总之，无论是五四散文，还是老生代散文，都义无反顾地自觉承载了历史所赋予他们的责任。社会责任感同时是这两代人身上的自觉因子，是渗入骨髓的民族气质的集中反映。

三、闲适笔调的再现

因为思想解放，少有禁锢，所以才有“闲适”的可能；因为有大气魄，大胸襟，所以才有“闲适”的资本。老生代散文与五四散文都有“胸罗万汇凭吞吐，笔秉千钧任翕张”的自由与舒展，是“寂然凝虑，思接千载；悄焉动容，视通万里”的境界。

总体说来，五四散文也是各有千秋。鲁迅散文的冷峻、凝练；周作人散文的平和、闲适；徐志摩、梁遇春的英国随笔式的韵致；冰心散文的清丽典雅；林语堂散文的憨直浑朴，幽默达观；丰子恺散文的意趣横生，清幽玄妙；朱自清散文的文笔优美，诗意浓郁——都在现代文学画廊里留下了厚重的色彩。但是无论哪种风格，他们的散文里都蕴涵着一种内在的气韵，就是隐含在字里行间的闲适与洒脱。这种“洒脱”是那种大家之气孕育的结果，是一种大胸襟、大气魄的具体体现。

老生代散文，明显暗含这种无拘无束的洒脱感。无论是回忆生前友好，还是记叙自己在海内外的种种经历，他们都重新找回了“自由创作”的感觉——那种“海阔凭鱼跃，天高任鸟飞”的境界，那种“会当凌绝顶，一览众山小”的气势。他们在尽情书写内心的情怀。从题材上来说，大到对“文革”的控诉，对友人、亲人的怀念；小到个人对生活的感悟、对儿时的美好时光的回忆，甚至老年人对饮食的好恶，总之，生活上的点点滴滴、方方面面，都可以成为散文表现的对象。不像建国初期，仅仅限于歌颂题材。从表现形式来说，既有直抒胸臆、对事实的客观描述，又有作者巧妙构思形成的独特意象，其象征意酝之浓烈、寓意之深刻，是散文文坛里不可多得的。老生代散文的创作成就，在当代散文家中亦属佼佼者；也从侧面证实了散文创作对宽松环境、自由氛围的仰仗。杨绛的《孟婆茶》《隐身衣》以及《软红尘里·楔子》，从构思到行文，都是潇潇洒洒，从容不迫，新颖别致，令人耳目一新。明显是作者创作欲望强烈、创作思路活跃的结晶。其中所展示的作者的人生哲学以及对世事的洞察与剖析，既形象又深刻，既具体又充分。堪为作者艺术构思的精品。孙犁的《生辰自述》，创作于拨乱反正的80年代初。这篇短文集中地展示出作者古文功底的深厚以及作者对语言运用的精益求精。内容精练概括，语言整齐优美，是当代不可多得的文言形式的文章。作者字斟句酌的语言形式清楚地反映出，作者的创作心态和创作技艺都是处于最佳状态。可以肯定，宽松、自由的心境，是最大限度地发挥作者创作才能的必要条件。萧乾的《北京城杂忆》，创作于1985年，是纯正的“京腔京韵”。文中的情调，安然、闲适，作者饶有情趣地从“京白”（京骂）数到“京腔”（各种卖货者的吆喝），又从“京腔”数到老北京的“衣食住行”，还讲到老北京的各种手工制作以及红白喜事的操办方式，再讲到老北京街道的格局以及街名的由来，甚至北京的节日气氛等等，总之是给读者清晰地展示出一幅活灵活现的老北京的民俗画。在文章的最后，作者也表明了他对于新北京的期望。施蛰存的《论老人》，洋洋洒洒，先对“老年”进行了一番考证。从古罗马政治家西塞罗的《论老年》一文谈起，谈及孔子的“老年”观、《说文》对“老”的注释、《文献通考·户口考》关于老年的“定义”。文中还纠正了“晚年”一词的错误用法。作者认真梳理了“老人”所特有的一些特点，比如记远不记近、老人饶舌、老人怀旧、老人馋嘴、老人“好色”。就像是关于“老人”的“袖珍百科全书”。涉及老年人的食色问题，作者还兴趣盎然地考证了孟子的观点、《诗经·国风》的观点。明显透露出作者文思泉涌、“思接千载”的丰富联想力。陈白尘的《云梦断忆·忆云梦泽》中，秦始皇、汉高祖、韩信等，都是作者笔下的“游神”，作者信手拈来，左右逢源，总之，在老生代散文里，透露出一种老年人的老到、闲适与潇洒，在闲适的同时，有丰厚的文化底蕴作衬托，有老年的睿智作筋骨。它们达到了散文创作的一种随心所欲、游刃有余的最高境界。是为知天命而作，为人生而作。这种创作，不仅凭一时的性灵的冲动，而且还来自生命的深层体验。而老生代散文之后的一些中青年散文家的作品，在文化底蕴以及人生阅历方面又与老生代散文家有一定距离。

值得一提的是，在当代散文里，只有老生代散文还珍藏了五四文化大师的身影。老生代散文在回忆五四文化大师的生活与性格的同时，也传播了他们的精神与思想。这是中生代与新生代散文家所无法替代的历史使命，使五四文化传统在当代得以流传成为现实。客观地说，老生代散文既是五四文化精神的继承者，又是五四文化精神的传播者。这似乎是历史所赋予老生代散文家的责无旁贷的神圣使命。老生代散文家，大多从小就受到五四文化精神的熏陶，有些作家一生的创作，都深受五四散文家的影响，人到暮年，仍然在追随着前人的足迹，弘扬与传播着这一份精神财富。这是一种奇妙的巧合，还是蕴涵着内在的必然规律？怎样开始，就怎样结束？

四、知性与智性的融合

散文与人生的阅历修养密切相关，高远的精神境界和旷达的人间情怀是散文生命的本质所在。一个时代如果没有高层次的文人，就没有高水平的散文。先秦诸子自立学派，百家争鸣，既是思想家又是散文家。唐宋八大家散文才高文美，八家中有七家进士出身，是官人亦是文人。知识化学者化在他们身上实现了最佳结合。同理，某个时代散文品位低劣，必定是文人素质低劣的反映。尽管散文作为一种文体仍然存在，但其神韵气质已经死亡。

小说创作与散文创作的最大差异，就是对创作主体的学识要求不同。散文是高雅的艺术。它没有小说情节的险与奇，不会去刺激读者；它无脚无韵，也不屑于迎合大众，这决定了散文在文类上的等级——它永远属于知识阶层。五四散文家大多都是大学的教授，还有几位堪称“国学大师”。他们在散文当中所蕴涵的文化底蕴，比老生代散文家要略胜一筹。尤其他们散文当中思想的深刻性，更是老生代散文家所不易企及的。但是时代的局限性，我们不能算在作家的头上。尽管如此，与当代中生代和新生代散文家相比，老生代散文家仍然拥有学养上的绝对优势。而且老生代散文在知性与智性的结合上，更有创新。

多数老生代散文家都是学者兼作家的双重身份，像杨绛、施蛰存、萧乾、季羡林、张中行、金克木、贾植芳、陈白尘等。还有一些专职作家，虽然没有担当具体的学术职务，但是他们在传统文化方面的功底也相当深厚，比如柯灵、孙犁等。施蛰存对于明代诗论的倾心与推崇（《读〈檀园集〉》），季羡林关于文化和语言的源头就是思维模式的阐述（《〈赵元任全集〉序》），杨绛对于“听话的艺术”的考证，都明显地体现出他们学者的风范。柯灵的散文，语言的华美自不待言，其中的典故又比比皆是。如果没有一定的古典文学修养，就不能完全读懂他的散文。孙犁的《谈读书记》，从古代目录学说起，以他自己收藏的“读书记”为基点，对“读书记”这种文体的发展过程做了一个整体性的勾画，是他对这种文体潜心研究的精辟总结。老生代散文的知性，不光体现在对于文化的深层阐释，更体现在他们整体文风上的学者气质。他们行文当中思维的成果有时会大于散文艺术的成就，散文的光彩亦因思想的睿智而引人。所以有散文研究者曾经对老生代散文的知性特点给予很高的评价：“对于学者散文的最初发轫，老生代散文家功不可没。季羡林、张中行、金克木、董鼎山等人将学识和阅历转化为艺术作品，既广汲二十世纪东西文化科学成果，又保持着知识者对社会的批判锋芒。在九十年代，他们是抗拒文化学术滑坡，抗拒知识分子学识单纬度化与人格矮化的一道有力屏障。”[①]并且说“‘老生代’和中青年学者的散文随笔可能是世纪末中国散文文坛留给后世的一笔艺术精神财富”。[②]

老生代散文的可贵之处，还不仅是其中知性的体现，而是知性与智性的融合。在他们老到、老成的叙述当中，在读者的不经意当中，经常会闪现出智慧的火花。比如施蛰存在《米罗的画》的结尾，不露声色的老生代散文的可贵之处，还不仅是其中知性的体现，而是知性与智性的融合。在他们老到、老成的叙述当中，在读者的不经意当中，经常会闪现出智慧的火花。比如施蛰存在《米罗的画》的结尾，不露声色的对中国的青年艺术家“提了一个醒”。他说：“米罗的画，乔伊斯的《尤利西斯》，本该在三十年代就介绍进来的，想不到迟了六十年，当这些作品已经成为历史文物的时候，却同时红红火火地光临了中国。我耽心中国青年艺术家会把它们看作时行商品，又热一阵临摹。”[③]其中蕴涵的深意，由机智的语言点到为止。又比如季羡林在谈“长生不老”的话题时，突发奇想：“如果人人都长生不老，我们今天会同孔老夫子坐在一条板凳上，在长安大戏院里欣赏全本的《四郎探母》，那是多么可笑而不可思议的情景啊！”[④]其思维之敏捷、文思之活跃，令人难以想象是出自八旬老人之手。杨绛在老生代散文家中更是一位善于幽默的“智慧星儿”。她在描述“林奶奶”的特点时，绘声绘色，简直把林奶奶写活了：“林奶奶叙事全按古希腊悲剧的‘从半中间起’；用的代名词很省，一个‘他’字，同时代替男女老少不知多少人。我越听越糊涂，事情越问越复杂，只好‘不求甚解’。”[⑤]这句话

① 楼肇明等：《繁华遮蔽下的贫困——九十年代散文之路》，山西教育出版社1999年版，第187页。

② 楼肇明等：《繁华遮蔽下的贫困——九十年代散文之路》，山西教育出版社1999年版，第192页。

③ 《施蛰存散文》，浙江文艺出版社1999年版，第232页。

④ 《千禧文存》，新世界出版社2001年版，第144页。

⑤ 《杨绛散文》，浙江文艺出版社1998年版，第243页。

里一个“全按古希腊悲剧的‘从半中间起’”，一个“用的代名词很省”，不仅仅是产生了戏剧性的效果，而且还略带幽默。精妙无比！完全是借用“古希腊悲剧”和“代名词”开了一个世界级的玩笑。它是在知性的思维之中开出了幽默之花，在知性的土壤中结出的智慧之果。幽默往往让人联想到通俗的事物，但是在老生代散文里，幽默也能在典雅的语言里生长。

老生代散文的智性思维是建立在知性思维的基础之上的，知性思维带来典雅，智性思维带来幽默或者讽刺；知性思维显示了老生代散文家的文化底蕴，智性思维又展示了老生代散文家的老年睿智，使散文严肃当中平添诙谐，增加了散文的艺术光彩。与中生代、新生代的散文相比，老生代的知性思维显得难能可贵，智性思维更显得机敏灵活。两种思维的结合，相得益彰，锦上添花。

总之，老生代散文在当代散文领域是自五四以来的又一文学奇观。它产生的根源与五四散文有颇多相似之处，它所蕴涵的内在特质与五四散文有着千丝万缕的联系。老生代散文跨越了几十年的时空的物理距离，弥合了“文革”前后二十多年的文化断层，对五四文化精神，有继承，也有创新。

老生代散文：20世纪末中国散文史上的奇观

回首整个20世纪的散文长河，老生代散文与五四散文，就像这长河中的两道亮丽的彩虹，成为散文史上屹然突起的两座峰巅。老生代散文是在40年代以后，散文沉寂、低落了近三四十年之久重新崛起的，它是后一个散文高峰的标志。进入新世纪以来，“老生代”又渐渐淡出，但在散文文坛，仍给人后来者未曾超越他们的印象。

老生代散文，特指20世纪八九十年代中国散文文坛集中出现的一批已经进入耄耋之年的老作家（有些人同时又是资深学者）所创作的大量凝聚着个人独特人生体验与智慧、彰显出独特人格精神和艺术品格的散文作品。老生代的散文创作，是在特殊的历史背景下艺术人生的第二次“闪光”，其成就之卓越、影响之深远，在当代散文文坛首屈一指。他们在二三十年代曾经有各种形式的文学创作及艺术创作，而从建国初期到20世纪70年代末期，他们当中的绝大多数，或是沉默，或是钻进故纸堆，被挤到了文学创作、学术领域或艺术领域的边缘。经过近30年的沉寂之后，在改革开放的八九十年代，他们的创作激情，好像“凤凰涅槃”，重新获得了生机。杨绛在40年代是作为剧作家名世的，50年代至“文革”，她是外国文学翻译家和研究者。《干校六记》之后，才是散文大家的杨绛。萧乾320万字的文集，包括了小说、散文、特写、杂文、回忆录、文学评论和书信，其中一半以上是70岁（1980年）以后创作的。柯灵，1979年以前的随笔、散文、杂文集是6本，1979年以后是32本。金克木1980年以前有著述、创作9本，而1980年之后的小说、诗歌、译著、专著全面开花，是23本。张中行、施蛰存、季羡林、汪曾祺等，一生中的绝大部分散文创作都是在八九十年代这短暂的一二十年间完成的。一般而言，七八十岁的老人毕竟是“日近黄昏”，而这一批散文家却是“老骥伏枥”。像这样有一批作家在人生暮年铸就创作辉煌（有些作家是第二次创作高峰）的现象，在中国文坛只有当代，在当代文坛也只有散文。牛汉、郑敏的诗歌，也呈现出“老而弥坚”的气象，但是写诗歌的人毕竟是少数，绝没有老生代散文这样声势浩大，成为“一代”，诗歌作品本身也不容易像散文作品这样丰赡。小说、戏剧的作家都不存在这种“梅开二度”的现象。可以说，老生代散文现象，是20世纪中国文坛的“唯一”。这不光是中国“散文史上的奇观”，也是整个当代文坛上的“奇观”。这些散文家大体可以分为三个类型：第一类是职业作家，包括巴金、冰心、孙犁、陈白尘、萧乾、柯灵、汪曾祺、梅志等；第二类是学者兼作家，包括杨绛、金克木、张中行、施蛰存、季羡林、贾植芳、黄裳等；第三类是艺术家兼作家，如吴冠中、黄永玉、黄苗子、郁风等。

老生代散文是时代风云和民族文化土壤中生长出来的一丛奇葩。他们都是在七旬以上的高龄盛开出创造之花朵的。当代心理生理学的有关报告资料表明，老年人生理肌体虽然衰老了，但从事人文科学的创造力，并不随岁月的递增而减退。不过，考察世界各民族文学史，老作家进入暮年以后保持旺盛的创造力而成就一番一生中最重要的事业，攀登上又一个创作高峰的，仍属凤毛麟角。列夫·托尔斯泰在完成了最后一部长篇巨著《安娜·卡列尼娜》之后，便从事挽救世道人心的宗教哲学著作的写作；歌德在八十高龄以后，由于一次黄昏恋而爆发了巨大的创作激情，从而完成了《浮士德》第二部；英国小说家哈代，晚年妻子先他而去，他“破门而出”，从事抒情诗的创作，一跃而成为20世纪最伟大的英国诗人之一。托氏和哈氏多少有些“改行”，向新领域进军，歌德则完成了一度耽搁下来的宿愿。但不论他们的创造力是否“改行”，暮年的经典的辉煌，仍然是屈指可数的。20世纪最后20年的中国老生代散文不是一个流派，却是一个最具才华的散文创作群落，一批散文经典的著作出之于老生代之手。如杨绛的《干校六记》《将饮茶》

《我们仨》，金克木的《天竺旧事》《燕啄春泥》《燕口拾泥》，季羡林的《留德十年》《牛棚杂议》，萧乾的《未带地图的旅人》《我的年轮》，张中行的《负暄琐话》《负暄续话》《流年碎影》等等。

评论界对于“老生代”的关注和研究，远不如读书界、新闻出版界火热，对其中老生代散文家的单个研究不乏其“文”，但作为文学创作群落的深入研究，基本上还是一个人迹罕至的岛屿。散文评论家楼肇明先后在他与止庵的一篇对话①以及他编著的一本书②里对“老生代”有所探讨，刘锡庆在他的《当代散文漫评》③一文里有所涉及，仅此而已。对老生代散文进行全面研讨的价值是不容置疑的，其成因和成就之于文学艺术的一般规律和散文文体的建设性作用，同样也不能低估。老生代散文的成就是多方面的，本文仅从散文作家主体的能动性和创造动因方面，即老生代散文的人格架构以及他们的艺术品质方面提出我个人的见解。

一

老生代散文，由于长时间的文化积淀和他们毕生坎坷经历的储备，他们的散文里，充盈着一股傲然之气，是五四散文之后很少见到的一种大胸襟、大视野、大气魄！这种傲然之气，追本溯源，来源于他们恢弘博大的史识。一个学者和作家的史识或者说历史哲学，是其世界观中最重要的组成部分，同时这种史识，又是作家作历史叙事的理则。“老生代”在散文作品中所显露出的、当代文坛里少有的一等襟抱，均来源于作家的历史哲学。普通人谈到读书，所能想到的就是“知识的海洋”“浩如烟海”等等。但是在杨绛笔下，读书是一种人生的大境界。她认为“每一本书……都别有

① 楼肇明、止庵：《瀚海冰川仿沧桑：关于老生代散文的对话》，《南方文坛》1997年第2期。

② 楼肇明等：《繁华遮蔽下的贫困——九十年代散文之路》，山西教育出版社1999年版。

③ 刘锡庆：《当代散文漫评》，《广播电视大学学报》2004年第4期。

天地，别有日月星辰，而且还有生存其间的人物”。“说什么‘欲穷千里目，更上一层楼’！我们连脚底下地球的那一面都看得见，而且顷刻可到。尽管古人把书说成‘浩如烟海’，书的世界却真正的‘天涯若比邻’……世界再大也没有阻隔。佛说‘三千大千世界’，可算大极了。书的境地呢，‘现在界’还加上‘过去界’，也带上‘未来界’，实在是包罗万象，贯通三界。”[①]她以超凡的气魄，展示了书内世界的自由与寥廓。当代西方的阅读学有这样一条理论，认为人在书里读出的东西，正是人心里原来所已经孕育的，杨绛在这里所展示的横槊十方，视通三界，正是她一等襟抱的展示。她还说，斗室破陋，不蔽风雨，但是“我等着它白天晒进阳光，夜晚透漏星月的光辉，有什么不好吗”？[②]这可以说是“天地与我并生，万物与我为一”的另一种诠释。

老生代散文家之所以拥有如此博大的胸襟，与他们的人生经历有直接的关系。首先，他们经历了一生一世的人世沧桑，生活经历本身给他们提供了更广阔的学术视野和更深刻的文化内涵。他们出生在20世纪之初，这使他们有幸享受到国学的深度浸染，使他们成为生活在当代的唯一一批真正受过正规中国传统教育的作家。深厚的国学功底为他们日后在创作中挥洒自如，奠定了坚实的基础。再有，20世纪是一个多事之秋，政治、经济、军事、文化的重大变革，几乎都在这一百年里发生过。这些重大的变革都不同程度地在“老生代”身上留下了烙印。五四新文化运动给他们带来了科学、民主的思想，这在他们的艺术创作、学术思想以及人生追求方面都产生了深刻的影响。即便是他们出国留学深造的机会，不能不说也是五四时代的赐予。无条件地、自如地接受“西学”，无疑给他们的文学创作以及学术研究重新打开了一扇窗子，使他们当中的大多数人成为当代生存的唯一一批深受外国文化（包括东方文化）影响

① 杨绛：《读书苦乐》，《杨绛散文》，浙江文艺出版社1998年版，第312页。
② 杨绛：《流浪儿》，《杨绛散文》，浙江文艺出版社1998年版，第4页。

并对外国文化有所研究的作家。建国初期频繁的政治运动以及“文革”十年，使他们刻骨铭心地体会到了理想与现实的不可调和的巨大冲突。人生的大起大落，学养的中西交汇，给他们带来了视阈的开阔与思想的精深。这是当代其他作家所无法效仿或是比拟的。因而他们的人生追求与艺术理想都是超乎寻常的。他们的语言文字里所盛载的是纯洁的心灵与高雅的气质，是对世界文明的眷恋和民族命运的无限关注。孙犁所钟情的中国散文家是庄子、韩非子、司马迁、嵇康、柳宗元、欧阳修等，他认为这些人的文章无论悲愤与抑郁、超脱与闲适，都能给人以高尚情操的陶冶。他认为“情操就是对时代献身的感情……是对国家民族的责任感，是一种净化的向上的力量”。[①]萧乾在《我的年轮》里说：“我的手有些抖，我的脚步有些颤，但我的心还能和五岁的孩子比年轻。那个曾经不被爱尔兰喜欢、最后成为自己国家——以至全世界光荣的乔伊斯屹立在我面前。几乎全世界都拥有了他那以天才和学识向极峰探险的记录——《尤利西斯》。现在我和我的妻子，把这一份瑰宝，译成我们的语言献给了具有五千年文明史的中华民族——我相信这是我生命年轮中镌刻下的深深的一圈，但还不是最后。”[②]老人对西方现代文学险峰的挚爱，正是他对人类文明的眷恋，险峰是一种高度，视界、胸襟和高度是成正比的。“会当凌绝顶，一览众山小”，何况，这不是虎生生的少年，而是颤颤巍巍、步态不稳的老人。

在多数情况下，老生代散文家们的博大胸襟，并不都是如此直接袒露的，他们“方寸田园”中的博大恢弘，往往蕴藏在他们对重要历史人物、历史事件尤其是文化史、艺术史上的重要历史人物、历史事件的追忆和叙述之中。20世纪中国文化史、艺术史波澜壮阔的图卷并不稍逊于政治史、战争史、经济史，它们在同一片风起云涌、电闪雷鸣的世纪天空下，文化史、艺术史上的重大事件、

① 孙犁：《贾平凹散文集序》，《孙犁散文》，浙江文艺出版社2003年版，第292页。
② 萧乾：《我的年轮》，《萧乾散文》，浙江文艺出版社2000年版，第360页。

重要人物，是同一片天空上的星云。中心和边缘并非永远是绝对的。新时期以来，挽悼散文的狂潮过后，忆人特别是回忆文化名人的散文汗牛充栋，不过，写得最好和最为中肯的文章，大多正出之于这批老散文作家之手，因为他们是20世纪最后一批有资格给世纪名人“作传”的作家。在他们笔下，所描绘的国学大师有章太炎、辜鸿铭、陈寅恪、胡适、熊十力、汤用彤、钱钟书等，所涉及的现代著名作家有鲁迅、周作人、丰子恺、俞平伯、沈从文、王西彦、胡风、冯至、傅雷、张爱玲等，所回忆的画家有齐白石、张大千、李可染、傅抱石、林风眠、潘天寿等，还有漫画家张乐平、戏曲家梅兰芳等。“老生代”不光把近现代的文化大师、艺术大师的音容笑貌保留下来，更把他们的文化精神传扬开去。确切地说，“老生代”无形中自觉担当起了传承近现代中华文明的重要使命。老生代散文，为后人描摹了一幅20世纪文化、艺术精英聚会的历史画卷。

在老生代散文里，八九十年代所流行的各种文化思潮、文化观念等等在他们的散文里都有所探讨。他们的散文，是五四时期的美文在新的历史条件下的延续和发展，从文体的类别意义上突破了所谓艺术散文只能叙事、抒情的格局，明事论说的散文同样可以写得文情并茂，知性和理性在散文中同样是一种大美。老生代散文涉及了20世纪中国文化史上的许多重大事件、重要话题的方方面面，笔之所到，无不留下他们的重言、卮言、真言乃至寓言。比如对孔子的评价、对五四的评价、对中国“反传统”的传统的认识、中西文化的比较、显文化与隐文化、宗教信仰问题、科学、哲学与艺术的关系等等，而且他们的这一类文章大都写得信手拈来、汪洋恣肆、滔滔汩汩，思路开阖自如。粗略看来，他们这一类随笔小品，篇幅都不大，但他们却是从文化战略的高度，为中国文化发展的未来“献计献策”的。比如金克木，不光是在文、史、哲之间融会贯通，还能在“文”“理”之间融合与沟通。正因为他了解科学哲学，所以形成了他独有的宇宙观。他特别提倡读书人要懂一点天文知识。他说“看天象，知宇宙，有助于开阔心胸。这对于观察历史和人生直到读文学作品，想哲学问题，都有帮助。心中无宇宙，谈人生很难出个人经历的圈子”。他还说：“最宏观的宇宙和最微观的粒子电脑、多么相似啊！宇宙的细胞不就是粒子吗？怎么看宇宙和怎么看人生也是互相关联的。”①他通常是在这样的思想境界里思考问题，其思想的博大精深，自然不难理解。20世纪中期，全球化的思潮带给中国学术界不小的焦虑，面对东西文化的激烈交锋，金克木从科学发展史的角度俯瞰整个世界的文化发展进程。他指出“西方（欧）文化里的东方（亚非）成分本来就不少，后来几乎是东方文化向西发展的文化史。西中有东，东中有西，难以隔绝”。②他认为从古时代代相传的文化之“统”，是在变化当中传下来的。虽然形式有种种改变，但是思想之“统”没有变。他认为中国传统思想之“根”，就存在于六部经书里（《周易》《老子》《尚书》《春秋》《毛诗》《论语》）；其中《周易》是核心，是思想之体；《老子》是用，两者相辅相成，是中国传统思想核心的两面等等。③从他的散文里，读者感受到的不仅是一个学者、散文家，更是一个地地道道的思想家。

与金克木善于“文”“理”沟通不同，柯灵多是在文化史尤其是艺术史的长廊里散步。他写钱钟书、梅兰芳、傅雷、张爱玲、巴金等等，每每从小处落笔，大处着眼。文化个体的身家性命，事业险阻，终是与时代风云、家国兴衰的命运息息相关。《文洒风流二千年》一文，用一万多字的篇幅，追述了一个省的文学史。作者在文化与历史的时间隧道里自由穿梭，潇潇洒洒，引领读者走过浙江这个文化名省令人瞩目的人文发展轨迹。《第三个十年》《台湾散文选·序》两篇文章，同样是文与史交错、作家与作品融合。前

① 金克木：《闲话天文》，《当代中国散文八大家——华梵灵妙》，海天出版社2000年版，第185页。

② 金克木：《东西文化及科学》，《当代中国散文八大家——华梵灵妙》，海天出版社2000年版，第349页。

③ 金克木：《传统思想文献寻根》，《当代中国散文八大家——华梵灵妙》，海天出版社2000年版，第340页。

者是对1937年至1949年间的文学发展的准确“把脉”，后者是对台湾散文变化的形象梳理，都充分地展示出作者深邃的史学眼光和超凡脱俗的睿智与胆识。

老生代散文里，常常透露出一股气吞山河的正气。吴冠中谈及中西画理的一致性时说，“艺术规律是世界语”①。季羡林曾放豪言：“东方文化：二十一世纪将风光重现。”他还说：“既然能搞‘西化’，为什么就不能搞‘东化’呢。”②“东化”的说法不一定科学，但它反映出20世纪末老一代中国学者、作家的胸襟与气魄。越是了解外国文化，越是懂得珍视民族文化。老生代散文与其说是一种创作，不如说是一种人格气韵的表征。这种少有的集团式的“大手笔”，在中国文学史上是不多见的。他们在散文里凝聚着一种“思接千载，视通万里”的气韵、一种恢弘的气势。

二

老生代散文家，多样的人生阅历使他们看待任何事物，大多都是一种“居高临下”的俯视。他们能够从哲学的角度、历史根源的角度去俯瞰客观事物，因而看得深，看得透，更为难能可贵的是他们在表达时都拥有一份难得的悠闲与从容。这种表达上的洒脱与自如，主要来自于他们知识结构的特殊性。一方面，中外文化羁縻一身，互相渗透、碰撞，构成了他们文化结构的兼容性和复杂性。这使他们在散文创作中可以在中与外、古与今之间舒卷自如。另一方面，他们的思想根基是儒道互补，这是多数受到中国传统文化熏陶的人都概莫能外的。道家思想是在他们经历种种磨难和挫折时，在磨难和挫折的边缘状态中接受其影响的。老生代散文里突出的透视出道家的隐忍与超越的思想。这在其他年龄段的散文家那里，较为少见。与贵尚礼乐、注重人伦的儒家不同，道家则注重自然，致力

---

① 吴冠中：《风景哪边好？》，《吴冠中人生小品》，花山文艺出版社2001年版。

② 季羡林：《从宏观上看中国文化》，《季羡林学术随笔》，中国青年出版社2000年版，第149页。

于探讨“人法地，地法天，天法道，道法自然”的艺术观，表现出对儒家伦理的否定和超越。老生代散文，既吸取了儒家的“仁爱”思想，同时，对老庄哲学又有所取舍，他们基本上舍弃了老庄的消极避世，而从积极方面吸取了凝聚着抵抗丑恶、张扬正义的坚强意志力。中国古代散文从苏东坡至张岱历来就有“典雅与洒脱”的特点。相比较而言，儒家注重美和艺术的外在功利，道家突出美和艺术的独立。依附于儒道两家的“典雅”与“洒脱”，互融互补，互涵互动，深入而持久地影响了中国散文的发展与演变。客观地说，老生代散文中的道家思想，第一直接来源于道家文献；第二来源于古代的散文。老生代散文家，是吮吸着古代散文的乳汁成长起来的一批当代作家。他们受儒家与道家的影响只有多寡之分。儒道思想的浸润，使老生代散文独具深层的文化内涵。再者就是他们适逢改革开放的宽松氛围，创作思想少有禁锢。社会大环境，为他们较为轻松、自由地抒写，提供了客观条件，使他们的散文自然表现出一种“胸罗万汇凭吞吐，笔秉千钧任翕张”的自由与舒展。

在21世纪的今天，回看这些老生代散文家所创作的“文革”题材的散文，可谓“别有一番滋味在心头”。他们即使是描写各自所遭受的“非人”待遇时，也都表现得举重若轻，表现出超常的冷峻、理性。没有血淋淋的控诉与直面的批判，但是文章所折射出的却是发人深省的思辨性。作品没有把重心放在对磨难的诉说上，而是锁定在那个特定时代里各种角色的生存状态上。文章展示出一种旁观者的审视态度，真正体现了历史老人的忍耐功夫。他们对于那段黑白颠倒的日子，有着极强的包容性。似乎根本不屑于去直接指斥和批判，在蔑视和鄙视的背后，是一种深怀着挚爱的讽刺和揶揄。在他们的散文里，反讽的运用几乎成为艺术视野中的一道独特的风景。读者已经完全看不见作者那种烈焰腾腾、大雾弥漫的愤怒了，但是读者又不能不承认字里行间所蕴涵的东西比愤怒更为凌厉。作者之所以能够如此从容、不露声色地回望他们亲身闯过的遍地荆棘，正是因为他们的大巧若拙、大勇若怯，其中蕴涵着勇者的自信、胜者的洒脱、老者的睿智。老生代散文里，蔑视丑恶、藐视黑暗的人格精神，是比较普遍的。他们都采取了不温不火的姿态，把本我隐蔽起来，而以文本作者的身份去叙述自己的人生经历及内心痛苦。在文本的框架内，苦难的承受者已经变成第三人称的“他”，这个“他”是另一个自我，或者说，是“我”之“非我”，“非我”之“我”。

陈白尘早年在戏剧创作中就以政治喜剧而闻名，在他复出之后的散文创作中依然沿袭了这种创作风格。只是前一个创作阶段，他是站在社会的一隅，以旁观者的身份去审视社会现实中的可笑之人与可笑之事；而后一创作阶段，是他自身经历了十年浩劫中的惨痛体验，“背负着痛苦”然而以博大的胸怀消噬了痛苦，以喜剧的方式抒写悲剧，恰如他自己所言“苦难在回忆中也可以成为美谈的”。[①]他是直言把苦难当成“美谈”的“第一人”。这恰恰是作者艺术智慧的集中体现。如果说他在戏剧创作中是一种冷嘲的话，那么他在散文创作中则是一种智者俯瞰社会的“傲视”。他在《云梦断忆》里的态度完全是“若无其事”，常常是嬉笑加讽刺。他经常在叙事之余，自己站出来调侃一番，极尽揶揄之能事。言语中浸润着浓郁的谐谑意味，常以轻松、诙谐的语调，对“文革”时期的“当红者”进行一番入木三分的鞭挞。讽刺与幽默是他指斥与控诉的良方儿，是他通过“喜剧”的手法去审视“悲剧”的重要手段。颠倒、倒转、错位，是幽默家惯用的错位逻辑。人常说幽默是智慧的表现，智就智在对这种错位的把握和表现上。

与陈白尘略有不同，杨绛的知性更冷峻一些。尽管那段经历给她带来过无尽的辛酸和苦涩，但作者的表现却异常平静和达观。在行文中，她好像是在谈一件与己毫不相干的事。如果是痛苦，那就以知识去融化它；如果是磨难，就以大智慧去蔑视它。在思想层面她永远是“高高在上”的智者，她永远表现出一种智者的宁静、对

---

① 陈白尘：《忆茅舍》，《陈白尘——路漫漫》，黑龙江人民出版社1999年版，第173页。

人生悲剧的彻悟与达然。在《干校六记》里，杨绛说她与钱钟书夫妻两人同在干校，分属两个单位，相会的地点在菜园里，随后就甩出一个令人发噱的联想：“远胜于旧小说、戏剧里后花园私相约会的情人了。”在《丙午丁未年纪事》里她说：“派给我的劳动任务很轻，只需收拾小小两间女厕”，“革命群众叫我干小刘的活儿，小刘却负起监督文学所全体‘牛鬼蛇神’的重任”。表面极其平静，但平静的背后尽是讽刺与揶揄，自然流露出一种无声的愤怒与极大的蔑视。她没有正面控诉或者痛斥那场浩劫的发动者，但是她这种不温不火的语言却比直接控诉或指斥犀利百倍。面对痛苦她表现得恬淡、机智；涉及亲情，她依然能够客观、冷静。谈及自己的家庭、亲属，没有丝毫骄矜。

萧乾谈到自己1966年仲夏的自杀体验、季羡林谈及一次未果的自杀预想，都像讲故事那样异乎寻常的平静。前者考虑的是周全、妥善、不拖泥带水的死法；后者考虑的是自杀学或比较自杀学的“创立”，最终也要想出一个干净、利索的死法，认为那将是自己天才火花的最后而又最光辉的一次闪烁。“天才的自杀学”或“自杀学的天才”，是一闻所未闻的悖谬，对悖谬的呈现，正是作家令读者灵魂为之战栗的艺术智慧的绝佳体现。至于他们之所以被逼到绝境上的原因，他们只是轻描淡写地一笔带过或者是将自我置换为他者的叙述者身份去谐谑一番。柯灵面对精神崩溃、自杀未果的妻子，他也只是喊出了“人生到此，天道宁论”，结局依然是“事如春梦了无痕”。他与陈白尘和杨绛不同，没有讽刺；与萧乾和季羡林相同，是直接描写，但是他是含泪的述说，以老子等古训、列宁语录控制住了自己的感情，终于是“欲哭无泪”。他们经历的人世间的苦痛，不管有多么深重，都可以化为“纸上烟云”。黄裳、贾植芳、汪曾祺、黄永玉等等无一例外。这是智者对苦难的一种消化能力，同时更是一种“智慧的自然洋溢”。

余光中曾经提出文学作品“若以主观与客观为两极，理念与情感为对立，则每有知性与感性之分”。[①]他认为虽有知性散文和感性散文的区分，但是出色的散文都表现为二者的相济。老生代散文既有感性又有知性，同时，还突出地表现为以知性驾驭感性，他们在文本中能恰到好处地控制自己的情感。不让情感的奔马有丝毫的放纵。知性无疑意味着大智慧，因为智慧，所以“适度”。在老生代散文里，他们首先是将激情加以提纯，以知性和理性去驾驭感性，以智慧去消解或融化世间的磨难以至于丑恶。

哲学家罗素在98岁高龄时说：“一个人的生命历程应该像一条河——开始涓涓细流，在狭窄的两岸间行进，冲过岩石，跳过瀑布；其后水量变大，两岸后退，流速转急……最后，没有明显的停顿，汇入大海，毫无痛苦的失去自我之躯。人到老年，看到自己的生命历程能像这条河一样，他就不会惧怕死亡，因为他所挂虑的事情将会延续。”诗人惠特曼诗曰：“老年是河流流入大海的入口处。”老生代似乎也参透了这“一条河”论、“河流入海口”论，他们面对老年、面对死亡时，都表现得异乎寻常的坦然。

金克木在谈到“老年”时，先是有理智地说“老年是广阔天地，是可以大有作为的”。与一般“夕阳无限好，只是近黄昏”的忧伤、无奈的基调截然相反。他更进一步表明，年老后，可以随便看书，“不必出门而自有天地。真是无限风光在老年”。他几乎就是在唱老年赞歌了。作者还说：“像我这样的人，八十岁够了。老年来得好。”季羡林对于自己活过八十岁，也是惊喜万分，并且“依然做着春天的梦”。他说他既看到了坟，也看到了野百合和野蔷薇。他在《九十述怀》里，更是欣喜若狂：“我已经死过一次，多活一天都是赚的，到现在已经三十多年了，我真赚了个满堂满贯，真成为一个特殊的大富翁了。”从中我们可以看出作者是把“老年”当成了自己的“二度青春”一般欣喜，他们是在充分地

---

① 王钟陵主编：《二十世纪中国文学史文论精华·散文卷》，河北教育出版社2000年版，第376页。

“享受”老年，“老年”与厚积薄发的创造，成了同义词。

对于“死亡”，他们真正做到了“视死如归”。季羡林认为“万物方生方死”，应该顺其自然，泰然处之。金克木不光是处之泰然，“死神”并不狰狞可怖，而是与自己一样是一个和善的老头，友人，可以和它开善意的玩笑，玩一些无伤大雅的噱头。他说“末班车可以是头班车，离开这个世界，在另一个世界里，我又是初生儿了”。而且他还别出心裁——“生者致悼词，死者岂可无词？何妨‘自我作古’，拟作一篇”，这应该是当代文坛里少有的作“生祭”之用的“告别辞”了。作者还说“但愿有时记起我的人在回忆的春天里发出会心的微笑”。作者另一篇异曲同工的《自撰火化铭》曰：“先生金氏，东西南北之人也。生于清亡次年壬子。卒年未详。曾居教席于小学、中学、大学，皆机缘凑合，填充空缺，如刊物之补白，麻将之‘听用’，不过‘拾遗’‘补阙’‘员外’而已。”言语之间，谐趣横生，作者惊人的旷达与洒脱，直追丧妻之后“盆鼓而歌”的庄周。

萧乾在《我的年轮》里梳理自己的人生经历时，用一种艺术的眼光，把自己的生命比喻为一棵树，所走过的人生，自然比喻为“年轮”。对他成为孤儿之后在茫茫人海中所遭受的苦难、所做的拼搏，他只是轻描淡写地概括为“不带地图的旅人”。没有怨天尤人，没有愤世嫉俗，在高度浓缩的文字里，只是平静地展示自己人生的艰辛与曲折，同时还展示了作者如江河奔涌般的激情以及在这激情背后所隐蔽着的豁达与洒脱。萧乾的《八十自省》，对于“文革”给他带来的损失，他表现得超乎寻常的乐观，他说，“重新获得了艺术生命”比什么都重要。作者甚至认为1957年以后被打入冷宫，非但不是不幸，而是一种幸运，庆幸自己没有犯“左倾”错误。这令人啼笑皆非的况味，在萧乾却是认真的。萧乾专门写过《关于死的反思》，因为他曾经有过一次自杀的经历，所以他对于死亡，比他人有更深刻的认识。死亡使他更读懂了生活这本大书，使他更懂得了生命的可贵，甚至还对他成为了一种巨大的鞭策力量。他认为死亡“只不过是运动场上所有跑将必然到达的终点，也即是天下没有不散的筵席”。他还说：“死亡的前景最能使人成为唯物主义者，因而也就无所畏惧了。”他表现出一种更为理性的洒脱。

柯灵以新颖独到的视角，认为时间对于磨难有无比的“消化”能力，即便是“淋漓的血泪”也可以化为“前尘影事”；无论多么惊天动地、震古烁今的大事，在时间魔术的摆弄下，一弹指间，也都可以成为明日黄花。充分表现出作者豁达的胸襟与吞噬磨难的勇气。这“庆幸”有点匪夷所思，归入“前尘影事”是一种睿智。他们既不是“玩的就是心跳”的玩世不恭，也不是阿Q在临刑前怪自己没有把圈画圆时认真得滑稽心酸，也不是西西弗斯的推巨石上山，而是视人生为创造却又安天乐命的一股正气，是地地道道的中国哲人所具有的正气之歌。

“老生代”对于“生”与“死”，都显示出一种“过来人”的超脱，是一种大境界、大视野的关照。日本作家川端康成在《花未眠》①里，也表明了他对死亡的认识。文中引用了两位画家的“死亡就是进步”的观点，又把黄昏的天色与画家作品的颜色交织在一起，别出心裁地勾勒出一幅美妙的晚霞图景，展示了他个人心目中的濒临死亡和死亡之美。不过，讴歌夕阳之美的川端康成终于以自杀告别尘世。相比较而言，中国的老生代作家，更执着生命的此刻，而不是对彼岸世界的向往和讴歌，“老生代”无疑站到了人类生死观的顶尖之上，“不忘其所始，不求其所终；受而喜之，忘而复之”②最充分地表现出中国作风和中国气派。

三

老生代散文家表现出一种老年人的老到、闲适与潇洒，他们的

---

① ［日］川端康成：《花未眠》，《外国散文百年精华》，人民文学出版社2001年版，第519页。

② 《庄子·大宗师》，《新编诸子集成》第一辑，中华书局1985年版，第229页。

散文创作达到了一种随心所欲、游刃有余的精神境界。是为知天命而作，为人生而作。这种创作，不是仅凭一时性灵的冲动，而是来自他们生命的深层体验。儒家讲“吾日三省吾身”，道家讲“成功而弗居也”，儒道两家的传统思想，深深地浸润在“老生代”的骨髓里。他们都拥有情不自禁的“自省”意识。这在老生代散文里表现得相当普遍。他们的“自省”不是有意做给谁看，而是渗入血脉的自觉意识；不是一种“自谦”的装点，而是对个人所走过的人生道路的严肃总结。这种“自省”意识在20世纪“白话文学”诞生之后，做得最彻底的当数鲁迅。深受鲁迅影响的老生代散文家，不折不扣地把这种精神继承下来。它已经成为老生代散文中重要的、不可或缺的一部分。而在“老生代”之后的散文家那里，这种意识不是被再一次淡化，就是干脆虚位以待来者了。当然，“缺席”是各种因素使然，并不能完全归咎于作家本人。然而“拥有”，则应该是一种值得珍视的“人格”与“文格”。

在老生代散文里，读者更多地领略到作者以自己的生命体验所谱写的人生憭悟，那种对“内宇宙”的展示与鞭挞。让人感受到一种其他文学作品、其他年龄段的散文家所欠缺的一种“自省”的勇气与气魄。无论是身陷“囹圄”，还是在思想解放的“新时期”，他们随时随地都自觉自愿地对自己的言行进行审视。对“内宇宙”挖掘之深，力度之大，不能不令当代读者由衷地钦佩。比如巴金就在《纪念雪峰》一文里郑重其事地检讨过自己“跟在别人后面丢石块”“想保全自己”的丑陋心态。对于老舍，巴金也同样在文章里将“愧疚”之情袒露无遗。

巴金是老生代散文家里，“自省”意识最强、自我解剖最深刻的一位。“他像他衷心敬仰的卢梭那样，无情地解剖自己，把灵魂深处的疤瘢‘赤裸裸地揭露在世人面前’。”[①]他的忏悔主要是对十年浩劫的深刻反思，在这种反思的过程中，其个人的道德得到了

① 柯灵：《现代中国的历史风情画》，《柯灵散文》，浙江文艺出版社2000年版，第330页。

升华。巴金的这种“内省”，和中国传统文化思想有密切联系。应该说他一方面远承儒家思想“吾日三省吾身。为人谋而不忠乎？与朋友交而不信乎”？近承鲁迅的“自我解剖”意识，而卢梭及托尔斯泰等外国作家的宗教忏悔意识，则是一种“触媒”。

“老生代”其他人的“自省”意识，主要不是针对“文革”，而是针对个人的人生经历及性格。孙犁在《〈善闇室纪年〉序》称自己的性格是“优柔寡断”。在文章里凡是涉及他个人的时候，大多都是对自己的“无情”批判：“我从事文字工作，已经四十多年，及至白发苍颜，举动迟缓，思想呆滞之期，回头一看，成绩竟是如此单薄贫弱，并且已无补救之力，内心的苦涩滋味，富于同情心的读者，可想而知。”[①]这是发自内心的一种自责，是对自己文学生涯的一种苛求。他连“文学创作”这个术语都没有用，而是说“文字工作”。“老生代”对自己的这种“苛责”可能让当下的年轻人费解。但是那是他们习以为常、顺理成章的思维定势，是发自肺腑的声音，决无一丝一毫的矫情。

萧乾从小尝尽了人间的悲苦。他出生时，父亲已故去；他与母亲相依为命，寄人篱下；更为悲惨的是，在他13岁时，母亲也撒手西归，他从此便孤苦伶仃、颠沛流离。在这样一个恐怖的环境中，他生长下来。当他刚接触到社会时，他便“学习憎恨世界，厌恶同类”。“对于谁都存着戒心，在善良上为一切人打着折扣。”[②]对于这种在恶劣的生存环境里滋生出的灰暗心理，他也不顾一切地把它从心路历程中挖掘出来，在光天化日之下曝光。这是一种自觉，更是一种勇气。在《一本褪色的相册》里作者对以往“看不到光明”的思想局限以及幼稚地将易卜生的台词作为自己的座右铭等心理活动，都一一袒露出来。在文学创作上，他坚决否定自己是天才。在萧乾身上，我们看到了另一种“修辞立其诚”和圣徒意识的

① 孙犁：《文集自序》，《孙犁散文》，浙江文艺出版社2003年版，第225页。
② 萧乾：《忧郁者的独白》，《萧乾散文》，浙江文艺出版社2000年版，第29页。

混合。

杨绛对于第一批回京的名单里没有钱钟书颇有想法，认为是钱钟书的黑材料在“作祟”，听了钱钟书的“批评”，她反而自责道：“我承认自己无聊：妄想已属可笑，还念念在心，洒脱不了。”并且说：“我自惭误听传闻，心生妄念，只希望默存回京和阿圆相聚，且求独善我家，不问其它。解放以来，经过九蒸九焙的改造，我只怕自己反不如当初了。”[①]即使是受迫害的日子里的“私心”，她也不宽恕自己。这已经成为一种思维习惯，在潜意识里生了根，永远抹不掉。就在离开干校之前的日子里，她自己还在为“看不到名单上的老弱病残”而“愧汗”，“但不论多么愧汗感激，都不能压减私心的忻喜。这就使我自己明白：改造十多年，再加干校两年，且别说人人企求的进步我没有取得，就连自己这份私心，也没有减少些。我还是依然故我”。[②]“修辞立其诚”，首先是针对自我而言的，“彻底的唯物主义者是无所畏惧的”。在老生代作家身上，他们的“无所畏惧”，首先就表现在对自我和人性中暗淡一面的无所畏惧，否则唯物主义云云，就是一句华而不实的空话。对自己诚实，这是老生代作家人格力量所在。吴冠中在新疆采风后画了一幅被同道称作“色调很美”的画，但是自己却感到“落入了印象派的老题材和旧手法”，感觉“自己60多岁了，面对自家江山，还学人口舌，感到很不舒服”。[③]对自我的审视，可以说相当严酷。

当下的散文家里很少有人能这样“检讨”自己。即便是真的在某些方面“欠缺”，也绝不会在自己的文章里“揭自己的短处”。何况是发自内心、自觉自愿！“自省”对于“老生代”来说，绝不是一种“装饰”，而是一种“与生俱来”的责任与义务。这是老生代散文家才拥有的气魄与胸襟，是融入他们血液中的儒道思

① 杨绛：《干校六记》，《杨绛散文》，浙江文艺出版社1998年版，第68页。
② 杨绛：《干校六记》，《杨绛散文》，浙江文艺出版社1998年版，第71页。
③ 吴冠中：《吴冠中人生小品》，花山文艺出版社2001年版，第122页。

想在“发酵”。“炊者不立，自视者不章，自见者不明，自伐者无功”，[①]已深深印在了他们的心灵深处。这既是一种民族文化思想的呈现，同时也是一种民族品格的高扬。

从严格意义上讲，“老生代”的自省意识与西方基督教文化中的忏悔意识不能等同。“忏悔”的目的是接近上帝，灵魂升天，因此“忏悔”是一条天路历程，这是连卢梭和托尔斯泰也概莫能外的。“老生代”和他们相同的是都追求人格和道德上的自我完善。不同之处在于，“老生代”终究与时代反思联系在一起，恰如修身与齐家、治国、平天下联系在一起一样；基督教徒的忏悔，则又通向对人性善恶的拷问，在洁白的表层下拷问出罪恶，在罪恶的层面下，又拷问出一片洁白来。这是卢梭、托尔斯泰和陀思妥耶夫斯基的深刻之处。

四

散文是作家人格智慧的艺术体现。在文化人格和艺术品格之间一直存在着“风格即人格”的紧密联系。老生代散文当然也不例外。与老生代追求平凡中的崇高相谐调，老生代散文在艺术追求上普遍表现为“随物赋形”“无技巧之技巧”的境界，常常是寓绚烂于平淡之中，表现出传统与现代相互交融的特点。内敛式的思维方式、简洁内蕴、诗文并茂的语言形式共同构成了他们富有诗化个性的艺术表征。潜意识和反讽的尝试，“对话体”的灵活运用，使他们的散文，既蕴涵古风古韵又充满现代的哲理与睿智，成为20世纪末中国散文文坛上的艺术精品。

儒学大师钱穆先生对汉字有深刻的理解：“中国文字又有一独特之优点，即能以甚少之字数而包举甚多之意义。其民族文化绵历愈久，镕凝愈广。”而且是“以文字之明定，驭语言之繁变”。[②]

① 《老子》，辽宁民族出版社1996年版，第34页。

② 钱穆：《中国文学论丛》，三联书店2002年版，第4、5页。

这使汉语形式简洁而意韵丰厚，并且给作者提供了广阔的创新空间，使汉语具有无可比拟的表现力。中国古代散文里，这种语言传统尤其突出。老生代散文不折不扣地继承了古代散文语言的优长，不光是有文言的形式，更重要的是有文言的神韵：简练、蕴藉。文章无论长短，语言都非常“吝啬”，可谓“富于万篇，贫于一字”。他们在叙述、描写、说明甚至议论时，都能做到既简洁，又形象、生动。比如“遇有求雨或出村赛会，鼓载于车，鼓手立于旁，鼓棒飞舞，有各种花点，是最动人的”。[①]又比如：“馆在前，所在后。馆，藏书不少，所，藏古物不少，至今还是北京大学的一部分珍贵家当。”[②]即便是作肖像描写，语言依然简洁，而人物的形态依然形神兼备。张中行给辜鸿铭的两张照片作过这样的细描：

> 一幅是辜氏的半身像，面丰满，浓眉，眼注视，留须，戴瓜皮小帽，很神气，不知何年所照。另一幅是与印度诗人泰戈尔的合影，1924年6月在清华大学工字厅所照，全身，瓜皮小帽，长袍马褂，坐而拄杖，其时他年近古稀，显得消瘦了。[③]

这样的语言、语调在当代文坛，除了“老生代”，是很难见到的，而这样的语言又是如此和谐、自然。再比如写人物的品格：“他淳朴，诚恳，不会说谎，不会虚伪，不会吹牛，不会拍马，待人以诚，同他相处，使人如坐春风中。”[④]没有良好的古汉语修

---

① 孙犁：《乡里旧闻》，《孙犁散文》，浙江文艺出版社2003年版，第63页。

② 张中行：《北大图书馆》，《当代中国散文八大家——桑榆琐话》，海天出版社2001年版，第120页。

③ 张中行：《辜鸿铭》，《当代中国散文八大家——桑榆琐话》，海天出版社2001年版，第7页。

④ 季羡林：《哭冯至先生》，《当代中国散文八大家——三真之境》，海天出版社2001年版，第263页。

养，模仿是无济于事的。人物描写如此，景物描写依然如此：“这里也有茂林修竹，荷塘小溪。林中、池畔，修竹下，繁花旁，留下了我们的足迹。”[①]汪曾祺写搭葡萄架，语言简洁，也令人叫绝。“先刨坑，竖柱。然后搭横梁，用粗铁丝摽紧。然后搭小棍，用铁丝缚住。”“五月，浇水，喷药，打梢，掐须。”[②]多为动宾结构。这样的简洁，“老生代”不是有意为之，纯粹是浑然天成。简洁而生动、简洁而蕴藉，已经成为“老生代”普遍存在的一种“内敛”的思维定式。

在老生代散文里，还有一种运用频率较高的语言形式——四字短语，更集中体现了他们语言精要的特点。四字短语是汉语言重要的自身优势，是汉语文化工整性的重要表现形态。四字短语首先使语言简洁、凝练，同时也使语言整齐、端庄，是汉语的天然饰物。老生代散文自觉继承和发扬了古代汉语的优良传统，而且运用自如得体，恰到好处地表达了现代散文的意蕴，读来神采飞扬，充分显示出老生代散文语言的精粹和作者的智慧。这种简洁、整齐的四字短语已经成为老生代散文里一道独特的风景。柯灵在《结缘》里有这样一段：

> 我却觉得结缘一事，更贴近现世，深入生活，祸福悲欢，兴衰冷暖，日月盈虚，草木荣枯，一对男女萍水相逢，一见钟情，一粒种籽，偶然飞坠，落地生根，必然中有偶然，偶然中有必然，关键常在有缘无缘。[③]

一连串的四字短语，一气呵成，一气贯通，仿佛有飞流倾泻

---

① 季羡林：《哭冯至先生》，《当代中国散文八大家——三真之境》，海天出版社2001年版，第263页。

② 汪曾祺：《葡萄月令》，《当代中国散文八大家——京华心影》，海天出版社2002年版，第85页。

③ 柯灵：《结缘》，《柯灵散文》，浙江文艺出版社2000年版，第315页。

之势。简练之中隐含着磅礴气势。再比如施蛰存也是运用四字短语的高手，他在《怎样纪念屈原》中说：“年年今日，文艺界的善男信女又得忙着开会纪念，给一些从来不关心于文艺的达官贵人，贩夫走卒，豪商富绅，劳农织女，乃至走私运土，侑觞卖笑之流，大声疾呼地提醒一下：不要忘记了我们的大诗人屈原啊！”作者用连续的四字短语概括了社会上形形色色的冒牌的屈原崇拜者。原本复杂、多样的各色人种，立时变得整齐划一，简洁明了。孙犁的散文有些是很讲究的。他的语言常常在不经意中流露出文言的色彩。他在《谈通俗文学》里说：“自宋讫清，通俗小说甚多”，“考其原因，这些作品，出自两途：一为说书艺人，艺人胆大，兴到之处，时有发挥；一为失意文士，泥于史实，囿于理教，所作多酸腐”。四字短语，言简意赅，是现代汉语词汇与古代汉语语法的有机结合。这样的语言穿插在散文当中，使散文平添端庄和秀丽。连续的四字短语都不是成语，是作者的独创，语言精致，比用更多的语言来比喻都恰当、得体。让人领略到作者语言运用的功力。孙犁在《生辰自述》一文里，全文都用了整齐的四字短语，是一篇文言韵味十足、充分体现汉语内在韵律的佳作。在老生代散文里，四字短语的语言形式，恰到好处地顺应了他们独特的思维形式，是内容与形式的完美统一。

老生代散文往往能把一部书的题材，浓缩在万言甚至几千字的文章里。名垂千古的文化历史人物，可以在几千字的篇幅里，既表现他们的性格与人格，又表现他们的文化功业。可谓精练的典范。柯灵笔下的国学大师钱钟书，因为“渊博”因而是口若悬河、舌灿莲花、钟情文言；因为“睿智”因而淡泊名利、与妻子同获“特殊人物”称号。柯灵抓住了钱氏品格的核心——渊博与睿智，这是对这位可以荣登“无双谱”老人的准确定位。对于可以写一本书的人物，柯灵用六千多字的篇幅就能够说深说透。他不光能写大人物，更能写大城市，他仅用五千多字，为举世瞩目的大城市——上海立了传。萧乾写《北京城杂忆》，他把北京城的文化特征有条不紊地分成了十个部分，组成了一张张北京的生活剪影，精炼地压缩为一万多字的单篇文章。同类的散文还有《欧战杂忆》《“文革”杂忆》《在十字架的阴影下》等等。施蛰存的《说散文》，只五六千字，从散文“文体”概念与“文学”概念的差异，讲到名称的多义、随笔的来源以及五四多位代表作家的特点等，内蕴丰厚自不必言；对鲁迅的评价，仅二三百字，就把鲁迅散文的风格、最为擅长的文体、最好的散文一一论及。

从语言形式本身的简洁到整篇文章内蕴的“紧实”，是老生代散文的一大语言特色。他们之所以拥有这样简约精要的语言风格，与他们特定的文化背景有直接关系。那就是古汉语的遗风和中国古典散文中“雕琢返朴”的艺术追求紧紧联系在一起。他们作品中这种“文白交融”的风格，很可能是“前有古人”，却“后无来者”的世纪绝响。

五

老生代散文之所以能够在20世纪末独占鳌头近20年，另一个重要原因就是他们在作品里不断地闪现出可贵的创新意识。老年人并非一定因循守旧。老年人的创造性思维可能不及年轻人敏捷，但也少了一份年轻带来的毛糙与草率。相反，老年人的创造性，其成功的频率远高于年轻人，他们老谋深算，细致周全。散文是写实的，但现实主义精神同样可以表现在天马行空般的想象和幻想之中。老生代作家对散文写实空间的理解是极其宽广的，他们甚至不避忌去营造一个虚拟的空间：梦境、仙境、神话、传说，一吐情愫，旨在为自由抒写提供所需的便利。

比如杨绛的《软红尘里·楔子》，营造了一处天宫仙境的场面。女娲和太白星君在云里雾里“一五一十”的对话，亦真亦幻，表达了作者对社会问题的总体思考。一方面揭示了人类不可抗拒的“天灾”与“人祸”：人与大自然的不和谐以及战争、瘟疫、环境污染等。另一方面也深刻地揭示了人类自身的弊端“聪明精巧有余，却不懂得寻求大智慧”和人与人之间的尔虞我诈。作者凭借丰富、奇幻的想象，构筑了一个“天上”人间，女娲与太白星在天宫里“参政议政”。他们的对话明显是以神话寓现实，讽刺和鞭挞当今社会的丑恶。文章这样表现女娲的烦恼：“这群小人儿！聪明精巧有余，却不懂得寻求大的智慧。”“古往今来，只见你挤我，我害你。个人之间，是人与人的互相倾轧；集体与集体之间，是结了帮、合了伙的互相倾轧。大家永远停留在彼此排挤、互相伤害的阶段上，能有什么成就可说呢？”散文自始至终都萦绕着天宫的“仙气”，而两位天宫的主人自始至终议论的都是人世间没完没了的争斗。仙境的介入，使得作者对现实的揭露更加犀利也更加淋漓尽致。

《孟婆茶》一文取自佛教“轮回说”中的一个传说。相传在阴间要转世的人，都要经过一个孟婆亭，到此，便会口渴难忍，而孟婆就准备了迷魂汤。人喝过之后，就把前世之事彻底忘掉了。杨绛以超乎寻常的想象，借助这个传说，使散文的含义既隐蔽又深刻。《孟婆茶》里明显表示了作者的无奈：她在“教师、作家、翻译者”那儿，都没有找到自己的位子。这恰恰印证了现实生活中杨绛的“遭遇”。到了孟婆店，有人说不想喝茶，马上有一个声音“反正也由不得你”！文中的许多话语，暗含讥刺。进了“孟婆店”，“上去就不再下楼了——只上，不下”。其中的深意，不能不让人联想到现实生活中的许多“只上，不下”的社会现象。譬如领导干部的任用问题。文章透露出“往前看”固然应该，但是要让人把心里的“冤屈”都倾吐出来，不要让人“频频回头，频频拭泪”。文章表明心灵的创伤毕竟不能靠简单的“忘却”来医治。引申的含义是“现代化”与“民主”应该密不可分。作者要告诫读者的是，“忘却”并不是解决问题的“良方”。这对于“后文革”时期的中国社会现实是最为深刻的反思，同时也流露出作者对拨乱反正之初的国家前途的忧虑。全文借助传说写“梦境”，手法的巧妙自不必说；文中的深意表现得自然、圆润，这是这篇散文的灵魂所在，更是作者智性思维的集中体现。顺便说一下，在《杨绛评传》里，作者把“孟婆”解释为“梦婆”，[①]笔者不敢苟同。如果按照“梦婆”的逻辑，《孟婆茶》里的“喝茶”做何解释呢？如此理解的话，杨绛在文中的许多“寓意”都无所依托了，文章的深意也将随之大打折扣。

以梦境作为文章的背景的还不只杨绛一人。金克木的《传统文化·外来文化》同样也是在梦境里展开的。文章这样开头：“老人入梦，梦中回到了将近一百年前。”有这样一个大背景，下文就可以轻松、自如地拉开“一百年前”的帷幕了。文章的效果不是单一的回顾历史，而是抒写“一百年前”的“现实”，这种构思马上拉近了历史。鲁迅的《野草》里也有不少写梦境的，甚至梦见自己死了之后读到了自己的墓碣文（《墓碣文》），梦见像珊瑚一样的死火（《死火》）。这种潜意识在当代散文里的运用，说明老生代复活了鲁迅的创造。这种手法在小说创作中司空见惯，但是在散文创作中运用如此娴熟，尚属首次。所以尽管是“个案”，依然把它郑重地推介出来以飨读者。

老生代散文对现代主义表现手法的引入，除了上面所说的潜意识之外，还有反讽。反讽是叙事文学经常使用的一种修辞手法。叙述者在叙述的过程中，为读者提供至少两套代码，一套代码是“表面的”“显在的”，在字面上提供了貌似正确的道理，而另一套代码是“内在的”“隐藏的”。通过叙述者在语言上的婉转周旋，利用历史语境的差异或逻辑上的谬误，让读者心领神会“内在的”“隐藏的”代码的“正确”，和“表面的”“显在的”那套代码的“错误”，或虽然明白“错误”却依然坚持错误而产生的荒谬感。反讽叙述欲达到的效果，与叙述者字面上的陈述往往是错位的，“言在此而意在彼”是反讽的基本修辞面貌。[②]反讽并不是简单的

---

① 孙庆茂：《杨绛评传》，华夏出版社1998年版，第241页。

② ［英］D.C.米克：《论反讽》，昆仑出版社1992年版，第101页。

一种形式构成的方法，更重要的是它浸润了写作者的生命体验。尤其是老生代作家的反讽，实际上包含了对事物与人生的深刻理解，因而其批判的力度就显得格外明显。在老生代散文里，反讽方式的运用，大体可以分为三类。

第一类是用事实说话，通过隐含的对比，引出讽刺意味。反讽总是包涵一事物与另一事物间的反差与差异。反差可在言说和意指之间，或是事件实际发生与期望发生的结果之间。它总是带有一种解构实际情况或隐藏实际情况的意义。可是，并不是为了隐瞒，而是为了获得特殊的修辞或艺术效果。比如施蛰存，在谈“为人民服务”这个话题时，以教授与学生的对话形式，逐步蓄势，最后抖出“包袱”：教授解释说，“为人民服务”的意思就是“为（读上声）人民，服务”，意思是作为人民，就应该服务。学生问，谁说的？教授回答，官。这一问一答，在字面上没有任何肯定或否定的表示，但是读者都非常清楚其中寓意，莫大的嘲讽意味自然孕育其中。事实当中蕴涵着“官应该为人民服务”和“人民为官服务”的对比。这种反讽形式，从字面来说，作者不直接表露任何观点，从容自在，在轻松的背后却是鞭辟入里的挖苦或讥刺。施蛰存在由多个短篇构成的《雨窗随笔》里，大多都运用了反讽。比如其中一节叫“人民的分类史”。它有这样一段：“解放以后，好像把人民分为两档：民和人。民有三类：工、农、兵。商人失踪了。因为社会主义体制中没有商人。人分五类：地、富、反、坏、右。称为‘分子’，不是民。”“拨乱反正以后，五类分子绝大多数归属于民，似乎已无大差别。现在的人民分类法是：一部分人民上升为官。官是民的代表或曰‘公仆’，不是民。民分五类：商、农、工、兵、士。不知可否说是新的‘五类’。不过士的等级比元朝低了。因为社会主义体制中，似乎没有乞丐。”不紧不慢的阐述中，作者通过隐含在字里行间的“分子”与“民”以及“公仆”与“民”的对比，对于解放之初的“阶级分析”和“拨乱反正以后”对知识分子的轻视的现象，充满了揶揄。作者在平静的语气中，通过展示事实，堂而皇之地全盘否定了作者想要否定的东西。

第二类，表现为以肯定写否定。语言形式是肯定的语气，但实质是充分、尖锐的批判和彻底的否定。包括以轻松的笔调写凶残。比如萧乾在《“文革”杂忆》里这样描述“文革”：“中国要成为世界革命的强大中心堡垒，靠什么？靠人人争作向阳花。怎奈中国是个枝杈茂密的大灌木丛。要靠小将们披荆斩棘，把千枝万条都砍光，砍得神州大地只剩下一朵朵光杆儿的向阳花。”这是作家对“文革”历史的艺术再现，文中按照错误的思路推出了荒谬的结论。其中蕴涵着作者无尽的愤怒与无奈。不光是对“文革”，对于希特勒的控诉，作者同样也是这种超脱的态度。他在《达豪余生》里这样写道：“在暴政者手里，‘真理’就像魔术师手中那根棍子一样，甩来甩去，运用自如。”平静的语调、寻常的词汇，但是经过作者的“反”说之后，使语言既寓意深刻又富于强烈讽刺。柯灵忆起他自己在“文革”中被“投进监狱”的事实时说，他曾经在抗日战争中被捕入狱，解放战争时期又差一点被国民党特务抓住，幸而事先避开，逃掉了。联系到现实，他诙谐地说：“现在我才知道并没有逃掉，‘四人帮’终于给我补了课。”“补课”，原意当然不是贬义，但是作者在这里却用它表明了囹圄之难。其中的讽刺意味更为深刻。反讽，有时是拿自己的伤疤开苦涩的玩笑。

第三类，是以否定写肯定。按照错误的逻辑，推出荒谬的结论。表面否定，实则同情并肯定。杨绛《回忆我的姑母》，她说：“一九二四年，她做了北京女子师范大学的校长，从此打落下水，成了一条‘落水狗’。”借助于后人给杨荫榆的骂名，又一语双关，顺带阐明了她真正的“死因”。“否定”之中，蕴涵着无奈与同情。黄永玉在《比我老的老头》里，回忆了从文表叔及其经历过的不堪回首的日子。他说当时下乡向贫下中农学习已经成为一种时尚。回来做总结时，总有人昧着良心说“思想收获很大”。他接着说：“纵或提到本行业务的收获，也很难理直气壮。结果往往是不搞业务的人下乡和回来时的嗓门最大，因为他们可以全力投入在劳动上，而不像专业人员无论如何也逃避不了三心二意。”“三心二意”原本是贬义，字面意思是否定，但实际是对“嗓门最大者”持否定态度，而对“专业人员”则给予了充分肯定。同样的思路，黄永玉谈到沈从文逝世后，死讯被耽搁了一周的时间才对外公布，他依然在“埋怨”自己的表叔：“表叔呀表叔！你想你给人添了多少麻烦！全国第一家报纸，要用一个星期的智慧才能得出你准确斤两的估价。不免令我想起了莎士比亚的哈姆雷特先生说的那句话来：‘死还是活？这真是一个问题。’”作者用这种表面的否定，传达出的是对表叔所受到的不公正待遇的最沉痛控诉。否定得越厉害，控诉得越深刻。反讽手段将作者内心的巨大悲愤与怨恨表现得隐蔽而又痛快淋漓。

这种现代主义西方作家最为擅长的表现手法，恰恰是容易被我们的读者所视而不见的。除了上面提到的几位作家之外，在金克木、陈白尘、季羡林、汪曾祺、等人的散文里都能看到。这种表现手法，恰恰顺应了老生代“老到”“洒脱”的特点，是他们生命体验的艺术映射，更是他们消化痛苦与磨难的一剂良药。反讽的确是老生代散文里语言特质方面的一道风景。

六

“老生代”在文体上广开门路。记叙、描写、抒情、议论，他们一般尤其擅长记叙和议论。议论中的“对话体”是一个很好的例证。从叙事学的角度考察，散文在一般情况下，都是由作者以第一人称的方式直接表述。中国古代多数怀人叙事、咏物抒情的散文是如此，国外的蒙田随笔、培根杂感等也是如此。但是在哲理散文的鼻祖庄子、柏拉图等人那里，却有一种例外，他们开创了用对话谈论哲学的形式，如柏拉图的《理想国》、狄德罗的《拉摩的侄儿》等等。这种对话体，由作者设计出两个谈话者，就某一话题展开辩论。对话体便于论题的展开和抽丝剥茧般地深入，或环行旋转螺旋般地逐级上升。论辩中的两个角色，其中之一可能代表作者，如柏拉图笔下的苏格拉底，显然是代表正确一方的，或者循循善诱，或者设下圈套，请君入瓮，最后使谬谈真相大白，无可逃遁。在《拉摩的侄儿》里，拉摩的侄儿是个正确的坏蛋，他一会儿滔滔雄辩，高张正义的旗帜，一会儿又满脸邪气十足，无耻言辞如唾沫星子一样纷飞。如此，对话体中两个或两个以上的论辩参加者都不代表作者，作者隐蔽在两个或两个以上辩论者的背后，他似乎是一名玩提线木偶的艺人，他自己的意见、观点在辩论“之中”和“之外”。应该说，这是散文叙事学上的一大创造，而且这个创造又是如此古老和如此具有生命力。按照巴赫金的考订，古希腊的对话体还是小说的生发源头之一。这个论说与巴氏的复调理论如出一辙。中国的老生代散文家，为充实散文文体的承载容量，扩大散文文体艺术空间，才在言说方式上回归到了哲理散文的源头。他们一般都没有沿用直抒胸臆的独白方式。他们采用对话体，往往有两个“人物”（有时仅是两个符号）出场。有时是反方、正方、听众均在言说的舞台上亮相。论题的设置当然是作者，不同的论点在设置中展开，论辩的进行如帆船在波浪中颠簸，读他们的这一类文章，读者若经历一次愉快的精神旅游，传道解惑即在精神漫游过程之中。

施蛰存早在1937年就曾以对话的形式写出了《一人一书》（上下两篇），以主人、客人的问答为线索，把作者所要点评的现代作家一一加以评说，形式活泼，表达自如。1989年的《雨窗随笔》和1990年的《闲话孔子》，也是对话体。在《雨窗随笔》里，分别采用的是“客问”“主答”以及“大学生问”“教授答”的对话形式；到了《闲话孔子》里，作者采用的是“我”与“他”（一位好学的中年人）的对话形式。问答的主人公各有不同，但是问答的内容，都是作者一人的思想。在“人是政治的动物”一节里，即围绕这一亚里士多德的论点展开了施氏自己的阐释。作者说“有些人是野兽，是会吃人的；有些人是家禽，（会）被吃掉的”。接着展开“会吃人”的人与“被吃掉的人”与政治的关系：“前者是用政治来吃人的，或者是被政治吃掉的。”《闲话孔子》同样出人意表，令人发噱。作者从新儒学说起，对“儒学”本身的“纯洁性”提出了质疑，并且指出孔孟思想的不合理性以及孔子“献策求官”的特性等等。作者在文章里发人未发，认为孔子只是一个政客而已。文章本身涉及的内容很多，而用对话的形式，则可以当断则断，把话题一直限定在中心议题上。作者的观点，是否有失偏颇，暂且放到一边，单就作者采用的这种戏剧效果的阐述问题的方式，就是匠心独运。

在老生代作家群里，运用对话体最为频繁和得心应手的，当推金克木。比如他的《与诗对话：〈咏怀〉》，作者在对话角色的设置上，就别出心裁。在施蛰存那里，还是人与人之间的对话，但到了金克木笔下，则出现了一个“人”与“物”的对话，不过这个物是诗，也是有生命的。这里蕴涵着作者超人的想象力。如果按照常规的写法，一句原诗，一句解释，就变成了对诗歌的“翻译”了，而此刻，对话的对象是有生命和人格的诗，客体成了主体，主体的现身说法，也使论题深层意蕴得到了酣畅淋漓的体现，“妙语连珠”，反而是其次了。《显文化·隐文化》直接采用了“主”“客”的问答形式。文中无论“主”“客”，不仅是博古通今，而且是冶自然科学和社会科学为一炉。从《礼记》到“耗散结构”，从太阳黑子到狄尔泰的“精神科学”，从《庄子》到“旧约”，从以《易经》为代表的一系列中国古典文化到“隐文化”和“显文化”，最后到“女性文化”等等。作者从整个民族文化传统的角度来审视“女性文化”，看出了“女性文化”在中国存在的“长期性”和“复杂性”以及在当今“流行”的必然性，更指出了这种文化现象古今中外存在的一致性和特点的差异性，指出它的存在，没有什么值得“大惊小怪”的，并非什么“新鲜”货色。文章气势磅礴，纵横捭阖。对话的形式，使文章广阔的视野得以有序展开。同时，也使严肃话题，能够在轻松自如的气氛中进行。对话，为语言的灵活以至于诙谐，营造了恰当的氛围。“言之无文，行而不远”，原来对话体这种形式就从属于“言之有文”之“文”，是文采和辞章之一部分。

作为戏剧家的柯灵，自然不能例外于“散文对话体”的创作行列，他的戏剧面具成了反抗极“左”流毒的一面盾牌。《答客问——〈文苑漫游录〉序言》，以“客”和“主”两个角色的对话，将作者不便直接表述的个人的心路历程隐蔽在戏剧面具的背后。文章写于1986年，对于整个社会还没有达到“畅所欲言”“无拘无束的断见”的现实，表示了不满以及对言论自由的渴望。

张中行《关于解放思想的对话》，是“老朽”与“少壮”的对话。整篇对话，可谓妙趣横生。“老朽”是竭尽“周延”“圆滑”之能事，“少壮”则是打破砂锅问到底，不达目的不罢休。

对话体，比起作者的“独语”要活泼得多，尤其是谈论文化、历史这类严肃话题，作者又创造出一个发言的角色，使话题的阐述更加自然而灵活，而且使作者更加游刃有余。另外，这种问答的方式，其实是对作者提出了更高的要求。作者必须以两种角色，分别去考虑话语的逻辑性，既要使两种角色的话语各自有比较明确的立场、有自己的个性，同时还要保证文章的文气贯通，浑然一体。

对话的言说方式，对于作者所要表达的内容是有选择的，不是所有的题材都适宜用对话。在当代散文文坛，施蛰存是运用这种方式的第一人，而把这种方式发扬光大者，则是金克木。从他们的运用实践来看，主要是比较“枯燥”的文化题材，适合运用这种方式。在记人记事的叙事散文里，从来没有人用过。在话题比较严肃的文章里，对话的形式，可以达到舒缓语气、阐释自由的艺术效果。它尤其能够把文章的气氛搞活，给散文开拓更广阔的自由表达的空间，使文章的传播效果更加理想。这种形式本身，就意味着一种创新、求新的意识。

因为“老生代”是特殊历史时期的产物，而这种“特殊”的历史又是不可“复制”的，所以老生代散文很有可能是空前绝后的。老生代散文是20世纪中国当代文坛的一个“文学奇观”，是未来当代散文史不可或缺的辉煌篇章。老生代散文家，同时也是五四精神培养出来的一批特立独行的作家。对自由精神的追求，使得他们的散文个性凸显，人格与文格交相辉映。杨绛的“隐身”哲学及缄默的智慧，施蛰存的“求证”思维与反叛个性，张中行的冷峻、闲适，都给多元复调的散文艺术长廊增加了绚丽的色彩。这些学者型的作家，无疑给当代散文注入了浓郁的学术韵味。冰心温柔底色里的刚毅，孙犁晚年的回归传统，柯灵的错彩镂金与磅礴气势，汪曾祺视“淡泊”为品德、为境界的人生追求等等，又都凝聚着职业作家的艺术才情，成为当代散文中浓墨重彩的一笔。吴冠中的谨严、大气，黄永玉的调侃、谐谑，郁风的端庄、内秀等等，又都显示着艺术家的智慧。对于老生代散文家个性的剖析，容笔者在其他篇目里阐述。

第三篇

散文与北京地域文化

散文与北京地域文化

一

北京，在过去一百年的时间里，被文人墨客怎样书写，北京有怎样的魅力，让众多作家为之倾倒，这个被众多读者关注的话题，在现当代散文作品里，可以找到极其生动的答案。在鲁迅眼里，北平是文化的北平、学术的北平。他曾这样说："北京夙为文人所聚，颇珍楮墨，遗范未堕，尚存名笺。"[①]他还说："北平究竟还有古物，且有古书，且有古都的人民。在北平的学者文人们，又大抵有着讲师或教授的本业，论理，研究创作的环境，实在比'海派'来得优越的，我希望着能够看见学术上，或文艺上的大著作。"这里既强调了北平的学术氛围的优越，同时也把北平与上海的差异透露出来，鲁迅对北平的"偏爱"，可见一斑。在他力劝即将离京的郑振铎的信中，鲁迅更是直截了当，力陈北京的文化优势："先生如离开北平，亦太可惜，因北平究为文化旧都，继古开今之事，尚大有可为者在也。"[②]鲁迅对北平的文化认同，颇为警醒地提示后人，北平作为文化故都的地位是不可撼动的。与鲁迅对北平的看法相同的还有朱自清，后者在《南行通信》中，专门阐释了北平三方面的优点，其中第二即是："我们都知道北平书多。但是书以外，好东西还多着。如书画，铜器，石刻，拓片，乃至瓷器，玉器等，公家收藏固已很丰富，私人收集，也各有专长；而内阁大库档案，是极珍贵的近代史料，也是尽人皆知的。中国历史，语言，文学，美术的文物荟萃于北平；这几项的人才也大部分集中在这里。……胡适之先生说过，北平的图书馆有这么多，上海却只

① 《鲁迅全集》第3卷，人民文学出版社1981年版，第405页。

② 《鲁迅全集》第13卷，人民文学出版社1981年版，第13页。

有一个，还不是公立的。这也是北平上海重要的不同。”[①]朱自清的描述比鲁迅更为具体，但是二人的核心观点是一致的，即北平的文化积淀是深厚的。

北京，在鲁迅与朱自清眼中是文化的古都，而在林语堂眼里，则是艺术的、田园的。林语堂在《辉煌的北京》一书的第一章对北京做过整体的评价：“北京曾经是世界上最大的开放性的都城之一。它吸引着来自世界各地的人们。巴黎和北京被人们公认为世界上两个最美的城市，有些人认为北京比巴黎更美。几乎所有到过北京的人都会渐渐喜欢上它。它的难以抵御的魅力恰如其难以理解和描绘的奥秘。”[②]他在后面的文字里明确提出了构成“北京个性”的是自然、艺术和人的生活三大要素的综合，他所谓“艺术”是指“装饰北京的那些塔楼、宫殿”，还说“北京的魅力不仅体现于金碧辉煌的皇朝宫殿，还体现于宁静得有时令人难以置信的乡村田园景象”。林语堂抓住了北京宫殿建筑的艺术性以及田园景象这两个特征，虽然北京的特征绝不仅仅是这些，但是上述几位作家从各自的视角去观察、描述了这座城市的律动。

鲁迅在《朝花夕拾》“小引”里说，儿时所曾吃过的菱角、罗汉豆等，“都曾是使我思乡的蛊惑。后来，我在久别之后尝到了，也不过如此；惟独在记忆上，还有旧来的意味留存。他们也许要哄骗我一生，使我时时反顾”。[③]鲁迅在此所道出的应该是一种普遍的真理：记忆会有“旧来的意味留存”，所以散文家笔下的北京地域文化特征，同样是这种留存“旧来的意味”的记忆，是带着一种主观情感的东西，是作者记忆之中的真实与美好。

20世纪的中国现当代散文，可谓名家荟萃、佳作如云。无论是世纪之初的现代散文还是改革开放之后世纪末的当代散文，都拥有题材丰富、艺术表现新颖的散文佳篇。关于老北京城的记忆，是其

① 《朱自清作品集》，海南出版公司2005年版，第303页。

② 林语堂：《辉煌的北京》，陕西师范大学出版社2003年版，第4、5页。

③ 鲁迅：《朝花夕拾》，人民文学出版社1979年版，第2页。

中最令人瞩目的和令人难以忘怀的。

北京是个有历史、有个性、有魅力的古老城市。

关于老北京，美国史迪威将军的女儿南希·易史文斯曾经发出这样的感慨："在北纬四十度上下的世界各大城市，只有北京是历经三千年而不衰的都城。古迹之多，胜过罗马；气魄之大，胜过巴黎……"北京是建城3000多年、建都800多年的历史文化名城。1153年金中都建成，海陵王下诏迁都，北京正式成为一代王朝的首都。1403年明成祖朱棣改北平为北京。这座城市拥有世界文化遗产6处，对外开放的旅游景观200多处，在历史文化遗产的丰富和珍贵程度上令人叹为观止。老北京城的确拥有让散文家道不尽的"故事"。散文家笔下的老北京，将胡同的空间结构、地理的历史渊源与作家自身的情感结合起来，借以呈现了更具灵性、更为丰富多样的城市景观。值得一提的是，"成为国都的八百年间，北京留存下大量文学及文化史料，对于今人驰骋想象，是个绝好的宝库。这一点正是北京不同于香港、上海、广州的地方"。[①]关于北京题材的文学创作，有小说、戏剧和散文，其中散文之多是令人瞩目的，的确是其他著名城市所无法比拟的。

二

很多作家恋北平、想北平、写北平，但是很多作家即便写了北平，却仍然口称"北平的好处说不出"。老舍在《想北平》里说："我心中有个北平，可是我说不出来。"[②]老向在《难认识的北平》中也曾经说过："我在北平住了三十年了，但是我不能说已经认识了北平。"[③]同样，徐订论及北京的风度时，表达了类似的

① 陈平原、王德威编：《北京：都市想象与文化记忆》，北京大学出版社2005年版，第545页。

② 老舍：《想北平》，姜德明编《北京乎——现代作家笔下的北京》，三联书店1992年版，第409页。

③ 老向：《难认识的北平》，姜德明编《北京乎——现代作家笔下的北京》，三联书店1992年版，第294页。

观点："除非不是知识阶级，北平是一个离开了使人想念，居住着使人留恋的地方！但是，那些想念与留恋北平的人，是没有一个能说出北平的好处的。"[①]无独有偶，林语堂也曾经坦言："没有谁能感觉到，他已知道北平的整个了。住上十年以后"，会遇到各色人种，"谁敢说他能完全了解北平呢"？[②]吴伯箫在《话故都》里深情描述了他对北平的感情："我无论漂泊到天涯，或是流浪到地角，总于默默中仿佛觉得背后有千万条绳索在紧紧地系着，使我走了一段路程，便回转头来眺望你一番，俯下头去思念你一番，沉思地追忆关于你的一切。"[③]废名这样形象地描述北平："北平之于北方，大约如美人之有眸子，没有她，我们大家都招集不过来了。"[④]陆晶清说："我出生的地方是云南，北平当然不能算作我的故乡。可是说实话，我怀念北平，却有甚于我的故乡。不论是流浪到天涯或是地角，自然景物和四季的替转，都常使我记起了北平，陷在很深的往事回忆中。"在作者眼中，北平无论如何都是"不平凡"的。谢冰莹谈到对北平感受时这样说："凡是到过北平的人，没有不对她留下深刻的印象；离开北平以后，没有不常常怀念她的。""北平好像是每个人的恋人；又像是每个人的母亲，她似乎有一种不可思议的魔力在吸引着每个从外省来的游子。住在北平时还不觉得怎样，一旦离开她，便会莫名其妙地想念起她来。无论跑到什么地方，总觉得没有北平的好。"[⑤]谢冰莹对北平的感受是既像恋人又像母亲。无论是恋人还是母亲，都有一个共同的特征就是魅力永存与永远的思念。郁达夫说北平，除了自己的故乡之外，便只要住过北平，"谁也会得重想起北京，再希望回去，隐隐

---

① 徐讦：《北平的风度》，姜德明编《北京乎——现代作家笔下的北京》，三联书店1992年版，第330页。

② 林语堂：《迷人的北平》，姜德明编《北京乎——现代作家笔下的北京》，三联书店1992年版，第453页。

③ 吴伯箫：《话故都》，姜德明编《梦回北京》，三联书店2009年版，第111页。

④ 废名：《北平通信》，姜德明编《梦回北京》，三联书店2009年版，第173页。

⑤ 谢冰莹：《北平之恋》，姜德明编《梦回北京》，三联书店2009年版，第314页。

地对北京害起剧烈的怀乡病来。这一种经验，原是住过北京的人，个个都有，而在我自己，却感觉格外地浓，格外地切”。[①]郁达夫更真切、细腻地描述了对北平的那种强烈的依恋之情。钱歌川说："从北方回来一个朋友，便加浓我一重北游的意志。因为他们从来没有一个人说北平不好的。他们只说，无论什么地方住久生厌，惟有北平越住得久越不想离开。你如果不打算在北平久住，你必得在一年以内离开，否则便永远莫想离开那里。"[②]钱歌川以朋友对于老北京的感受为主线，同样传达的是对北京的一往情深，他从反面去表达对北京的依恋，如果不想久留，就尽快离开，否则就无法离开了。同样极言北平的魅力所在。

多位作家不约而同地要极力表达北平这个城市所独具的无穷魅力，强调了北平"高深莫测"的神秘感，同时还给准备研究北京城的学者提供了无以限量的思考与想象的空间，越是"说不出"，越能激发研究者去揭开"庐山真面目"的兴趣。

从散文作品中去搜寻北京城的地域文化特征，可以从不同角度、多种层次去表现，选择应该是多样的。她就像是一个高贵、典雅、风姿卓越的少妇，永远存在多种可能。即便是林语堂给过一些概括性的描述："不问是中国人，日本人，或是欧洲人，——只要他在北平住上一年以后，便不愿再到别的中国城市去住了。因为北平真可以说是世界上宝石城之一。除了巴黎和（传说）维也纳，世界上没有一个城市像北平一样的近于思想，注意自然，文化，娇媚和生活的方法。"[③]"近于思想，注意自然，文化，娇媚和生活的方法。"这依然是笼统的，依然会感觉一言难尽。朱自清曾经满怀深情地感慨道："北平实在是意想中中国唯一的好地方。"随后他

---

① 郁达夫：《北平的四季》，姜德明编《北京乎——现代作家笔下的北京》，三联书店1992年版，第284页。

② 钱歌川：《飞霞妆》，姜德明编《北京乎——现代作家笔下的北京》，三联书店1992年版，第494页。

③ 林语堂：《迷人的北平》，姜德明编《北京乎——现代作家笔下的北京》，三联书店1992年版，第451—452页。

还列举出周启明和孙春台两位对北平的称颂，进而又详述了他把北平与上海比较之后的结论，他列举了北平三个优长，即北平的大气、深藏的文化以及独有的闲适。无论是林语堂还是朱自清，他们都在与中外其他城市的比较中极其细腻地观察到北平这座城市所独具的特征。这种比较的视角所得出的结论更让人信服。

三

纵观现当代散文，涉及北京地域文化的作品颇为丰富，周作人的《北京的戏》、林语堂的《迷人的北平》、梁实秋的《北平年景》、郁达夫的《故都的秋》、老向的《难认识的北平》、张恨水的《五月的北平》、唐弢的《帝城十日》、老舍的《想北平》、萧乾的《北京城杂忆》、汪曾祺的《胡同文化》、张中行的《我的琉璃厂今昔》、刘心武的《步行街的心理空间》、铁凝的《想象胡同》等，真正所谓无以计数。这些散文作品所涉及的文化形态，大体可以分为胡同情缘、民风民俗、名胜古迹、饮食文化和校园幽思五个部分。

王德威在《北京梦华录——北京人到台湾》一文中这样概括唐鲁孙等老作家对北京的描述："这些作者所烘托的北平知情守礼，韵味悠远醇厚。在他们笔下，同仁堂、瑞蚨祥这些老字号总让客人宾至如归；杨小楼、梅兰芳……多少角尔，名噪一时；城里的节庆喜丧永远有规有矩，从出生的洗三抓周到大去的送殡出殃，都有讲究；尤其是饮食，热豆汁、涮羊肉……求之他处，何可复得？当然遍布城内外的古迹名刹、宫殿园林，千万的胡同人家，还有那一大圈城墙，更是老北京安身立命的所在。这里是八百年的帝都，一景一物，都有它的来头。"[①]这段描述，包含了老北京的民风民俗（守礼仪、讲规矩）、饮食文化、名胜古迹、胡同文化，恰恰与笔者的想法不谋而合。这是学者对作家笔下的北京所做的归纳，我们

① 陈平原、王德威编：《北京：都市想象与文化记忆》，北京大学出版社2005年版，第361页。

再直接看看作家对北京文化的总结。冰心在《默庐试笔》里曾经这样历数她所留恋的北京，凡旧友怀念的北京的东西，她同样也都怀念，比如“大觉寺的杏花、香山的红叶”“北平的笔墨笺纸”“北平的故宫、北海”“北平的烧鸭子涮羊肉”“糖葫芦，炒栗子”“火神庙隆福寺”，冰心所历数的这些，实际也包含了名胜古迹、文化氛围、饮食文化、民风民俗。与上述学者的概括完全是“异曲同工”。由此可见，胡同情缘、民风民俗、名胜古迹、饮食文化、校园幽思五个部分的确是北京的地域文化的重要代表。当然抛开这样的思路，从其他角度去考量北京地域文化也并无不可。

上述五个方面，即胡同情缘、民风民俗、名胜古迹、饮食文化和校园幽思，它们是京城所独具的或是京城极为凸显的特征。每个城市都有自己的饮食文化，而北京城的，不仅丰富多样而且层次分明，是独一无二的。陈平原说：“在一个讲究民以食为天的国度，饮食从来就不仅仅是营养或美味，而是包含了——味蕾的感受、知识的积累、历史的氛围以及文人的想象，附着在具体的食物上，大大扩展了饮食的文化内涵。”[①]京城的饮食文化内涵的丰富性以及层次性是其他城市所不能比拟的，既显示出皇家气派，又显示出百姓生活的“随遇而安”，最终透露出“和而不同”的主旋律。老北京胡同“方正”的建筑格局与老北京人方正的品格之间的微妙关系，再一次证明了人的生存环境与人的性格养成存在着一定的联系。听京戏、吃饺子、逛书市、观庙会绘就了老北京的民俗画卷；卢沟桥、颐和园、景山、北海等，既是北京城历史的见证，同时也是百姓赏月、游园的著名风景所在；北大、清华，不仅仅是百姓心中的最高学府，同时也是人们心中的精神圣殿。其他城市虽然也都有各自的名校名师，但是其社会影响力则远不如这两所在全国乃至世界闻名的高等学府。散文中所体现出的这五大特征，共同构筑了

---

① 陈平原：《长向文人供炒栗——作为文学、文化以及政治的“饮食”》，《学术研究》2008年第1期。

老北京城的文化命脉。

四

纵观这五大特征，站在更高的层面上去审视这座城市，我们会发现它精神层面的一些标志性的特质以及在老北京地域文化与“北京精神”之间的内在联系。

当下的“北京精神”里有一个词——“包容”，其实这不是现代北京人现琢磨出来的，而是从老北京城的传统文化里感悟出来的，梳理出来的，这其实是老北京一贯的风格。这种源自集体无意识的大气，是长时间作为帝都自然孕育的结果，是这座古城内在的精神内核。朱自清在《南行通信》一文中专门讲到北平的特点时说：“北平第一好在大。……一个人到北平来，不知不觉中眼界会宽起来，心胸会广起来；……北平之所以大，因为它做了几百年的首都；它的怀抱里拥有各地各国的人，各式各样的人，更因为这些人合力创造或输入的文化。上海也是五方杂处的都会，但它仅有工商业，我们便只觉得繁嚣，恶浊了。上海人有的是聪明，狡猾；但宽大是他们不懂得的。”①朱自清的表述直截了当，在与上海对比的过程中，更凸显出北平的“大家气韵”。对北平这种“大家气韵”有同感的作家还有不少。林语堂也曾这样评价北平：“北平是宏伟的。北平是大度的。它容纳古时和近代，但不曾改变它自己的面目。”②老向这样概括道：“北平有海一般的伟大，似乎没有时间与空间的划分。他能古今并容，新旧兼收，极冲突，极矛盾的现象，在他是受之泰然，半点不调和也没有。”③这些作家对北平的所知所感，都不约而同地指向北平巨大的包容性。毋庸置疑，北

① 《朱自清作品集》，海南出版公司2005年版，第303页。
② 林语堂：《迷人的北平》，姜德明编《北京乎——现代作家笔下的北京》，三联书店1992年版，第452页。
③ 老向：《难认识的北平》，姜德明编《北京乎——现代作家笔下的北京》，三联书店1992年版，第260页。

平这种雍容大气，是被大家公认的了。那么这种城市品格具体的外在表现比如，外地人，无论南北，在北京都能找到栖身之所；外地的小吃、风味菜品，在北京都可以有生存的一席之地。简而言之，北京人极少有鄙视外地人的言谈举止，不像上海，排外现象比较普遍。就像余秋雨在《上海人》里所描述的："一个外地人到上海，不管在公共汽车上，在商店里，还是在街道间，很快就会被辨认出来。"北京城"海纳百川"的最终结果是和谐。不同的文化，在北京都有展示的空间；不同的阶层，在北京都能够和平共处。富人与穷人都能在这座城市里找到活下去的理由，甚至都会找到活下去的乐趣。

"北京精神"里还有一个词——"厚德"，这个词其实也与老北京的文化传统——讲究礼仪密切相关。

讲究礼仪，已经成为老北京人的一种生活习惯，那是一种精神的需要，同样也是一种集体无意识的体现。老北京人邻里之间讲究礼尚往来，彼此交流比较注重礼仪，比较尊重对方，起码给人留面子，不让人太尴尬，与上海人的"会盘算""不厚道""对人冷淡、吝啬、自私"（余秋雨的《上海人》）等不在同一层面上。老北京人的口语很讲究，词汇的运用上长幼有别，有点儿类似韩语中的各种"后缀"。比如问年龄，问小孩儿，就是"你几岁了"。问长者则是"您高寿了"或者"贵庚几何"。询问姓氏，也有讲究。一般说"您贵姓"，而不是直接问"你姓什么"。回答是"免贵姓×"。老北京的口语里敬辞是普遍存在的，即便是当下，在公共汽车上，还会经常听到"劳驾，过一下"这样的文明用语。上述仅仅是体现在语言上的礼仪风俗，在生活的方方面面都有讲究礼仪的具体表现，比如年俗里的礼仪、朋友聚会时的座次安排等。一代代北京人生活在这样一个讲究礼仪的人文环境中，人们不自觉地受到礼仪的熏染，于是言谈举止都懂得讲究规矩，日积月累，老北京人的道德修养得以慢慢涵养。老北京人就喜欢在这种生活细节上"穷讲究"，不论地位高低、年龄长幼，不同阶层的人，都有不同的礼仪习俗。这些礼仪已经成为他们生活的一部分，甚至已经是他们血液中的一部分，与生俱来一般，紧紧裹挟着老北京人。而老北京人身在其中，乐在其中。这些习惯，在其他城市如上海是没有或者是不多见的。无论怎样，这些习俗已经构成了老北京城的又一个人文标签。

第三个标签就是历史底蕴，京城处处显示着她特有的文化魅力。首先是历史悠久，“建城3000多年、建都800多年”，“城”的辉煌、“都”的风光，200多处名胜古迹的幽灵，凝聚成这座城市独一无二的历史底蕴。卢沟桥的狮子、小西天的牌楼、圆明园的遗迹，哪一处都有故事。清华、北大两所赫赫有名的高等学府，吸引了无数天之骄子汇聚北京，校园内外的文化传播都潜移默化地渗透到老百姓的生活当中，所以过年时的重要活动庙会都会有专门的书市，每年的春秋两季，政府还会专门主办正式的书市，这样的习俗一直延续到今天。书市的地点多设在地坛公园，有时也设在朝阳公园。与书市如影随形的还有字画市场，常年经营的有琉璃厂，是喜爱字画的人士经常光顾的地方。威严富丽的故宫博物院、宏阔玲珑的颐和园，都以不同的艺术形式镌刻着北京城的文化印记。胡同里方正的建筑格局铸就了老百姓方正的品格，四合院的大门贴着对联、屋里镶嵌着“吉祥话儿”，嘴里说着“京片子”，听京戏、下象棋、闲暇时遛鸟，上到皇帝的“办公室”，下到老百姓的四合院，无一处没有学问、没有讲究。即便是胡同的名称，也都各有各的渊源，像太仆寺、兵马司、海运仓、白衣庵、老君堂、霞公府、恭王府等，所有的胡同名称与相应的胡同历史遥相呼应，分毫不差。正像朱湘所描述的“京中胡同的名称，与词牌名一样，也时常在寥寥的两三字里面，充满了色彩与暗示，好像龙头井、骑河楼等等名字，它们的美是毫不差似《夜行船》《恋绣衾》等等词牌名的”。[①]

---

① 朱湘：《胡同》，姜德明编《北京乎——现代作家笔下的北京》，三联书店2005年版，第155页。

更值得一提的是，与老百姓的生活最直接相关的饮食也同样有很深的学问，首先是雅俗分明。就餐馆而言，有社会名流光顾的老字号，同时也有下层百姓吃得起的家常小馆，即便是中等水平的餐馆，既有雅座也有大堂，所有阶层都能各得其所。其次是顺应自然，“与时俱进”。什么季节吃什么，怎么吃，都是有讲究的，春天吃香椿、秋天吃鸭梨，讲究“应时应景儿”，绝不吃反季节食品。各种节日要吃的食物不胜枚举，立春吃春饼、中秋吃月饼、冬至吃饺子，还有一个春节，不同的时间要吃不同的食物，初一饺子、初二面，初三饸饹等等。再次是食不厌细，满汉全席有满汉全席的细致，炒豆芽有炒豆芽的细致，别看是下层百姓的日常食物，同样可以做到粗中有细。用汪曾祺的话说，老北京的炖白菜，都有“五味神”保佑着，与别处不同。总之，这座城市的方方面面都被各种历史文化元素包裹着，这座城市承载着丰富多样的文化，不同的文化形态就深藏在整座城市的一砖一瓦、一草一木之中。这是一座名副其实的文化名城！

北京城这种丰富的文化内蕴与可以与之媲美的另一座名城上海堪有一比。上海作为中国经济的排头兵、对外开放的窗口，她在金融以及接受西方新鲜事物方面是比北京占优势的，但是她的劣势确也极为凸显，正像林语堂所描述的那样：

上海是可怕的，非常可怕。上海的可怕，在它那东西方的下流的奇怪混合，在它那浮面的虚饰，在它那赤裸裸而无遮羞的金钱崇拜，在它那空虚，平凡，与低级趣味。上海的可怕，在它那不自然的女人，非人的劳力，乏生气的报纸，没资本的银行，以及无国家观念的人。上海是可怕的，可怕在它的伟大或卑弱，可怕在它的畸形，邪恶与矫浮，可怕在它的欢乐与宴会，以及它的眼泪，苦楚与堕落，可怕在那高耸在黄浦江畔的宏伟而不动摇的石砌大厦，以及靠着垃圾桶里的残余以苟延生命的贫民棚屋。①

这当然是三四十年代“老上海”的缩影。林语堂这篇《上海颂》与《北京颂》，恰成鲜明对照。北京颂，是对老北京的赞美，而上海颂，则成了对旧上海的“口诛笔伐”，实际是讽讼。文章开篇就对上海的腐朽、纸醉金迷的社会状态作出了深刻的揭露与不动声色的批判，林氏的视角固然有他“偏颇”的一面，但是他所概括的旧时代上海的主要特征，大体是到位的。如果抛开一些政治等因素的干扰，平等地审视这两座城市，上海与北京，前者缺乏人情味，后者则恰恰充满人情味；前者较少文化底蕴，后者则具有十分丰厚的历史积淀；前者集富人的天堂与穷人的炼狱与一体，后者是兼容并包、贫与富都能找到生活下去的理由、可以和平相处；两座城市的风貌差异巨大。通过比较更加凸显了北京城的独特品格与文化特质。鲁迅也曾经比较过这两座著名的城市，虽然没有像林语堂那样把上海彻底否定，但是多少触及两座城市的本质特征，他说：“帝都多官，租界多商，所以文人在京者近官，在海者近商。”②这对于北京与上海的甄别，也透视出一针见血且入木三分的杂文特征。不管是林语堂的“扬京抑海”，还是鲁迅的“近官”与“近商”说，总之将北京城的独特性，立体地勾勒出来了。

北平的可爱，还源于它得天独厚的地理环境，因为地理位置的优越，所以北平一年四季都有不同的风韵。郁达夫说：“统观北平的四季，每季每节，都有它的特别的好处，冬天是室内饮食安息的时期，秋天是郊外走马调鹰的日子，春天好看新绿，夏天饱受清凉。”③似乎是天助北平，上天赋予北平太好的“天资”了，让

---

① 林语堂：《上海颂》，《林语堂名著全集》第15卷，东北师范大学出版社1995年版，第56页。

② 鲁迅：《“京派”与“海派”》，《且介亭杂文二集》，人民文学出版社1973年版，第69页。

③ 郁达夫：《北平的四季》，姜德明编《梦回北京》，三联书店2009年版，第138—139页。

它四季分明，而且不同季节有不同的风景，这是上天对北平的偏爱吧。郁达夫写过《故都的秋》，他对北平的秋天特别有感触，在这一篇《北平的四季》里，他依然有很多新的发现，所以他感慨道："北平近郊的秋色，实在也正像一册百读不厌的奇书，使你愈翻愈会感到兴趣。"[①]北平实在是饱有太好的气候了。郁达夫笔下一年四季的北平，各有各的美感，的确是让人流连忘返。

五

散文家所呈现的北平，是不受时间与历史侵蚀的北平，无论遇到何种抵牾，北平都能保持对"自我"的坚守，"它容纳古时和近代，但不曾改变它自己的面目"。[②]北京地域文化因皇城之地呈现出某种自信，又因多民族的融合而呈开放之势，北京地域文化有它从历史与现实中形成的大气、自在、真实、自然。现当代散文鲜活、生动地呈现出"包容大度、讲究礼仪、历史底蕴厚重"的北京地域文化特征，散文当中的北京地域文化特征，比小说所呈现的更为真切、比说明性的介绍更富有生命力；那是一幅幅活灵活现的民俗画，是关于北京地域文化的"清明上河图"。

现当代散文中关于北京地域文化的篇章，无疑就是作者本身文化素养以及关于北京记忆的呈现。无论是简单而复杂的胡同哲学还是既有皇家气派又有历史底蕴的名胜古迹，无论是食不厌细的老北京人的饮食习惯还是无处不在的礼仪民俗，抑或是关乎城与国之记忆的校园景观还是作为城市精神高地的大学理念，这一切共同凝聚成老北京城的品性与格调，构筑了老北京真实的地域文化图景。

在众多文学创作形式中，散文成为承载与展示北京地域文化最为直接的载体，五彩斑斓的北京地域文化定格在了20世纪的散文历史长卷中。地域文化在散文这种文学样式中异彩纷呈，对于北京这

---

① 郁达夫：《北平的四季》，姜德明编《梦回北京》，三联书店2009年版，第138页。

② 林语堂：《迷人的北平》，姜德明编《北京乎——现代作家笔下的北京》，三联书店1992年版，第452页。

座城市而言是一种宝贵的精神财富，对于保护与传承这些文化传统起到了毋庸置疑的积极作用；对于散文创作而言，是“无心插柳柳成荫”，是散文研究领域一种全新的收获，是对散文本体性研究的有力推进。

散文中的北京胡同文化

多位散文家都用较长的篇幅表达过对北平的热爱，朱湘曾用一整篇文章来讲北平胡同的名称（《胡同》），邓友梅仅仅描述四合院的门，就用了七八千字，题目寓意深刻地叫做《四合院“入门儿”》。北平的特色在散文家眼里，是说不尽的。需要指出的是，无论现代还是当代散文家，他们所津津乐道的大多都是老北京，有些作家直呼北平。即便是萧乾、汪曾祺在八九十年代写的散文，大多依然指向新中国成立前的老北京。当然也有不少散文家写了建国初期的北京，那大多是出于对新中国的歌颂与赞美，另外当代一些散文家也有涉及“文革”题材的，大多是对这场浩劫的控诉，与北京城自身无关。所以散文中的北京地域文化，基本就是老北京的文化。

说到老北京的文化，读者会自然而然地想到北京的胡同。“胡同”这个词最初见于元杂曲，关汉卿《单刀会》中写有“杀出一条血胡同来”。胡同大多形成于13世纪的元朝，到现在已经经历了八百多年的演变发展，从胡同形成起，就与北京城建立了一种天然的联系，胡同也就顺理成章地成为北京城的标志。一条条横平竖直、纵横交错的胡同不仅是城市脉络，更是普通老百姓生活的场所，蕴含了北京悠久的文化，并深深刻上了北京人世代繁衍生存的印记，形成了与这座城市水乳交融的胡同文化。

众所周知，“胡同和四合院是一体。胡同两边是若干四合院连接起来的。胡同、四合院，是北京市民的居住方式，也是北京市民的文化形态”。[①]汪曾祺的概括实在是到位。胡同使众多四合院秩序井然，四合院使胡同生机勃勃。缺少了其中任何一方，另一方就

---

① 汪曾祺：《胡同文化》，《中华散文珍藏本·汪曾祺卷》，人民文学出版社1998年版，第124页。

不复存在。可以说就是“一体两翼”。北京除了胡同还有街，但是“大街、小街是商业区，一排排大小胡同便是居住区”[①]，分工不同。笔者在本篇中要探讨的只是胡同与四合院。

方正的品格

要勾勒一个城市百姓的性格似乎是不可能的，但是“一方水土养一方人”，又是大家所公认的，个性存在于共性之中，一个城市百姓的共同特征还是可以在他们的生存环境与生存方式中寻到一些蛛丝马迹的。柯灵曾经给上海这座城市立传，笔者不妨给老北京人梳理性格，看看这座有着悠久历史的文化古城，给老北京人带来了什么？事实上，老北京胡同的建筑格局，对老北京人的性格有不容忽视的直接影响。

汪曾祺说：“北京城像一块大豆腐，四方四正。城里有大街，有胡同。大街、胡同都是正南正北，正东正西。北京人的方位意识极强。过去拉洋车的，逢转弯处都高叫一声‘东去！’‘西去！’以防碰着行人。老两口睡觉，老太太嫌老头子挤着她了，说‘你往南边去一点’。这是外地少有的。……大街、胡同，把北京切成一个又一个方块。这种方正不但影响了北京人的生活，也影响了北京人的思想。”[②]无独有偶，萧乾同样也注意到北京城这种“方正”的特点。他说：“世界上像北京设计得这么方方正正、匀匀称称的城市，还没见过。因为住惯了这样布局齐整得几乎像棋盘似的地方，一去外省，老是迷路转向。瞧，这儿以紫禁城（故宫）为中心，九门对称，前有天安，后有地安，东西便门就相当于足球场上踢角球的位置。北城有钟鼓二楼，四面是天地日月四坛。街道则东单西单、南北池子。”[③]

---

① 邓云乡：《北京胡同》，《邓云乡讲北京》，北京出版社2005年版，第105页。

② 汪曾祺：《胡同文化》，《中华散文珍藏本·汪曾祺卷》，人民文学出版社1998年版，第123页。

③ 萧乾：《北京城杂议》，《萧乾散文》，中国广播电视出版社1997年版，第351页。

生活在这种方正的建筑格局之中，北京人的生活态度与作风自然与秩序井然、井井有条密不可分。北京的胡同数量繁多，据1946年统计，共有3065条，如此众多的胡同，仅命名，就是一个庞大的工程，但是老北京人、北京城的管理者却是从容自在，有单纯计数的、有以皇家储物地命名的，有以居住过的名人的名字命名的，有以所卖商品的名称命名的，总之，分类标准不一，但是所有的胡同名称都名副其实，一目了然。名称与胡同的历史渊源绝对是相互呼应的，几乎是分毫不差。再比如“因为是京城，不少胡同当时都是衙门所在地，文的像太仆寺，武的像火药局、兵马司。还有管考举人的贡院、练兵的校场；还有掌管谷粮的海运仓和禄米仓”“有些胡同是以寺庙为名，像白衣庵、老君堂、舍饭寺”“有些胡同名儿还表现着当时社会各阶层的身份：像霞公府、恭王府”。[①]这些胡同的命名方式，同样体现了直截了当的特点。如果在今天，恐怕要考虑是否涉及军事秘密了，但是当时老北京人，没有那么多“弯弯绕儿”，是火药局，绝不说是“烟花巷”；是兵马司，绝不说是“军训营”。在当时那个年代，不需要谨小慎微，一切就都单刀直入了。即使是后来改了名字，也大多是按照原来的发音。方正的建筑格局，塑造了老北京人方正的品格。归根结底，北京人要么“东去”，要么“西去”，任何事情，都要“小葱拌豆腐”，一清二楚。汪曾祺在《胡同文化》里讲到，他看见电梯里小伙子打了开电梯的小姑娘，他提出应该主持正义，让小伙子当众向小姑娘认错，结果遭到“老北京”的反对，说：“叫他认错？门儿也没有！忍着吧！——‘穷忍着，富耐着，睡不着眯着’！”[②]这就是老北京人的处事原则，不是自己的事儿，绝不插手。北京人不爱管闲事。不愿做的事儿，打破天，也能“稳坐钓鱼台”。再比如“京白”讲究分寸，实际就表明了老北京人说话的认真、负责。仅“褒奖”的说

---

① 萧乾：《北京城杂忆》，《萧乾散文》，中国广播电视出版社1997年版，第352页。

② 汪曾祺：《胡同文化》，《中华散文珍藏本·汪曾祺卷》，人民文学出版社1998年版，第127页。

法就有三个层次：“顶好”“挺好”和“不赖”。这说明老北京人性格诚实、厚道。说一是一，说二是二，绝不口是心非。方正的城市格局孕育了这种方正的性格。

无与伦比的调和

老舍曾经把北平与世界其他著名城市做比较，之后得出了关于北平的重要特征：“论说巴黎的布置已比伦敦罗马匀调的多了，可是比上北平还差点事儿。北平在人为之中显出自然，几乎是什么地方既不挤得慌，又不太僻静；最小的胡同里的房子也有院子与树；最空旷的地方也离买卖街与住宅区不远。这种分配法可以算——在我的经验中——天下第一了。”[①]这涉及人与自然的协调、空间布局的合理，作者对这种格局赞美有加，同时更表现出一种自豪。胡同所带来的这种匀称，既是北平人生存的状态，同时也是北平人处事原则的一种体现，一切都追求不偏不倚，恰到好处。这种分寸的把握，应该说是老北京人的绝活儿。对于这种“匀调”，现代作家老向也有同样的发现：“北平的街道，那么正直；院落那么宽绰；家家有树有花，天天见得着太阳，世界上还有哪个城市比得上？”[②]不仅如此，老向还发现了北平更深层面的调和：“他似乎什么也能融化，什么也能调和，所以在皇宫巍峨矗立的旁边，可以存在着外国的租借，也可以存在着比乡下还不如的小胡同。一墙之隔，可以分别城乡，表示古今，而配合起来却又十分自然。”[③]这里不光是人与自然的协调，更有人与人的协调，尤其是不同阶层的人之间的协调。胡同在新与旧抑或是贫与富之间，既是一种屏障，又是一种黏合剂。因着胡同的分割，可以让进步与落后、文明与愚

---

① 老舍：《想北平》，姜德明编《北京乎——现代作家笔下的北京》，三联书店1992年版，第363页。

② 老向：《难认识的北平》，姜德明编《北京乎——现代作家笔下的北京》，三联书店1992年版，第262页。

③ 老向：《难认识的北平》，姜德明编《北京乎——现代作家笔下的北京》，三联书店1992年版，第262页。

味得以和平相处。当然胡同空间格局可能不是唯一的缘由，但可以肯定是基础。胡同的建筑格局，为不同阶层的人们同处于一个相对集中的空间提供了可能。胡同格局的成功之处，这似乎是“意外”的发现。

胡同的建筑格局，不光在宏观上起到了连接古今的作用，而且在微观上，也具有诸多无可替代的调和功能。多位作家比如周作人、老舍等都提到过北平的宽容与自由，“北平的好处不在处处设备得完全，而在它处处有空儿，可以使人自由地喘气……”[①]这种宽容与自由，归根结底还是胡同的建筑格局给人们提供了相应的私人空间。在胡同里，人们可以不受约束地与货郎讨价还价；成人可以找合适的玩伴儿下棋或是遛鸟，小孩子可以成群结队地放风筝或是跳皮筋……恰恰因为是一个相对自由的空间，所以无论贫富，都可以在这个空间里找到乐趣。就像林语堂描述的那样：“这是一个理想的城市，那里有空旷的地方使每个人都得到新鲜的空气，那里虽是城市却调和着乡村的清静。”[②]

胡同是一曲交响乐。散文家所说的交响乐，主要是针对胡同的和谐氛围，当然不是指交响乐波澜壮阔的气势。老北京的胡同，不仅是北京人的居所，同时也是日常生活用品、食品交易的平台。就好比现代的超市在胡同里流动一样，那是老北京人一种独特的生存方式。荡漾在老北京胡同里的市声，绝不会给人喧闹的感觉，它是此起彼伏，互不干扰，绝没有互相争着喊的时候，而且常常是寂静中的一种点缀，它会反衬出胡同的宁静，更像小夜曲，低回、舒缓，韵味悠长。这种市声，不仅仅是老北京胡同里商业活动的集中体现，同时还透视出老北京人生活的便捷、祥和的氛围以及由此生发出的幸福指数。买卖人将各种百姓所需的大小货物一一送到胡同

---

① 老舍：《想北平》，姜德明编《北京乎——现代作家笔下的北京》，三联书店1992年版，第363页。

② 林语堂：《迷人的北平》，姜德明编《北京乎——现代作家笔下的北京》，三联书店1992年版，第454页。

里，老百姓仅仅迈出家门口，就能买到自己想要的东西，买着方便，用着放心，而且购物环境“安静、闲适”。从生活必需品到消闲食物，一应俱全，所以有作者不由自主地感慨道：老北京“随处都是令人享受的地方”。[①]胡同里的那种安逸与祥和，是许多文人墨客终生难忘的。

有学者这样评价北京：“京城中有雅人的闲逸，也有市井小民的闲逸，其间有层级，又有沟通。”[②]胡同里，既属于雅人的，同时也属于市井小民的。不同阶层的人，在胡同里都能享受到属于自己的那一份快乐。

胡同里的“夜行人”，“有戏迷，也有醉鬼。尖声唱着‘一马离了’或‘苏三离了洪洞县’。这么唱也不知是为了满足一下无处发挥的表演欲呢，还是走黑道发怵，在给自己壮胆”。[③]这里明显表明了胡同这个空间的自由度，除了生意人、戏迷，醉鬼也可以在胡同里潇洒地“施展自己的才艺”，不用担心别人的笑话或者不理解，哪怕是“走黑道发怵，在给自己壮胆”也大可放心宣泄。在胡同这个公共空间里，各阶层的北京人平等、和谐相处，人人都可以享受其中。胡同，对于形成一种自在祥和、自娱自乐的民风以及一种悠然、闲适的生活氛围提供了可能。“那时我是个穷孩子，可穷孩子也有买得起的玩具。两几个钱就能买支转个不停的小风车。去隆福寺买几个模子，黄土和起泥，就刻起泥饽饽。春天，大院的天空就成了风筝的世界。阔孩子放沙雁，穷孩子也能用秫秸糊个屁股帘儿。反正也能飞起，衬着蓝色的天空，大摇大摆。小心坎儿可乐了，好像自己也上了天。”[④]这尤其体现出老北京人的生活态度与生活情趣，穷并不意味着失去娱乐的权力，穷有穷的乐法儿。这是

---

① 张恨水：《五月的北平》，姜德明编《北京乎——现代作家笔下的北京》，三联书店1992年版，第691页。

② 《赵园自选集》，广西师范大学出版社1999年版，第133页。

③ 萧乾：《北京城杂忆》，《老北京的小胡同》，上海三联书店2007年版，第510页。

④ 萧乾：《北京城杂忆》，《老北京的小胡同》，上海三联书店2007年版，第510页。

下层百姓所独具的一种顽强的生命活力，一种不向苦难低头的苦中作乐的生活姿态。凤子在《胡同·小院·人家》同样也描绘了胡同里孩子们尽情享受童趣、邻里之间关系融洽的图景。

可以肯定，胡同的确给不同阶层的人提供了自由活动的空间，无论贫富，都能找到适合自己的那种无拘无束的快乐！胡同是所有老北京人快乐的摇篮。就像萧乾概括的："北京胡同里的平房，多么破，也不缺乏阳光。"[①]阳光，一方面确指大自然的阳光，另一方面也指胡同里生活的温暖、温馨，充满人情味。恰与周作人对北平的评价异曲同工："北平的人情也好，至少总可以说是大方。大方是很不容易的，因为这里边包含着宽容与自由。"[②]林语堂也说过："你尽管穿你自己爱好的服装，选用你自己喜欢的酒店，享受着你自己的癖好……但有谁注意呢？"[③]作家所关注的都是胡同里的自由空间。

在胡同的宏观建筑格局当中，四合院的结构，在调和人与人的关系上也是功不可没的，从本质上说，四合院的格局拉近了人与人之间的距离。就像黄永玉描述的那样，当时黄永玉与李可染同居大雅宝胡同甲2号，二人的画室"恰好在一个九十度的东北角尖上。一出门抬头右看，即能看到他的活动"。[④]黄永玉干到半夜准备休息时，看到李可染还在灯下伏案练字，使黄永玉十分感动。四合院这种建筑格局，把非亲非故的人聚集到一起，就像有亲缘关系的一家人。人与人之间被排列得这样亲密，客套、寒暄便被自然而然地培养出来。所以，从民俗学的角度说，"四合院又可以成为融汇亲缘感情，增强内聚倾向的符号"。[⑤]顺带说一句，北京人的"礼

---

① 萧乾：《北京城杂忆》，《老北京的小胡同》，上海三联书店2007年版，第511页。

② 周作人：《北平的好坏》，姜德明编《北京乎——现代作家笔下的北京》，三联书店1992年版，第16页。

③ 林语堂：《迷人的北平》，姜德明编《北京乎——现代作家笔下的北京》，三联书店1992年版，第452页。

④ 黄永玉：《比我老的老头》，作家出版社2004年版，第42页。

⑤ 钟敬文主编：《民俗学概论》，上海文艺出版社2009年版，第92页。

数”多，原因是多方面的，而这种亲密无间的空间格局恐怕是不容忽视的原因之一。

威廉斯认为要想分析一个时期的文化，就必须考察时人思想世界中的情感结构，即特定群体、阶级或社会所共有的价值观和社会心理。[①]胡同的建筑风格，包括四合院的建筑结构，不仅是老北京人的生存状态，更孕育了老北京人的处事原则以及催生了老北京人讲究中和匀调、讲究不偏不倚等人生态度，胡同对老北京人精神层面的影响，不能不说深刻。而城市的居住环境，对居住者能够产生如此重大影响的，恐怕难寻其二。所以老向这样概括道：“北平有海一般的伟大，似乎没有时间与空间的划分。他能古今并容，新旧兼收，极冲突，极矛盾的现象，在他是受之泰然，半点不调和也没有。”[②]也如林语堂所言：“北平是宏伟的。北平是大度的。它容纳古时和近代，但不曾改变它自己的面目。”[③]胡同这种容纳古今的包容姿态，一直到21世纪的今天依然在发挥着他的影响，刘心武就不由自主地说过：“步行街应该是一处令社会各阶层关系得以调和润滑的良性空间。”[④]时代的变迁，虽然令胡同变为了步行街，但是诉求依然如故。这可能是胡同文化对当今产生重要作用的最好例证。胡同这种独有的无与伦比的协调，恰恰与中国传统文化“以意欲自为、调和、持中为其根本精神”[⑤]一脉相承。

简单而复杂

在北京生活了半个世纪的季羡林这样描写北京的胡同：“外面

---

① 参见《西方文论关键词》，外语教学与研究出版社2006年版，第560页。

② 老向：《难认识的北平》，姜德明编《北京乎——现代作家笔下的北京》，三联书店2005年版，第260页。

③ 林语堂：《迷人的北平》，姜德明编《北京乎——现代作家笔下的北京》，三联书店2005年版，第452页。

④ 刘心武：《步行街的心理空间》，《在柳树臂弯里》，光明日报出版社2004年版，第181页。

⑤ 张岱年、程宜山：《中国文化论争》，中国人民大学出版社2006年版，第81页。

十分简单，里面十分复杂；外面十分平凡，里面十分神奇。这是北京许多小胡同共有的特点。”[①]这何止是北京小胡同的特点，这就是北京哲学！作者不愧是哲学家，用这两组矛盾、对立的词汇，精确地概括出北京胡同以及北京人的精神内核。胡同里存在的许多现象、事物都不同程度的反映着、体现着这一对立、统一的哲理。可以说，这是对北京胡同诸多事物、现象的深度总结与凝练概括。换一个角度去想，其实总结者是作家，而这一思想的源泉当然是胡同本身。就像美国文化人类学家克利福德·格尔茨所说：“人的思想基本上既是社会的又是公共的——它的自然栖息地是庭院、市场和城镇广场。”[②]

事实上，老北京人生活的诸多方面都体现着这一哲学理念。

首先说四合院本身，外表就那四面院墙，外加一个不很起眼儿的大门，看不出什么特别之处，其实仅仅这外表也有讲究，四合院基本上都是方方正正、坐北朝南，大宅门里要有影壁，一进、二进、跨院、花园。大宅门，何谓“大”，常常是大门在前胡同，后门在后胡同。而当进到里面，讲究就更多了。“房屋建筑一般是正房高于侧房，住房安排一般是家长正房，即住堂屋之右侧，兄弟子侄住侧房或耳房。”[③]所以四合院是“家长制的符号”，“是中国人伦理的符号”。恰如葛兰西所言：市民社会是伦理社会。院子里无论贫富，绝少不了绿植，至少有一颗枣树，若有愿意摆弄花木的主人，还会种植葡萄、石榴、杏树以及美人蕉、菊花等各种各样的花木。富裕人家可能还会养鱼。从外表看，四合院并不起眼儿，但是里面则是生机勃勃，应有尽有。综合起来看，四合院独具“合”的特点：“关上大门，自成一统；走出房门，顶天立地；四顾环绕，中间舒展，廊栏曲折，有露有藏。”[④]如果是大宅院，几个四

---

① 季羡林：《我爱北京的小胡同》，《清塘荷韵》，江苏文艺出版社2004年版，第164页。
② ［美］克利福德·格尔茨：《文化的解释》，译林出版社2002年版，第57页。
③ 钟敬文主编：《民俗学概论》，上海文艺出版社2009年版，第92页。
④ 邓云乡：《老北京的四合院》，《邓云乡讲北京》，北京出版社2005年版，第46页。

合院连在一起，则除了“合”之外，又平添几分“深意”，恰恰应了“庭院深深”之意境。邓云乡光介绍四合院的结构，就写了四五千字，题目叫《标准四合院》①。简单的外表，包裹着繁复的内里。

其次说饮食，就拿北京普通百姓的饮食来说，是有名的“穷讲究”！极其简单的食材，但是做起来必须是精益求精。炒绿豆芽，非要把根部新长出的嫩芽掐掉，一根一根来；凉拌豆腐皮，非要切成头发丝一样细……《舌尖上的中国》节目说御膳堂的大厨才有那样的刀功，其实“老北京”早就那么讲究了，只是刀功好坏有点差异罢了。

再说“行”，出门是“腿儿着”，还是叫人力车，即便叫人力车，叫什么样的人力车，照样还有讲究儿。更重要的是还要根据出门的目的，准备相应的礼物。比如要去看长辈，那至少得提个点心匣子。如果经济条件拮据，那也不必强求，一件衣服、两个馒头，都不嫌少，也不嫌寒碜，全仰仗家庭的经济实力。但是绝不能空手儿，俩儿肩膀抬一脑袋就去了，那是找挨骂去了。这种胡同哲学，也使北京人的生活富于情趣，多了一些人情味。

胡同生活里的一景——吆喝，其实同样也体现了这种简单、平凡与复杂、神奇的辩证关系。“吆喝”原本只是一种商业活动的自我宣传，但在作家笔下的“吆喝”，都是与胡同的静谧相呼应的，无形中就构成了一对动静结合的辩证关系。就像凤子描写的那样：“因为静，时时传来做小买卖的叫卖声。当夜深人静时，特别增添了一点地方情趣，什么‘硬面勃勃’、‘驴肉’……”②作家突出强调了叫卖声与胡同的静谧正好形成鲜明对照，有了动与静的呼应，才显得有趣、有韵味。那些货郎，都不约而同的遵守着互不干涉的行规，绝没有两拨货郎凑到一起，比着“喊”制造噪音的

① 梁思成等：《名家眼中的北京城》，文化艺术出版社2007年版，第205页。
② 凤子：《胡同·小院·人家》，《人间海市》，上海文艺出版社1998年版，第207页。

时候，而且这种市声叫卖的方法以及出现的时间等等，也都有它约定俗成的规律，比如青菜货郎，一般是在早上出现，而馄饨担子则常常是晚上走街串巷。吆喝，是胡同里极其普遍的事情，要了解内情，也绝不简单。

“京白”是流通于老北京胡同、四合院当中的一整套日常用语，包括俗语、谚语、俚语等。“京白”看上去、听上去似乎很简单，但是实际上，却很复杂。有些人以为“京白”就是儿化，那就大错特错了。就普遍意义的“京白”而言，最突出的特点就是讲究礼数。

老北京人最在意的就是一个“礼儿”，讲究的是“礼多人不怪”“礼尚往来”。比如老北京问人年龄就有“年纪”“贵庚”“高寿”等不同的问法（萧乾《北京城杂忆》），就像英语里的不同时态以及韩语里对不同年龄段的人也有类似的“用词的差异”等。老北京人形成了客客气气的习惯，彼此惯于以礼相待，也就维持了彼此的和谐关系。萧乾在《北京城杂忆》里花了大量篇幅介绍“京白”，给“京白”总结了四大特点，外加骂人、损人的“京白”。他说“京白”，第一是讲究分寸，第二是委婉。举的例子，是售货员对顾客说的三句话，其实与其说是委婉，不如说是对顾客的尊重以及对顾客心理的迎合。说到底，还是礼貌与和气。第三是用词巧妙，第四是儿化用法。其实无论是讲究分寸还是委婉，都有一个共同特点就是让听话人舒服，“京白”里有对听话人心理的揣摩，透着说话者的细腻。另外，“京白”里透着老北京人的智慧，“听话听声，锣鼓听音儿”，老北京人讲话绝不浅白，而是极其艺术，话里话外，可能都有内容。如果不是长期居住在四合院里，恐怕听不懂。比如按照老北京的习俗，腊月二十三要“扫房子”，生活中不能说“打扫”，而要说“掸尘”。

铁凝也注意到胡同里的“京白”，她甚至概括出“京白”的具体特点，即“热情、啰嗦而又不失利落的对话”，比如“您慢走”，“您有功夫过来”，“瞧您还惦记着”，“您呐……”。[1]“京白”委婉客气，其中最有特色的就是一个“您”字，鲜活地将老北京人的思维方式和生活习惯体现出来。老北京人总是习惯把对方当作尊贵的客人。通常情况下，不是非得晚辈对长辈才用“您”，有时倒过来也用，表示对对方的尊重。在中国的南方或者北方，很多地方是没有这个词的，有些外地来京人员最初到北京时，就不会说这个“您”字。这让长期在北京生活的人很不习惯，觉得那些外地人很没有礼貌，其实这是个误会，有些地方真是根本没有这个词。铁凝所归纳的那些短语，在老北京人的普通生活中应用频率应该是最高的。“您慢走”，不管对方有没有可能遇到“不安全”，都要表达对对方的真切关心，提醒对方小心，接近于英语里的“take care”，小心的对象，不只是路面，还有其他的比如安全等。大白天的送客人，照样可以说：“您慢走。”同样也不一定非得是晚辈对长辈，长辈对于客人、年轻的女性都可以用这样的“客套”。“您有功夫过来”，表示对方是受欢迎的，类似于“欢迎再来”。当然比“欢迎再来”更通俗也更亲切。“瞧您还惦记着”，是用一种“略带埋怨”的口吻表达了百分百的感激之情。这就是老北京话儿的内在韵味，也是“京白”里人情味儿的集中表现。这样的语言恰好体现出他们多礼而不虚假，热情又不啰嗦的特点。与老北京的特质相符，是老北京人真实的生活习惯、内心世界的外在呈现。

一以贯之，老北京的衣、食、住、行，包括“吆喝”与“京白”等方方面面，都体现了既简单、平凡，又复杂、神奇的特点，称之为“北京哲学”似不为过。

天人融合

老北京的胡同，就像一本“天书”，永远有值得研究的话题。

---

① 铁凝：《想象胡同》，《护心之心——铁凝散文集》，新华出版社2005年版，第4页。

仅仅胡同的名称抑或四合院的大门，都能让作家写出几千字的文章来，难怪邓友梅称四合院的大门就是一门学问。许多现当代散文家，比如林语堂、梁实秋、张恨水、老舍、萧乾、季羡林等，特别关注四合院的美，他们从不同角度展示了胡同不同季节里的不同美感，尤其展示了老北京人用鲜花与绿树装点生活的本领，集中而充分地体现了老北京人“天人融合”的理念。

老北京的胡同“正南正北，正东正西”的地理特征、“方正”的格局本身，自然也拥有一种建筑美，但与它的自然风貌相比，就相形见绌了。张恨水把五月的北平叫做“一年里的黄金时代”。“任何树木都发生了嫩绿的叶子，处处是绿荫满地。卖芍药花的担子，天天摆在十字街头。洋槐树开着其白如雪的花，在绿叶上一球球地顶着。街上人家院落里，随处可见。柳絮飘着雪花，在冷静的胡同里飞。枣树也开花了，在人家的白粉墙头，送出兰花的香味。”[①]这是五月的北平胡同的总体特征，可谓色香味俱全，美不胜收。作家详细描绘了“中产之家”“花果扶疏”的景象的同时，特别提到：“尤其槐树，不分大街小巷，不分何种人家，到处都栽着有。”[②]美化环境，不分贫富；对优美环境的享受，当然人人有份。这集中反映出老北京人对于自然环境的营造与保护。与大自然和谐相处，是深入人心的。作者在关注北平的自然之美的同时，更注意到老北平的等级差别以及这种差别在相应条件下的消解，“尤其是城北，枣树是逐家都有，这是早子的谐音，取一个吉利”。枣树虽然普通，开出的花一般都看不见，但是枣树那种“兰蕙之香，在风停日午的时候，在明月如昼的时候，把满院子都浸润在幽静淡雅的境界”[③]，普普通通的枣树，使老北京人沉浸在幽静淡雅的境

① 张恨水：《五月的北平》，姜德明编《北京乎——现代作家笔下的北京》，三联书店1992年版，第688页。

② 张恨水：《五月的北平》，姜德明编《北京乎——现代作家笔下的北京》，三联书店1992年版，第688页。

③ 张恨水：《五月的北平》，姜德明编《北京乎——现代作家笔下的北京》，三联书店1992年版，第689页。

界当中，谁能不佩服老北京人环保意识的自觉？

当下时人到欧洲旅游，看到欧洲人家家窗台上都种植着鲜花，许多人会唏嘘不已，但其实对于老北京人来说，那真不是什么新鲜玩意儿，老北京早在100多年前就开始是“锦天绣地”了。他们会把自己的院落打扮得花花绿绿、“娇艳绝伦”。他们天生就喜欢用鲜花装扮自己的四合院。“北平人又爱随地种草本的花籽，这时大小花秧，全都在院子里拔地而出，一寸到几寸长的不等，全表示了欣欣向荣的样子。”[①]作者还不忘运用“窗镜”效应，特别描绘了从屋里向外望去而得到的映入眉宇的绿意。作者还特别提示读者：获得这种诗情画意的美景，“并不花费主人什么钱的”。其实作者想告诉读者的是，北平人无比热爱生活，他们很会装扮自己的小院。北平人的艺术天赋是“与生俱来”的。

老北京的胡同，不光有花团锦簇的俗艳，还有肃穆幽深的典雅。“在古老的胡同里，四五株高槐，映带着平整的土路，低矮的粉墙，行人很少，在白天就让人觉得其意幽深，更勿论月下了。”[②]其中所营造出的幽深以及槐树拥立的古庙所营造出的肃穆；槐树把三四里长的长安街扮成了“绿街”，种种由槐树所衬托出的“绿海”，让人觉得“碧槐城市”是多么的贴切！作者形象而生动的描绘道：如果登上景山之巅的话，“你就看到北平市房，全参差在绿海里。这绿海就大部分是槐树造成的”[③]。胡同的美，美自天然，美自朴素。作家情不自禁地感叹道：“好一座富于东方美的大城市呀！……好一座千年文化的结晶品呀！”[④]对胡同的

---

① 张恨水：《五月的北平》，姜德明编《北京乎——现代作家笔下的北京》，三联书店1992年版，第689页。

② 张恨水：《五月的北平》，姜德明编《北京乎——现代作家笔下的北京》，三联书店1992年版，第690页。

③ 张恨水：《五月的北平》，姜德明编《北京乎——现代作家笔下的北京》，三联书店1992年版，第690页。

④ 张恨水：《五月的北平》，姜德明编《北京乎——现代作家笔下的北京》，三联书店1992年版，第691页。

美的发现，并非个别现象。梁实秋笔下的北平街道是这样的："城外还有一条极有风致的路，便是由西直门通到海甸的那条马路，夹路是高可数丈的垂杨，一棵挨着一棵，夏秋之际，蝉鸣不已，柳丝飘拂，夕阳西下，景色幽绝。"[①]简直就是一幅声色兼具、动静相宜、充满意境的油画！李健吾也曾经这样描述北平："要想领略北平的美，最好是坐飞机来一个鸟瞰。否则站在禁城的午门上面，瞭望一下四野也就成了。一片绿意，我这个'野'字用的并不过分。房子隐隐呈现在枝叶下面，街道像一条一条细流，粼粼散开，匀整而不单调，映着红墙碧瓦，仿佛一幅古色古香的锦缎金绿的底子。街道做成灰色的方格，有红花碧梗点缀。"[②]梁实秋描绘的是一幅"特写"，而李健吾则是对北京城的鸟瞰，一个微观，一个宏观，把北京城的魅力悉数渲染出来。这种美妙的景致，是人与自然最巧妙的调和。

季羡林对他曾经居住过的翠花胡同这样写道："它地跨两个胡同，其大可知。里面重楼复阁，回廊盘曲，院落错落，花园重叠，一个陌生人走进去，必然是如入迷宫，不辨东西。"[③]作者将四合院比作一座迷宫，使读者能在无尽的想象中体会四合院内层次分明、花木繁盛的勃勃生机。"花园重叠"，虽然比较概括，但是却留给读者无限回味。恰如英国人类学家E.B.泰勒在《原始文化》一书中所认为的那样：文化，就其在民族志中的广义而言，是个复合的整体，包含知识、信仰、艺术、道德、法律、习俗和个人作为社会成员所必需的其他能力和习惯。胡同文化就隐含在胡同的建筑格局以及俗艳与典雅并存的自然风貌之中。

散文中的老北京胡同，显示出方正的胡同格局与老北京人方

---

① 梁实秋：《北平的街道》，姜德明编《北京乎——现代作家笔下的北京》，三联书店1992年版，第509页。

② 李健吾：《北平》，姜德明编《北京乎——现代作家笔下的北京》，三联书店1992年版，第590页。

③ 季羡林：《我爱北京的小胡同》，《季羡林散文精选》，译林出版社2009年版，第180页。

正的品格之间的内在联系，透视出在新与旧、贫与富、公共空间与私人空间等诸多方面的协调与融洽，映射出外表简单、平凡但内里复杂、神秘的生存状况与生存状态，衬托出老北京人营造“花果扶疏”的自然环境的习惯及与大自然和谐相处的“天人融合”的理念。虽然“胡同文化是一种封闭的文化”，[①]但是因为它自身有着极强的包容性，所以它还是令无数文人墨客流连忘返。凤子在散文中写到胡同的各种变化，除了大量胡同的消失，还有“胡同里出现了楼房，泥土地变成了方砖地，又变成了柏油地，使得北京更年轻，现代化了”。[②]面对胡同里发生的剧烈变化，作家只能无奈地接受，并努力寻找出变化中代表发展和进步的一面。

---

① 汪曾祺：《胡同文化》，《汪曾祺散文选集》，百花文艺出版社1996年版，第138页。
② 凤子：《胡同·小院·人家》，《人间海市》，上海文艺出版社1998年版，第206页。

散文视阈下的北京民俗探微

民俗，即民间风俗，最早出现在《礼记·缁衣》中，“指一个国家或民族中广大民众所创造、享用和传承的生活文化”，它“在特定的民族、时代和地域中不断形成、扩布和演变”。[①]与民俗意义相近的词还有“风俗”“习俗”“民风”等。对于民俗有相当研究的汪曾祺就认为：“风俗是一个民族集体创作的生活的抒情诗。”[②]这是对风俗的诗意描述，呈现了风俗的最高境界，悟出了风俗的深刻韵味。他还说：“风俗，不论是自然形成的，包含一定的人为的成分（如自上而下的推行），都反映了一个民族对生活的挚爱，对‘活着’所感到的欢悦。”[③]这类“生活的抒情诗”，自然成为作家笔下一个常写常新的主题。北京，作为建都800多年的历史文化名城，在众多作家的各类形式的创作中，都留下了浓墨重彩的一笔。特别是现当代散文里，无论新老作家，都对北京民俗投去了关注的目光。这之中，有北京雍容大气、平易亲切的世态风情，更有令人着迷的北京滋味。

北京民俗历史悠久，明清时就有对北京民俗的专门著述。比如明刘侗、于奕正合撰《帝京景物略》、清乾隆敕撰《日下旧闻考》、晚清的《燕京岁时记》，还有抗战前北平研究院编的《北平风俗类征》，都对北京民俗作了翔实的记载。[④]对于北京民俗的专门研究，在当代也有许多，比如崔金生《北京礼俗》、刘铁梁《北京民俗文化普查与研究手册》、罗哲文《北京历史文化》、郄志群《历史北京——文化北京丛书》等等。这种历史记录与文学创作中

---

① 参阅钟敬文主编：《民俗学概论》，上海文艺出版社2009年版，第1—2页。

② 汪曾祺：《汪曾祺全集·散文卷三》，北京师范大学出版社1998年版，第214页。

③ 汪曾祺：《〈大淖记事〉是怎样写出来的》，《汪曾祺全集·散文卷三》，北京师范大学出版社1998年版，第350页。

④ 参阅梁实秋：《古都乡情》，《梁实秋文集》第七卷，鹭江出版社2002年版，第702页。

的描述毕竟在可读性、人文性、深刻性、丰富性等方面还是有差距的，尤其是散文中的北京民俗，它常常带着作者的情感、记忆以及人生体验，是更加鲜活与更加逼真的呈现，散文家身临其境的写作姿态，使需要面具的小说等文体也略逊一筹。

民俗，原本包含饮食习俗，因为北京的饮食习俗堪称博大精深，所以另设专章详细分析。

本文所涉及的北京民俗，大多指老北京的习俗。唐弢曾经这样评价北平："它是历代帝王的禁苑，衣冠文物，名士古董，比之西湖山色，牯岭云雾，更足以供人鉴赏，'奇气'一定是有的。"本文试图去搜寻一下这种环绕在老北京人周边的"奇气"。

一、无处不在的礼仪

老北京人在日常生活中最突出的特征就是讲究礼仪。无论贫富，言谈举止都渗透着深厚的礼仪文化。比如车夫要人让路，绝不是直接喊出"让开""让开"，而是叫声"劳驾"或者说句"借光，怀儿来"，而且这一习俗已经传承到了当下，人们现在在公共汽车上，仍然会听到四五十岁的北京人说"劳驾，过一下"这样的客气话儿。再比如老北京人问年龄就有"年纪""贵庚""高寿"等不同的问法（萧乾《北京城杂忆》），就像英语里的不同时态以及韩语里对不同年龄段的人也有类似的"用词差异"等。哪怕是最简单的问对方的姓氏，也要加一个敬辞"贵"。"您贵姓啊？"刚来北京的外地人有时可能还不明白，应该回答"免贵姓×"。对于老北京人而言，这样的"客气"，已经成为一种习惯。彼此以礼相待，既表达了对对方的尊重，同时也维系了彼此的和谐关系。

日常生活如此，老北京人在岁时节日里的讲究就更多了。就拿中国人最隆重的节日春节来说，从节前的准备，到节日里的各种吃食、各种活动，前后要持续30多天。老北京的年，是从煮腊八粥、泡腊八蒜开始的。腊月二十三，就是"小年"，要"扫房子"，但是不能说“扫”，而要说“掸尘”[①]。

过年当中最正式的仪式就是祭祖，它“使血亲家族内部产生了一种巨大的凝聚力，成为中国人一种根深蒂固的传统观念”，[②]老北京人在祭祖活动中的“虔诚”，印证了民俗学家的观点。

在老北京，祭祖用的器皿都是专用的。比如“锡香炉、锡蜡签、锡果盘、锡茶托”[③]等，过年前，要先从储物箱里把这些物件取出来，清洗干净备用。可见人们对于祭祖活动的重视。供品也是特别的，如苹果、干果，特制的需要提前预订的蜜供以及牡丹、水仙这些鲜花等。另外，祭祖的人都必须穿上新衣。“祭祖是过年的高潮之一，祖先的影像挂在厅堂之上，都是七老八十的……在香烟缭绕之中，享用蒸烟。”[④]大家忙着上供，拈香、点烛、磕头。在活动进行当中，还有许多规矩，比如祭祖所摆放的祭品、长幼的排序等，都丝毫马虎不得，恰如作家徐城北的描述：“在摆设好的供桌上，放着祖宗牌位、蜡烛、干鲜果品，以及蜜供等糕点。家庭成员要按照辈分先后磕头。给祖宗磕完头，再由晚辈给老辈磕头。”[⑤]可见祭祖是老北京人一年中最隆重的一个仪式，也是老北京人生活中最重要的一件事情。

说到祭祖的供品，汪曾祺在《玉渊潭的传说》[⑥]里详细描述了老北京“供”的风俗。老北京人过年，家家都要有一盘供。供，就是面擀成指头粗的条，在油里炸透，蘸了蜂蜜，堆成宝塔形，供在神案上的一种甜食。在梁实秋、老舍和徐城北的文章中，都提到了“蜜供”，也就是“供”。在老北京，“供”的买卖方式比较特别，需要预先订“供”，可以“分期付款”。当年京城里的普通人

---

① 邓云乡：《老北京的四合院》，《邓云乡讲北京》，北京出版社2005年版，第47页。

② 钟敬文主编：《民俗学概论》，上海文艺出版社2009年版，第132页。

③ 梁实秋《北平年景》，《梁实秋文集》第三卷，鹭江出版社2002年版，第398页。

④ 梁实秋《北平年景》，《梁实秋文集》第三卷，鹭江出版社2002年版，第398页。

⑤ 徐城北：《老北京：帝都遗韵》，江苏美术出版社1998年版，第225页。

⑥ 汪曾祺：《玉渊潭的传说》，《汪曾祺全集》卷三，北京师范大学出版社1998年版，第476页。

家，一下子拿不出一大笔钱去订供，就每月拿出一点点，像汪曾祺形容的那样“零揪着”交钱。这种订供的方式，是建立在买卖双方互相信任的基础上的，透露出当时老北京的社会诚信是非常理想的。同时也表明，老北京人对于上供、祭祖的重视程度，即便是生活拮据的普通百姓，哪怕“零揪着”节衣缩食也要进行祭祖活动，可见民俗具有“规范人们的行为、语言和心理的一种基本力量”。[①]而且民俗的重要组成部分“是直接创造物质财富与精神财富的广大中下层民众”。[②]

祭祖仪式，被安排在重大节日之初，显示出它在老北京人心目中的重要地位，同时仪式本身也有提醒人们不要忘本的作用。仪式威严、庄重，让所有人在那一刻都郑重其事、彬彬有礼，对于规范人们的行为举止，不无积极作用。尽管存在形式主义之嫌，但是客观上，它可以对所有参加仪式的人形成一种无形的约束力，尤其是对于没有信仰的中国人来说，多少可以弥补信仰缺失的不足。即便是现代生活，这样的仪式恐怕也是太少了，不免使人一味地滑向庸俗。儒家的礼仪，固然有繁文缛节令人生厌之嫌，但是分毫礼仪都不讲的人，也不能说没有走向愚昧、野蛮的危险。人在全无信仰的条件下，拜神祭祖恐怕是最为必要的精神活动了。

关于拜年，明人田汝成的《熙朝乐事》记载：“正月元旦，夙兴盥漱，啖黍糕，谓年年糕；家长少毕拜，姻友投笺互拜，谓拜年。”[③]梁实秋曾经声情并茂、完完整整地描写过拜年的过程及感受：“初一特别起得早，梳小辮儿，换新衣裳，大棉袄加上一件新蓝布罩袍、黑马褂、灰鼠绒绿鼻脸儿的靴子。见人就得请安，口说‘新禧’。日上三竿，骡子轿车已经套好，跟班的捧着拜匣，奉命到几家最新近的人家拜年去也。如果运气好，人家‘挡驾’，最好不过，递进一张帖子，掉头就走。否则一声‘请’，便得升堂入

① 钟敬文主编：《民俗学概论》，上海文艺出版社2009年版，第2页。
② 钟敬文主编：《民俗学概论》，上海文艺出版社2009年版，第2页。
③ 转引自梁实秋：《拜年》，《梁实秋文集》第二卷，鹭江出版社2002年版，第376页。

室，至少要朝上磕三个头，才算礼成。这个差事我当过好几次，从心坎儿觉得窝囊。”[①]这段描写生动、形象地展示了拜年的诸多规矩，这样的拜年方式着实让人费神费时，但是在培养人们知礼、行礼、敬重长辈的意识与习惯方面可能又是利大于弊。

除了春节，老北京人生活中的红白喜事、婚丧嫁娶，其中的礼数和规矩也不计其数。徐城北在《老北京：帝都遗韵》中讲到，年轻人结婚，要先“对生辰八字”，再“过礼下聘”，再到选定时期“过门”，半个月后又“回门”。这其中每个步骤都有一定之规。关于接亲，萧乾这样描述：“娶亲的，花轿一般也是八个人抬。走在前边的执事可热闹啦！有刀枪剑戟，斧钺钩叉。到女家，女方还先把门关严，故意不开。外头敲锣打鼓，里头故意刁难，要乐师吹这个奏那个。”[②]这段描述鲜活无比，稍带一点调侃。虽然作者的语言通俗，口语化，但他对于习俗本身，有着更深层次的思考。写完热闹的娶亲场面，作者没有停留于此，而是进一步上升到人类学意义上，“明明是白天，执事里干么举着木灯？后来学人类学才懂得，那显然是俘虏婚姻制的遗留”。婚礼次日黎明，还要由新郎报告贞操，还要派人到女方家报喜。这“报喜来了”之声，由巷外直达女家门首，连巷内外的邻居也都知道某家小姐有没有贞操了。[③]老北京的习俗，在作家的笔下，不但是记载、还原社会生活风貌，更有着文化展示与研究的韵味。

汪曾祺曾经这样评价老北京：“北京人也很讲究‘处街坊’。‘远亲不如近邻’。‘街坊里道’，谁家有点事，婚丧嫁娶，都‘随’一点‘份子’，道个喜或道个恼，不这样就不合‘礼数’”[④]。讲究礼数已经成为老北京人生活的一部分。

张爱玲在谈京戏时说：“到哪儿都脱不了规矩。规矩的繁重在

---

① 梁实秋：《过年》，《梁实秋文集》第四卷，鹭江出版社2002年版，第450—451页。

② 萧乾：《北京城杂记》，《老北京的小胡同》，上海三联书店 2007年版，第201页。

③ 徐城北：《老北京：帝都遗韵》，江苏美术出版社1998年版，第218页。

④ 汪曾祺：《胡同文化》，《汪曾祺全集》卷六，北京师范大学出版社1998年版，第18页。

舞台上可以说是登峰造极了。京戏里规矩化的优美的动作……其实那就是一切礼仪的真髓。礼仪不一定有命意与作用……”[①]礼仪浸润在京剧表演艺术当中，动作的程式化，体现了礼仪的真髓。

总之，在老北京人的日常生活以及岁时节日、婚嫁等重大事件中，甚至在京戏表演当中，礼仪都有相当的分量。礼仪，在老北京人心目中，如同不成文的法律一样，不分高低贵贱，一律心甘情愿地自觉遵守。甚至比遵守国家颁布的法律还认真。国家颁布的法律，还需要宣传呢，而节日当中的礼仪，不用宣传，老百姓会自觉默默遵照执行。这无可辩驳地见证了习俗所具有的无形的约束力。这些渗透进老北京人生活方方面面的礼仪习俗，老北京人不仅不以为繁琐，反而乐在其中。

二、无处不在的文化

“民俗是民间文化中带有集体性、传承性、模式性的现象，它主要以口耳相传、行为示范和心理影响的方式扩布和传承。”[②]老北京的生活除了无处不在的礼仪之外，还有无处不在的文化，民间文化渗透到生活的方方面面。

在北平，过春节贴春联也是一项必不可少的文化娱乐活动。徐城北在《老北京：帝都遗韵》里曾经详细描述过贴春联的民俗。春联属于楹联的一种，讲究工整、对偶，要以简洁、精致的文字来抒发对新年的美好愿望。它是过年中很重要的民俗活动。同时从清代以来，春联的发展越来越具文学性与艺术性。大年三十，一过了午夜，就是新的一年了。于是“一些有文化的家庭，把刚刚写好了的对联，拿出去张贴在自己家的门上，对联上可能还有未干的墨汁。……如果您家住在城市老区，那么用不了半个钟点儿，就能听见临近人家‘吱呀’开门，会有人打着灯笼出来。如果此际下雪，

---

① 张爱玲：《洋人看戏及其他》，浙江文艺出版社1992年版，第15页。

② 钟敬文主编：《民俗学概论》，上海文艺出版社2009年版，第4页。

他就踩着雪地逐门逐户欣赏起邻居的春联——看字词内容，也看书法，同时还打量一下这户的门第样式……”[①]可以说春联，代表着一个家庭的文化水平和风范，渗透着浓郁的文化气息，使春节的节日氛围蒙上了一层典雅的色彩。邻里间互相欣赏品评，增加了相互沟通的机会，与四合院所带来的“亲密”布局相呼应，平添了节日里和谐融洽的气氛。

与春联相互呼应的还有百姓家里贴的“喜庆话”。梁实秋的描述最为具体：“新正是一年复始，不准说丧气话，见面要道一声‘新禧’。房梁上有‘对我生财’的横披，柱子上有‘一如新春往事如意’的直条，天棚上有‘紫气东来’的斗方，大门上有‘国恩家庆人寿年丰’的对联。墙上本来不大干净的，还可贴上几张年画，什么‘招财进宝’‘肥猪拱门’，都可以收补壁之效。自己心中想要获得的，写出了画出来贴在墙上，俯仰之间仿佛如意算盘也已实现了。”[②]寄寓着对未来的美好憧憬，透露着老北京人渗入骨髓的文化底蕴。

“北京的戏是向来有名的”，“对于那声调的迷恋，这却是很普遍的情形了。我们在北京这几天里，一总看了三回戏”。[③]这是周作人初到北京时对京戏的印象，虽然他与鲁迅一样，都对京戏中的糟粕有清醒认识。作者这两句话，道出了京戏在当时的社会影响。

梁实秋对老北京的京戏颇有研究，专门写了文章，就叫《听戏》，作者这样描述：“我从小就喜欢听戏，常看见有人坐在戏园子的边厢下面，靠着柱子，闭着眼睛，凝神危坐，微微的摇晃着脑袋，手在轻轻的敲着板眼，聚精会神的欣赏那台上的歌唱。遇到一声韵味十足的唱，便像是搔着了痒处一般，从丹田里吼出一声‘好！’若是发现唱出了错，便毫不容情的来一声倒好。”[④]原来

① 徐城北：《老北京：帝都遗韵》，江苏美术出版社1998年版，第223、225页。
② 梁实秋：《北平年景》，《梁实秋文集》第三卷，鹭江出版社2002年版，第399页。
③ 周作人：《北京的戏》，《周作人自编文集》，河北教育出版社2002年版，第186页。
④ 梁实秋：《北平年景》，《梁实秋文集》第二卷，鹭江出版社2002年版，第412页。

真正的戏迷却是在戏园子外边实实在在地“听戏”的。戏园子里边，当然是三教九流呼朋唤友消遣娱乐之所在，人们不光可以随便吃东西，而且还可以谈话、吸烟、挣座位等，“一概没有人干涉”，绝对自由。作者认为在如此热闹的环境里如果“能听到一段回肠荡气的唱儿，就很值得。‘余音绕梁，三日不绝’，确是真有那种感觉”，[①]字里行间透露出老北京人对于京戏的热爱。

徐城北在《老北京：帝都遗韵》和《老北京：陌巷民风》等作品中，描写了春节时听戏的习俗。听戏是有规矩的，累戏和苦戏不唱，只唱歇工戏，歇工即休息，只要剧情逗乐有意思就行。听戏，不光是在过春节时的保留节目，同时也是北平人在日常生活中的重要文化活动之一，所以外地人来到北平，听戏成了必做的“功课”。

唐弢说：“我第一次到北京，来去匆匆，却还是偷空去前门外中和听了一次筱翠花。”就是这样一位号称“外行”的学者，却也能对谭鑫培门下的“余派”与“言派”辨别出一二来：余叔岩“他精于音律，讲究声韵，唱来韵味醇厚，做时动作细腻……建立了风格潇洒的‘余派’。言菊朋也从学谭开始，而后博采众长，结合自己嗓音条件，创造新腔，建立了独具一格的‘言派’”。[②]

听戏的习惯，其他地方如浙江、山东等地也有，但是戏剧的种类不同，听戏的风俗各有各的特点。在老北京听京剧，那是北京一绝。即便关于听戏的话题，黄裳还专门写过《京白》（京剧里的）以及《叫好》两篇文章，对于如何听京剧，颇有研究。

琉璃厂大街，地处北京和平门外，是老北京文化氛围最浓郁的一个场所。它起源于清代，久居京师的高官显宦，赴京应试的文人举子，无人不知，无人不晓。那里的书画店、古玩铺、报子房，皆为京城顶尖的一时之选。只要耐心流连、细致寻访，在那里可以淘

---

① 梁实秋：《北平年景》，《梁实秋文集》第二卷，鹭江出版社2002年版，第414页。
② 唐弢：《言派传人》，《唐弢文集》第一卷，社会科学文献出版社1995年版，第423页。

换出不少古籍善本和文化精品。唐弢这样描写道：“琉璃厂两旁全是书肆，裱书店，还有卖印泥，墨匣的，街道长，铺子多，真当得文化城里的文化街。”[①]在这篇《帝城十日》里，作者一共提及四次买书经历。张中行的《我的琉璃厂今昔》，以他本人切身的经历和体验，回顾了琉璃厂半个多世纪的发展变化。作者如数家珍般地呈现了当时在文人中流行的墨宝。比如买笔，就买贺莲青和李玉田的，七紫三羊或五紫五羊；有点地位的文人雅客，都用乾隆时期的旧墨。作者还特别描述了当时买卖双方交易的状态，“一支不过两三角钱，店里人还管挑选，捻捻毫端，看看，才递给买主”。[②]一点点细节，却真实地反映出当时的店家既专业又负责的工作态度，不因笔的贵贱来区别对待客人。

说到琉璃厂，不能不提厂甸庙会。它是老北京最负盛名的庙会，因为其规模大，会期长，从正月初一一直开到十五。庙会，除了是个好吃好玩的地方，同时还是一个古旧书画以及古董的展销市场。周作人专门写过《厂甸》，说他半个月去了四次厂甸，淘到不少宝贝。张中行认为那儿货多，换得勤，每天都有淘到宝贝的机会。当年作者的收获就有《粤雅堂丛书》及《苏米斋兰亭考》二册以及姚惜抱恭楷书扎，梁山舟为吴山尊书前后《赤壁赋》等书法作品。早年的琉璃厂让作者真正体会到了淘宝以及收藏的乐趣。同时在与店家交易时，更有种行家间互相探讨甚至博弈的味道，这也正是琉璃厂的魅力所在。

像琉璃厂这样的地方，老北京还有许多。张中行的《东安市场》讲的就是东安市场里的书客之家，其中一条街叫丹桂商场，“商业清一色，卖旧书”。张中行在此淘到比如重刊青柯亭本《聊斋志异》，十六册，木板两函，乾隆己巳所刻，甚至连布套的蓝布都是当时的；还有辜鸿铭的英文本《春秋大义》，甚至连C. Jarvis

---

① 唐弢：《帝城十日》，姜德明编《北京乎——现代作家笔下的北京》，三联书店1992年版，第611页。

② 张中行：《桑榆琐话》，海天出版社2001年版，第125页。

英译本的《堂·吉诃德》，美国印，都能买到。[①]可见，当时北京的文化市场是非常活跃的。作者在追忆往昔的同时，也在进行着深刻的文化思考，今昔对比之下，暗含着对现实的反省或批判。

在北平的书市，想买到好书也不是件容易事，还得了解老北京买卖人的习惯，即北平商家一种特别的经营理念——“良贾深藏若虚”，是以退为进、以柔克刚的老法宝。“不推销的推销术”，最适合北平。书店与水果店都如此。卖家对于光顾过的老主顾，才给予“贵宾级”的服务，将上等货晒出。不急于推销的原因是上等货并非大量生产。所以说，在这个城市里，无论大小商品，口碑相传，十分准确。所以人们习惯了口耳相传的方式，进而大家也就养成了守信的好习惯。

书市，堪称北平一景。书市的存在，无疑透露出北平这个城市所独具的文化底蕴。平常的日子有琉璃厂，过年时则有厂甸庙会。老北京人过年逛书市，也是北平的文化人值得骄傲的一件事。书市与其他各种年货同处一个集市，娱乐与文化的不同需求，各得其所，显示出北平城固有的“大气”。她之所以让众多文人墨客流连忘返，与她这种无处不在的文化气息不无关系。

三、无处不在的闲适与自由

民俗学家认为民俗大略可以分为四个部分，即物质民俗、社会民俗、精神民俗和语言民俗。其中社会民俗指人们在特定条件下所结成的社会关系的惯制，它涉及从个人到家庭、家族乃至国际社会在结合、交往过程中使用并传承的集体行为方式。[②]老北京人在“交往过程中使用并传承的集体行为方式”有何特征呢？

唐弢在《帝城十日》里写道：“北平街道宽广，两旁树大合抱，走路的少，又慢，一个个悠闲自得，决不像上海那样：‘惶

① 张中行：《桑榆琐话》，海天出版社2001年版，第153页。
② 钟敬文主编：《民俗学概论》，上海文艺出版社2009年版，第5页。

惶不可终日’。车夫要人让路，叫声‘劳驾’或者说句‘借光，怀儿来’，就这么毫不相争，各奔前程。警察接受问路，终是带着笑意，‘往东往北’给一个详细指示……”作者说北平中下阶级百姓那副柔顺的样子，让人“从心底里漾起一阵温暖”。这里呈现的北平民风，闲适、祥和、友好，让人感到温暖。宽容与大度，应该是老北京人一贯的生活态度。作者还写道：“北平的好处必须细细地体味，缓缓的领略。听小儿女吵嘴，说相声的斗口，卖豆汁儿的吆喝；上天桥看杂耍，到中央公园茶座上打盹，往广和楼敲着手指儿压板眼听戏……北平适宜于青年人读书，中年人弄学问，上了年纪的养老。人可以在这儿住家，可千万别想做买卖发财。”北平适合各种年龄段人居住的主要原因是，这里的人文环境宽松、自由，在精神上给人一种无拘无束的感觉。这恐怕是这座城市让人流连忘返的根本所在。“也许北平的好处就在于不让人发财”，抑或是作为帝都一贯“重农轻商”观念的承袭，抑或是北平人还没有学会太多的奸诈，“不让人发财”，让居住在北平的人可以安享“闲适”。

周作人在北平住了20个年头之后，写出了《北平的好坏》一文，其间回过绍兴，也去过日本以及济南、天津等中国其他城市，他品评北平的好坏是有很多参照系的，绝非空穴来风。在作者看来，北平的好处第一是气候好，第二就是“北平的人情也好，至少总可以说是大方。大方是很不容易的，因为这里边包含着宽容与自由”。[①]作者进而分析了为什么“大方是很不容易的”，他认为世间最可怕的是“狭隘”，因为一切的干涉与迫害都源于此。他认为北平“总有那么一种空气，使居住的人觉得安心，不像在别的都市，仿佛已严密地办好了保甲法，个人的举动都受着街坊的督察，仪式起居的一点独异也会有被窥伺或告发的可能”。[②]这应该是作

① 周作人：《北平的好坏》，姜德明编《北京乎——现代作家笔下的北京》，三联书店1992年版，第16页。

② 周作人：《北平的好坏》，姜德明编《北京乎——现代作家笔下的北京》，三联书店1992年版，第17页。

者在北平居住的深切体验，也是对北平民风的准确把脉。作者感受到“总有那么一种空气，使居住的人觉得安心”，特别细腻地呈现出北平的“大气”“大方”。这难道与帝都的历史有关？难道是皇城脚下的百姓独具的“大度”？其实，这种海纳百川的气度，在当下的北京依然清晰可见。林语堂对此颇有同感，他说：“你可以自由的，十分自由地寻求你的学业，你的娱乐，你的嗜好，或是你是赌博和你的政治生活。没有人来干涉，也没有人来注意，你穿些什么，或是做些什么……这是北平的宏大和世界化。”[①]林语堂不仅认为这是这座城市的品格，同时还认为这是北平“世界化”的体现，更提升了这种精神内涵的境界。老舍虽然没有直接评论北平的品格，但是也从空间布局的角度表露了同样的感受，即：“北平的好处不在处处设备得完全，而在它处处有空儿，可以使人自由地喘气……”老舍切入的角度与周、林略有不同，但其实是异曲同工，强调的仍然是精神的需求。

可以说，大气，是这座城市独具的魅力。一座城市让人感觉到“宽容与自由”，表明这座城市的百姓应该具有一种可贵的品格，即尊重他人的隐私。这是北平长年作为帝都而百姓“训练有素”呢？还是这里的百姓天生就具有包容一切的胸襟呢？这不禁让人感叹集体无意识力量的伟大！这座城市里的诸多生活细节也向世人宣示着它所独具的自由与闲适。

“提笼架鸟”由满族八旗子弟和太监们的专属爱好，演变为普通人的休闲放松方式，可见其中乐趣无穷。汪曾祺以《北京人的遛鸟》[②]和《听遛鸟人谈戏》[③]等文，描述了那些爱鸟爱戏的北京人的生活状态。作者说，养鸟、遛鸟都有许多的学问。鸟是不遛

---

① 林语堂：《迷人的北平》，姜德明编《北京乎——现代作家笔下的北京》，三联书店1992年版，第457页。

② 汪曾祺：《人间草木》，江苏文艺出版社2006年版，第314页。

③ 汪曾祺：《听遛鸟人谈戏》，《汪曾祺全集·散文卷三》，北京师范大学出版社1998年版，第210页。

不叫的，所以“鸟必须习惯于笼养，习惯于喧闹扰嚷的环境。等到它习惯于与人相处时，它就会尽情鸣叫。这样的一段驯化，术语叫做‘压’。一只生鸟，至少得‘压’一年”。有的鸟主人训练出的鸟，除了能叫自己的声，甚至还会学山喜鹊、大喜鹊、伏天、苇乍子、麻雀打架、公鸡打架、猫叫、狗叫。养鸟，既要听叫，还很看重相貌。除了鸟本身，鸟笼也是很有讲究的。“鸟笼分圆笼、方笼两种。一般的鸟笼值一二十元，有的雕镂精细，近于‘鬼工’，贵得令人咋舌。——有人不养鸟，专以搜集名贵鸟笼为乐。鸟笼里大有高低贵贱之分的是鸟食罐。一副雍正青花的鸟食罐，已成稀世的珍宝。”

80年代，汪曾祺曾经每天流连于玉渊潭公园，在那里他遇到了那些遛鸟人，而他们大多还爱听戏。汪曾祺敏锐地发现了遛鸟与京戏之间千丝万缕的联系，写出了视角别致的《听遛鸟人谈戏》。全文通篇是对话。他们评论戏的好坏，也拿鸟说事儿：

> “您瞧我这只画眉，叫得多好！像谁？”
>
> 像谁？
>
> “像马连良！”
>
> 像马连良？！
>
> 我细瞧一下，还真有点像！它周身干净利索，挺拔精神，叫的时候略偏一点身子，还微微摇动脑袋。
>
> “潇洒！”
>
> 我只得承认：潇洒！

如此以鸟喻人，连汪曾祺都替京剧演员觉得悲哀。但也可以这么说，这些遛鸟人对鸟和京剧都有着深刻的了解，还能融会贯通，形成一套自己的理论。他们对鸟叫的要求，也比照着唱戏的。画眉叫，就跟唱戏一样，“有的嗓子宽，有的窄，有的有膛音，有的干冲！不但要声音，还得要‘样’，得有‘做派’，有神气”。如此评论，让人感到北京的遛鸟，也有学问，闲适中也有文化。遛鸟固然是北京闲适生活的一个缩影，但是这种既玩儿就要玩儿得精致的思维方式，透视出北京人文环境的宽松与自由，归根到底还是她“可以使人自由地喘气……”街边随处可见的下象棋的一堆儿一堆儿的人，他们如果不觉得这个地方让人“安心”的话，哪儿有兴致去“闲适”呢？！

钱歌川曾经深情地说：“你如果不打算在北平久住，你必得在一年以内离开，否则便永远莫想离开那里。”[①]人们对于老北京的那种依恋，可能有多种原因，但是老北京的民风民俗对人的吸引力应该是毋庸置疑的。

“在北京人身上，既可以感受到北方民族的粗犷，又能体会出宫廷文化的细腻，既蕴涵了宅门儿里的闲散，又渗透着官府式的规矩。”既有无处不在的礼仪，又有无处不在的闲适与自由，她将二者有机地调和在一起，让人对礼仪不生厌，对自由懂得珍视，这可能就是北京城的魅力之一。

人们提起北京，愿意叫它“京城”，而不是“北京市”，即使现在的北京早已没有了城墙。因为“市”只是一个行政区划，而“城”里面所蕴含的意味就丰富的多，它有极大的感染力和包容力。北京人讲究礼仪、大气、有人情味儿，有文化气息等，构成了北京城独特的气质。

---

① 钱歌川：《飞霞妆》，姜德明编《北京乎——现代作家笔下的北京》，三联书店1992年版，第494页。

散文家笔下的北京名胜古迹

名胜景观，几乎一走进中国文人的审美视野，就和文学紧密结缘。自然山水、历史古迹、人文景观，在散文作家笔下，成了饱含着文化底蕴的因子。通过他们那一支支妙笔，名胜景观被熏染得绮丽斑斓、灵气十足。其山川，则雄、奇、险、峻、幽；其园林，则恢弘、玲珑、曲巧；其寺庙，则幽静、平和、空灵……散文作家以其敏锐的感官，捕捉名胜景观那独特的风韵，形成了“物我同构”的审美思维。

从散文家不同的视角去透视名胜景观，这些景物的多样气质和风采也被逐渐挖掘出来。这些文人笔下的景观，不再是孤立的建筑群，而是浸染着城市精魂的象征物，是作家对这座城市的关怀与牵挂。只有文化的指向，才能牵出一个城市的品格与味道。

皇家气派

北京，自明代开始到清王朝结束，一直是封建王朝的都城。作为明、清两代历史悠久的古都，它有着别的城市难以比肩的独特气质。

著名女作家王安忆在其散文《两个大都市》中将北京与上海进行了比较，她认为这两座城市的首要不同就在于“大与小”。诚然，北京是“大”的一方，不论是从北京的马路、楼房，乃至天空和风沙来看，体积都是上海的数倍。她举例说道，“北京的天坛和地坛就是让人领略辽阔的，它让人领略大的含义。它传达‘大’的意境是以大见大的手法，坦荡和直接，它就是圈下的泱泱然一片空旷，是坦言相告而不是暗示提醒”。[①]再有，北京是个特别讲究

---

① 王安忆：《两个大都市》，《那城——文化名人眼中的中国名城》，中国华侨出版社2007年版，第30页。

方向的城市，街道、胡同、房屋基本都是正南正北、正东正西的。北京人指起方位来，也从不用前后左右等模糊的概念，而永远说东西南北。这是因为北京城方方正正，只要认定基本方向，准能到达目的地。唐弢还认为北京颇有“奇气”，他所说的“奇气”就是一种大而化之、傲视千里的气概——“它是历代帝王的禁苑，衣冠文物，名士骨董，比之西湖山色，牯岭云雾，更足以供人赏鉴”。①

北京的“大”与“奇气”表现在名胜景观上，就是一种博大雄浑的气势。气势雄伟的人文古迹在北京比比皆是，故宫、天坛、颐和园、社稷坛等都是人们众所周知的宏丽建筑。皇家气派，是北京这些名胜景观最突出的特征之一。而这种气质，首先表现为景观设计与布局的雍容大气、典雅庄穆。谢冰莹曾在《北平之恋》一文中，由衷地赞叹：“颐和园、景山、太庙、中南海、北海、中山公园、故宫博物院、天坛、地坛……这些历史上的古迹名胜又伟大又壮观，使每个游客心胸开朗，流连忘返。”②

拿园林景观这一方面来举例，作为皇家园林的北海公园，无疑是大手笔园林设计的典范。北海的布局不是随意为之，而是根据中国古老神话而来的。传说仙界的宫苑分“一池三山”，即“一池”东海，“三山”蓬莱、瀛洲、方丈。北海严格按照这个模式建造，“一池”是太液池，“三山”就是琼花岛、团城、犀山台。在这种建筑格局之下的园林，自然就多了一份庄重的气质。相比北海公园的严格布局，苏州园林的布局可就没那么多典故可循。它也不讲究对称，庭院回廊的设计极少有重复之处。苏州园林也有假山和池沼，“假山的堆叠可以说是一项艺术而不仅是技术。或者是重峦叠嶂，或者是几座小山配合着柱子花木，全在乎设计者和匠师们生平多阅历，胸中有丘壑，才能使游览者远望的时候仿佛游览宋元工笔云山或者倪云林的效颦，攀登的时候忘却苏州城市，只觉得在山

① 唐弢：《关于游览区》，《唐弢文集》第1卷，社会科学文献出版社1995年版，第111页。
② 谢冰莹：《北平之恋》，《读城——大师眼中的北京》，中国华侨出版社2006年版，第41页。

间”。[1]

在苏州园林中游览，能忘记身在苏州城，但在北海公园中游览，却能感受到整个北京城的博大。北海里最著名的建筑物白塔，坐落在一个山顶的大型平台上：“巨大的塔身，沉郁，厚重，遮住半个天。在白塔身旁，居高临下，俯视京华，气象万千。环抱白塔的北海，是面擦得锃亮的大镜子。整个北京从四外托着这面大明镜，笼罩在淡淡的白烟里。中南海的湖光烟树对面相望；故宫化作一面黄琉璃瓦的海洋；西山黛色，若有若无。环顾天宇低垂，陷到脚下。这时，谁不万虑俱消、心旷神怡呢！”[2]

再看看两朝皇帝的宫殿——紫禁城，它的内廷设计极有讲究：“内廷的布局仍是采用左右对称的格式，并且在部署上象征天上星宿等等。例如内廷中间的乾清、坤宁两宫就是象征天地，中间过殿名交泰，就取‘天地交泰’之义。乾清宫前面的东西两门名曰日精、月华，象征日月。后面御花园中最北一座大殿——钦安殿，内中还供奉着‘玄天上帝’的牌位。”[3]内廷，是封建皇帝和其家族居住、办公的地方，所以内廷在建造上就借鉴了许多古代传统的设计理念，它严格依照皇家“天人合一”的观念，借助谨细布局来强调皇帝“九五至尊”的崇高地位、“至高无上”的掌控权利。除了这些宫殿，故宫内还设有御膳房、御马棚、各种库房和值班处，以及赫赫有名的南书房和军机处等服务单位。这些建筑物恰恰成为了皇帝劳役百姓的证明场所，透过它们也可以看出封建社会残酷的等级制度。

皇家气派，除了表现在名胜景观的设计布局上，也表现在建筑群落的用色选择上。北京的景观，尤其是封建君主的行宫等建筑，

---

① 叶圣陶：《〈苏州园林〉序》，《中国风景散文三百篇》，华夏出版社1992年版，第404—405页。

② 余大吉：《湖光塔影游北海》，《中国风景散文三百篇》，华夏出版社1992年版，第29页。

③ 林徽因：《我们的首都》，《林徽因经典全集》，武汉出版社2010年版，第359页。

大多采用红墙黄瓦或红墙蓝瓦等配色方案，颜色正统鲜艳，色差度对比强烈，放眼看去非常惹人注目，让人不由自主地产生些许敬畏之感。以旧时皇帝的祭天之所“天坛”为例，坛内祈年殿围着一道宫墙，祈谷坛三层“皆以白石叠砌，每层均围以石栏杆，祈年殿居正中，上下三层，周以红柱，上盖天蓝色琉璃瓦，内铺金砖，正中有天然龙形方石一块，富丽堂皇，真天下之奇观也”。[①]而南方的一些建筑群落，则很少使用对比强烈的颜色搭配，也很少使用彩绘。通常是淡灰色与白色相配，屋瓦和窗檐或是墨黑或是浅灰，颜色对比柔和、不抢眼，一派安静闲适的姿态。

皇家气派，不单单表现在景观的雄伟设计与鲜艳用色上，也表现在景观背后所体现的包容和谐的北京文化精神。

包容与和谐，是两种非常珍贵的品格。对于人来说是如此，而对于一座城市而言，更为重要。包容，是一种有容乃大的气魄，是一种刚柔兼济的气度，更是一种多元并生的气势。和谐，是一种天人合一的观念，也是一种协调万物的智慧。

北京城的整体建设布局齐整得犹如棋盘，以紫禁城为中心，格局对称，前有天安门，后有地安门，有钟楼、鼓楼二楼，四面又环绕着天、地、日、月四坛。街道则分东单、西单。另外，北京全城的街道布局也是笔直交错，当然也会有一些斜街，但都被北京人分别取了雅致悦耳的名称加以区分。京城特有的胡同，也被依次编好号码，抑或是起个容易记忆的名称。在其名胜景观中，红墙黄瓦的皇家宫殿、幽静空明的古刹寺庙、奇峭玲珑的私家园林，乃至旧式府邸、满人庭院、藏式佛像等，都能在北京这块布局方正的土地上找到属于自己的位置。林语堂对此有过一个形象的比喻：“北京像一株富态的老树，根脉深入地下至今枝繁叶茂。成千上万的昆虫生活在它的树荫下，寄生于它的干枝上。”[②]

① 盛平：《北平的天坛》，《北京读本》，华东师范大学出版社2010年版，第99页。

② 林语堂：《北京颂》，《百年美文——地域卷（上）》，百花文艺出版社2008年版，第5页。

说到北京的古都身份，就必定要提到作为其象征物的皇家宫殿——紫禁城，或称“故宫”。抛开它的历史渊源不说，单就其建筑本身而言，就是一件雄伟绮丽的人文古迹。故宫之美，不仅在于它那雄伟恢弘、傲视万顷的气势，还在于它那囊括万千的结构布局以及对多样艺术的兼收并蓄。紫禁城的建筑，“从结构布局，乃至一雕一绘，都在体现着封建宗法制度的森严统治，象征着‘天子至尊’‘皇家富贵’的意识”[①]，然而在化作建筑美时，它还“铸进创造者的个性、气质和才华，从而带上我们民族的力量、智慧和气派”。[②]午门、太和门、乾清门、神武门，绵延成一条笔直的子午线，而皇帝的办公御座就坐落在这条子午线的中央；其后的中和、保和与太和殿依次排列连成一组，东西六宫依傍其左右。在这如此严谨对称的设计中，又能保有楼台参差、亭榭错落、假山池塘相映等变化万千的建筑艺术设计，不禁让人惊叹紫禁城的包容博大与和谐统一。整体宫殿的富丽堂皇，与皇家园林的幽静精巧，近乎完美地达到了相得益彰的效果。

紫禁城不仅将宏大有序与清幽玲珑两种风格巧妙地协调安置，还将人文与自然、传统与现代融合在一起。

“走进一座八角洞门，但见危石杂立，丛树披拂，数竿翠竹迎风曳姿。当年乾隆读书的竹香馆，便在这山石竹树的掩映之中。馆之南北，皆有爬山虎廊子与两端的楼阁相连。在这幽雅的小院里，可欣赏园中山石花木，亦可眺望园外的殿脊阁檐，时时有声声鸟鸣，更添清幽之趣。”[③]在这庄严宏丽的宫殿中，这方山石花木的自然风景设置，犹如画龙点睛的一笔，巧妙地增添了闲适清幽的氛围。至于传统与现代，老向在《难认识的北平》中写道：“他似乎

① 佘树森：《紫禁城，东方的艺术之宫》，《中国风景散文三百篇》，华夏出版社1992年版，第14页。

② 佘树森：《紫禁城，东方的艺术之宫》，《中国风景散文三百篇》，华夏出版社1992年版，第14页。

③ 佘树森：《紫禁城，东方的艺术之宫》，《中国风景散文三百篇》，华夏出版社1992年版，第16页。

什么也能融化，什么也能调和，所以，在皇宫巍然矗立的旁边，可以存在着外国的租界，也可以存在着比乡下还不如的小胡同。一墙之隔，可以分别城乡，表示今古，而配合起来却又十分自然。”[①]这是历史的缘故，将传统与现代两种建筑物并置在一起。近几年来逐渐崛起的高楼大厦与那些纵横交错的立交桥，纷纷将威严富丽的皇家宫殿包围在内，无怪乎让人们惊叹其包容与博大。在这里，仿佛没有时间和空间的严格界限，它将古今并含、新旧兼容、自然人文相应，任何冲突与矛盾似乎也可以被它协调妥帖。紫禁城就像一位老成稳健的长者，将传统与现代包揽在怀，将两者迥异的格调和气息协调地纳入掌中。

李健吾在《北平》一文中，形象地描绘了这种包容的文化精神：“这里没有古刹的幽沉，租借的喧嚣，年轻人宜于读书，老年人便于休养。壮年人离开这里，走向人世的战场。失败了回来，它安慰你；胜利了回来，它把你需要的安逸给你。但是壮年的时候，你不要到这里来，你一不小心，它会吸了你去。它是一座摇篮，也是一座坟墓。每一个人都有一个故乡。北平是你的第二故乡，你精神的归宿，所以是一个理想的故乡。”[②]城如其人，景观背后所蕴含的和谐与包容的北京文化精神，也充分体现在人们的生活方式上。在这里很自由，人们可以按照自己的意愿去工作、学习、娱乐。没有人会横加干涉，没有人会多加评点。如果你有空闲愿意逛逛公园，那么北京城内的所有公园都会向你敞开大门，随你挑选；你可以坐在石阶上，慵懒地看看蓝天，或是慢慢浅酌一杯香茗，让古都的气息在茶叶间慢慢发酵；你也可以逛逛圆明园，看看凄凉惨淡的巨石残栋，追忆一段八国联军烧杀抢掠的屈辱历史；在途经颐和园之际，你可以泛舟湖上，欣赏远处青山和近处桥洞的风光，或是在荷塘杨柳岸边，吹吹风，感受这方小天地的清幽适意。萧乾曾

---

① 老向：《难认识的北平》，《百年美文——地域卷（上）》，百花文艺出版社2008年版，第16页。

② 李健吾：《北平》，《百年美文——地域卷（上）》，百花文艺出版社2008年版，第37页。

说过："人有人格，国有国格，一座城市也该有它的市格。"[1]一座城的文化与风格，必然会影响到在城市生活的子民。我想，包容与和谐，一定可以成为北京城的"市格"之一。

历史底蕴

作为明、清两代的帝都，北京毋庸置疑有着悠久的历史。在这里，一殿一宫、一院一庭、一阁一楼，甚至一山一石都有着源远流长的故事。从帝王行宫、皇家寺院，到名人故居、私人宅邸，都续接着历史，传沿着文化。厚重的历史底蕴与深厚的文化积淀，是北京名胜景观的又一重要特征。

坐落在北京外城中线东边的天坛，在过去是封建帝王每年进行祭天和祈祷丰年的地方，它是封建社会愚民与迷信的象征，也是古代劳动人民用血汗与智慧创造出来的一件艺术珍品。在今天看来，它有着艺术和历史的双重价值。圜丘是"祭天"的大坛，"坛三层，皆以白石砌成，最下层阔二百尺，最上层八十五尺，中层一百四十二尺有奇。第一层白石栏杆一百八十，第二层一百零八，第三层即最上层七十二，共计三百六十，合一年三百六十日，暗合周天三百六十度。全部建筑俱有几何学的确切，以及其他特色有数字象征之意义，坛基各分三层，积九成数，坛中无处莫非九……"[2]"九"这个数字在中国封建社会一直是吉祥尊贵的象征数字，九天、九州、九畴、九族，乃至九九岁寒图、九章算术等等，都有一个"九"字。由此可见，"九"在中国古代文化中占据着重要地位。

与天坛遥相对应的社稷坛，也是封建帝王祭祀的场所，天坛祭天而社稷坛祭大地。祭天，是为了祈求风调雨顺；祭地，则是为了祈求耕地肥沃。但不管是祭天还是祭地，最终的目的都是为了这一

---

① 萧乾：《北京城杂忆》，《百年美文——地域卷（上）》，百花文艺出版社2008年版，第58页。

② 盛平：《北平的天坛》，《北京读本》，华东师范大学出版社2010年版，第100页。

年能够庄稼大丰收。

仔细想一想这社稷坛的来历，就让人不由地涌起一股思绪万千、无法排遣的感慨。古代思想家们对着浩瀚的星空、澎湃的江海、辽阔的大地进行思考，他们亲眼见证了日月交替、江河流淌、万物枯荣、四时更迭，参悟出“五行”的观念。于是在“东、西、南、北”四方位之外，又加入了“金、木、水、火、土”这五行，共同构成了古代最古老的方位与元素的思想。审视这个根据“天圆地方”和“四方五行”观念设立起来的社稷坛，再摸一摸五种颜色的泥土，就仿佛穿越千年的光阴，触摸到了古代社会那跳动不息的智慧脉搏。若没有这方泥土所代表的大地，没有在这大地上辛勤耕耘的劳动人民，就不会有这座祭坛，也不会有富丽堂皇的宫殿，甚至更不会有北京这座城市的历史与文明！

天坛和社稷坛展现了古代社会文化与先人智慧，国子监则向人们传达了一段封建学堂的历史。舒乙曾在文中写道：“国子监是元、明、清三代的最高学府，其地位大致相当于今日的北大、清华，甚至还有过之。因为，过去的皇帝们，每一位继位后都必须亲自到国子监来讲学。”[①]汪曾祺在《国子监》一文中则介绍了国子监学生的日常学习生活：“学生主要的功课是读书、写字、作文，国子监学生——监生的肄业、待遇情况各时期都有变革。到清朝末年，是每隔六日作一次文，每一年转堂（升级）一次，六年毕业，学生每月领取助学金（膏火）八两。”[②]国子监有许多碑刻，数量最多的便是清代蒋衡所写的一套石刻的“十三经”，中国历来就有把文章刻在石头上的传统，石刻经书始自汉代，虽然历朝都有刻经的传统但并不完整，国子监里的这份“十三经”石刻应该是现存唯一完整的。这部石刻书“经精心校对，篆刻在189块大石头上，立

---

① 舒乙：《发现北京——舒乙眼中的北京》，中国城市出版社2009年版，第30页。

② 汪曾祺：《国子监》，《读城——大师眼中的北京》，中国华侨出版社2006年版，第260页。

在国子监的教室里，当作学子们每天必读的经典课本”。[①]

在国子监里，还有一处重要建筑叫“辟雍”。辟雍者，天子之学也。它是国子监的核心，是由清代乾隆皇帝创建的。关于它的建造，还有一段历史可循。舒乙在《“辟雍”之美甲天下》中曾说道，辟雍是源于周天子设计的大学：“辟即璧，璧玉、白玉；雍即水中小岛。简而言之，建成四面环水状，像璧的样子。”[②]以前的皇帝就想要建造它，但都因为没有水而作罢。直到乾隆帝这，他下令打了四口井，从井里把水汲上来，从暗道里注入，通过四个龙头，喷到白石砌成的水池里，这才完成了“辟雍”的建造。皇帝在这里讲学，有个盛典，就叫做“临雍”——“二、八月里，祀孔释奠之后，乾隆来了。前面钟楼里撞钟，鼓楼里擂鼓，殿前四个大香炉里烧着檀香，他走入讲台，坐上宝座，讲《大学》或《孝经》一章，叫王公大臣和国子监的学生跪在石池的桥边听着，这个盛典，叫做临雍。”[③]如今，这天子讲学的盛典早已不复存在，国子监却作为古代封建学堂的历史古迹保留下来，供后世瞻仰。

坐落在广安门外西南方向的卢沟桥，是北京伟大工程之一，也是著名的“燕京八大景观”之一。它不仅在中国，乃至在世界上，也是非常有名的大石桥。这座桥最早建造于金代，敕命“广利”，马可波罗于元代初年间来游中国之际，就看见了这座雄伟的工程，并在他的游记里赞美过它。马可波罗记载为“普利桑干”，而欧洲人则都称其为“马可波罗桥”。卢沟桥上的石狮子无疑是众多文人笔下描绘的对象，整座石桥“长约二百四十步，下分十一个大洞，两侧皆有一百四十根石栏雕柱，每一根雕柱上，都蹲着一个大石狮子，在大石狮子身上，又背着三个小狮子”。[④]这些大狮子形态

---

① 舒乙：《发现北京——舒乙眼中的北京》，中国城市出版社2009年版，第35页。

② 舒乙：《发现北京——舒乙眼中的北京》，中国城市出版社2009年版，第30页。

③ 汪曾祺：《国子监》，《读城——大师眼中的北京》，中国华侨出版社2006年版，第258页。

④ 谢冰莹：《卢沟桥的狮子》，《中国风景散文三百篇》，华夏出版社1992年版，第91页。

各异，有的手里抱着一只小狮子，有的胸前趴着一只，或是脚底下踩着一只。而每只小狮子也是仪态万千，“或仰或卧、或笑或怒，都各有不同，惟妙惟肖，到了这里，你不能不佩服我国古时艺术的精巧、细致、伟大”！[①]在桥的两端，一个大乌龟拖着一块石碑，“上面刻着修建卢沟桥的年代及历史。还有四根石柱，上面雕刻着四条龙，里面有一块大碑，刻着乾隆皇帝的御笔：‘卢沟晓月’四个美丽而富有诗意的字”。[②]

除却卢沟桥自身建筑的悠久历史，它还承载了中国近代一段被异族侵略的屈辱历史。震惊中外的“七七事变”，就在这里打响。这场交织着中华儿女鲜血与不甘的屈辱历史，永远定格在了石桥之上，也铭刻进了每一个中国人的心里。俯视石桥下奔腾咆哮的河水，黄浊又捎带深红的颜色，似乎在提醒着人们勿忘国耻，勿忘当年那些为国捐躯的英勇战士。“我又想着天下最有功德的是桥梁。它把天然的阻隔联络起来，它从这岸渡引人们到那岸。在桥上走过的是好是歹，于它本来无关，何况在上面走的不过是长途中的一小段，它哪里知道何者是可悲可恨可泣呢？它不必记历史，反而历史记着它。”[③]因而人们永远无须担心卢沟桥会被忽略、被忘记，因为中国永远不会遗忘这座桥承载的那段交织血泪与屈辱、沉甸甸的历史。

寺庙也是名胜景观的重要组成部分，在北京，任何一座有一定历史的寺庙都有它的文化价值，有一堆老故事，有一套民间传说，有宝贵的文化艺术遗迹。

坐落在北京西郊的碧云寺，据孙星衍的《京畿金石志》记载，始建于1188年，碧云寺碑和两个刻着梵文的经幡都放置在寺中。寺里的建筑物大多是明代的遗物，“从现存的嘉靖九年造的钟，天启

---

① 谢冰莹：《卢沟桥的狮子》，《中国风景散文三百篇》，华夏出版社1992年版，第91页。
② 谢冰莹：《卢沟桥的狮子》，《中国风景散文三百篇》，华夏出版社1992年版，第92页。
③ 许地山：《忆卢沟桥》，《读城——大师眼中的北京》，中国华侨出版社2006年版，第138页。

四年造的磬，还有崇祯二年造的钟，都可以看出明代历朝对碧云寺都有扩建。正殿的释迦牟尼文殊普贤大势至阿难陀塑像都是明朝塑的，表情生动，线条灵透，人物显出是中国人的脸型，最能表现当时雕塑的风格。正门两厢塑的二金刚力士像和二殿的弥勒佛像都是正德时代造的，已经有四百多年了”。[①]佛教文化结合明清建筑，形成了碧云寺宝贵的历史文化积淀。在北京，就连一座小小的、丝毫不起眼的慈善寺也有着自己的故事。寺中一位著名疯和尚的衣冠冢立在一座古塔里，“这位疯僧圆寂后，他的肉胎坐像供放在寺的后殿里。据说长得很像顺治皇帝，于是，民间便有了‘顺治皇帝出家在天泰山’的传说”。[②]这样的传说自然为这座寺庙增添了不少神秘色彩，相传，慈善寺在历史上香火很旺，也许跟那座和尚的肉身坐像、塔冢以及种种演义故事，大概都是其香火不断的原因吧——“如今，坐像已经荡然无存，塔却依然挺立，仍然可以为民间故事提供‘话头儿’，足以证明，这里满地都是文化！”[③]

德国的伟大诗人歌德曾经说过，大自然是最伟大的一部书，它每一页的字句，都能向你传达出最深奥的启示。脚踏藤蔓，手攀岩壁，沿着蜿蜒崎岖或盘旋交错的山间小径寻古探幽之际，就仿佛正踩在一页一页古老北京城的自然人文巨著之上。除去天坛社稷坛、国子监、卢沟桥、寺庙等人文古迹，一些北京自然景观背后也蕴含着丰厚的历史文化。北京西郊著名的香山，就见证了北京一段屈辱与愤怒的往事。咸丰十年和光绪十八年，英法联军和八国联军曾经先后侵占过北京城，在抢掠过财物以外，他们又相继焚烧了圆明园和颐和园。他们从香山上山“又毁掉了许多名胜，所谓二十八景成了一片废墟，香山寺仅剩一点残迹，琉璃塔也射不出光彩，眼镜湖则成了一团泥坑，甚至许多流泉也都堵塞了。到了民国，情况也没

---

① 端木蕻良：《香山碧云寺漫记》，《中国风景散文三百篇》，华夏出版社1992年版，第62页。

② 舒乙：《发现北京——舒乙眼中的北京》，中国城市出版社2009年版，第167页。

③ 同上。

有好转。如果说有什么修建的话，那也只是一些军阀官僚和富商大贾们筑的别墅。但正因为这里有他们的别墅，这块名胜地也成为了他们的私产，不准人游览”！[①]香山，俨然成为了中国近百年历史的一个缩影，体现了中国人在近代所受到的屈辱和苦难。

生活在一座具有如此丰厚历史文化底蕴的古都，北京市民能够在欣赏优美自然景观与人文古迹的同时，获得名胜景观背后的文化知识、感受到静态景物中所蕴含的深沉与哲理。而这些景观背后的历史文化底蕴，则深深影响了北京人的生活与心态。住在城内的居民，不论职业贵贱、社会身份高低，介绍起老北京的历史典故和奇闻轶事，都能说得头头是道，如数家珍。他们尊重传统，守礼守矩，对老一辈的文化总是有一种强烈的认同感和自豪感。

雅俗相彰

城市是有味道的，对于一座城市的最深刻记忆就是一种对于味道的牵连。但是人们对于城市的人和景物，常会因为司空见惯的原因而磨钝了感觉，只有用一双好奇的眼睛来看周围，才能捕捉到整个城市的韵味和风姿。

对于北京这座城市而言，它有的是一种雅俗相彰的味道。所谓“雅”，是指这里的名胜景观有着丰厚的历史文化底蕴和清新流丽的自然风韵，形象地说，就是一种盘旋萦绕的古书卷气和清新的青草香。所谓“俗”，当然不是指粗俗不堪，而是指一种浓厚的市井生活气息，一种扑面而来的随和与适意。

北京城的“雅景”举不胜举，如若想逛一逛北京城内的有名景点，永远无需忧心时令节气等因素，因为北京名胜景观是四季皆宜的。若是在春天，可以去北海公园转转：“只觉得水阔风高，天空撕掉铅灰色幕布，一碧如洗，映衬得白塔分外洁白。湖水茫茫，早已解冻，绿得发蓝。远望琼华岛上青松翠柏，郁郁苍苍。走进才发

---

① 叶君健：《香山的红叶》，《中国风景散文三百篇》，华夏出版社1992年版，第69页。

现，在参天古松、古柏下面，绿烟花雾连绵不断，吞没琼楼玉宇、弥漫全岛。一树树桃花红艳艳的，喷火蒸霞一般，丁香花在几丈以外，清香袭人。鹅黄的、粉白的，杂花丛树，明亮耀眼。岸柳吐翠，枝条纷披，微带醉意斜飞，宛如少女听凭好风吹于一头秀发。踏遍琼岛，处处洋溢着一派生机；亭台楼阁，个个染上一团喜气。游人之多，不亚于山间石头。在花丛中，树林间，眼见蜂喧蝶舞，耳听好鸟乱鸣，身上带着春阳的暖意，心中如痴如醉。”①这是北海公园的景色，一派春和景明、清风朗朗、斑斓多姿的景象。

如果是在暑热难当的夏日，欲寻个凉快的景点，可以到龙庆峡走一走，一览北京山峡溪涧的风光。龙庆峡的水，不像漓江那样悠长，也不似三峡那般开阔，“它只是温柔，微澜不惊，涟漪轻皱，叫人怀疑它好像从来没有波涌……‘何处梅花笛，谁家碧玉箫？’龙庆峡的幽谷清流会飘响美妙的音籁”。②苍山古幽，除去泛舟游水的乐趣，龙庆峡的妙处还在于可以使人们体味“闲上山来看野水，忽于水底见青山”的宋人诗意：“你可以下棋、品茗、弹琴、谈诗文、聊轶事、唱京戏——应是正宗腔曲，极地道的皮黄板眼，且韵味悠悠。”③谷风习习，翠红千片，渔鼓而歌，壶觞以舞，十里杏花香雪海，千里丝竹声凝碧。这种自然风光的“雅味儿”，自有万般风情。

北京还有最负盛名的秋景，郁达夫、张恨水等文人都曾在笔下称赞过北京的十月金秋。在这个“秋风秋雨愁煞人”的节气里，最佳游览景区当然是香山了，因为那里有美丽的香山红叶。香山“枫树特多，几乎漫山遍野都是。气候变冷，打了几次霜，叶子自然也变了颜色：起初变得有点发黄，但它却不是由黄而变得苍白；相反，它却逐渐变红，远看却像一朵朵盛开的红花，由于‘红花’

---

① 余大吉：《湖光塔影游北海》，《中国风景散文三百篇》，华夏出版社1992年版，第28页。
② 马力：《龙庆峡赋》，《中国风景散文三百篇》，华夏出版社1992年版，第89页。
③ 马力：《龙庆峡赋》，《中国风景散文三百篇》，华夏出版社1992年版，第90页。

开得密，那些苍褐色的枝条也看不出来了。这景象给人的感觉不是‘一年快完’了，而是‘全盛时期’正在开始”。[①]北京还有中秋赏月的好去处，就是去卢沟桥，欣赏被誉为著名“燕京八景”之一的“卢沟晓月”。钟敬文在《夜游卢沟桥》中，专门有写到自己为了欣赏桥上的月色，特地停留在桥的西头：“这时候，那颗上部有些瘦削了的下弦月，正在灰蓝的东空上慢慢升起。它的光辉斜照在桥右边的河床上，成了一道灿烂的金柱。那附近的水波，也微带着金光。两岸的枯树，都把自己淡黑的长影子写在银灰色的土地上。那些沙洲上的残雪和远处的西山上的雪，一齐微弱地反射着白光。大家晓得‘老残游记’里有一段描写山上雪月交辉景象的美妙文字。现在这月光映照下的西山雪景，尽管没有刘铁云所记的那样明丽，可是，这种比较幽深的景色，也别有一番韵致。”[②]

如果是在寒冷的冬天，想溜冰的可以去什刹海，不想剧烈运动的可以是去陶然亭公园，安静地欣赏北京银装素裹的景色，感受一下冬季北京的寂静。为此，俞平伯曾经专门写过一篇《陶然亭的雪》：“那户外的尖风呜呜的独自去响。倚着北窗，恰好鸟瞰那南郊的旷莽积雪。玻璃上偶沾了几片鹅毛碎雪，更显得它的莹白不滓……窗外有几方妙绝的素雪装成的册页。累累的坟，弯弯的路，枝枝桠桠的树，高高低低的屋顶，都秃着白头，耸着白肩膀，危立在卷雪的北风之中。上边不见一只鸟儿展着翅，下边不见一条虫儿蠢然的动，不用提路上的行人，更不用提马足车尘了。”[③]

北京的自然景观表现出“雅”之清新流丽、灵秀隽美，而一些历史古迹则隐隐地显露出另一番“雅”之韵味——源自历史底蕴的含蓄内敛、端庄敦穆。

坐落在北京石景山区的承恩寺，不因寺院建筑设计而闻名于

---

① 叶君健：《香山的红叶》，《中国风景散文三百篇》，华夏出版社1992年版，第68页。

② 钟敬文：《夜游卢沟桥》，《钟敬文散文选集》，百花文艺出版社2004年版，第108页。

③ 俞平伯：《陶然亭的雪》，《如梦令——名人笔下的旧京》，北京出版社1997年版，第59页。

世，却因寺内的明代壁画为人所知。寺内壁画的主题始终围绕着人物，既是宗教的也是世俗的，它的人文价值非常可贵。最著名两幅壁画，描述的“放生”和“放飞”的故事：“西边的是放鱼、放虾、放蟹回归河流；东边的是放鸟回归天空，把鸟由鸟笼中解放出来，放它们在高空飞翔。画上人物在东西两面各有八人，共有十六人。比例比真人略小。两边的主角同是皇帝和皇后，各由六位侍女陪伴。”[①] 这故事虽源自佛教不杀生和放生哲学，但也符合人类“与自然和谐相处”的发展理想。明代所作的壁画，经过千百年的时间流转，没有被风雨侵蚀也没有被人为破坏，而是悄悄地静挂在寺院中，等待后世的人发现它，发现它的历史与价值。

北京名胜景观的魅力，固然在山清水秀中，在亭榭楼台间，在丰富无穷的历史文物上，却也在普通人生活的胡同街道、市井院落里。因为那里有极平常极凡俗的日常生活，有北京人更亲近、更人生化的北京“俗”文化。这种“俗”不是难登大雅之堂的粗俗、鄙陋，而是一种贴近人心的“接地气儿”的市民景观。遍布城内的名人故居和京师会馆就是北京独特的城市人文景观，它们见证了这座城市的变迁，目睹了历史演变的沧桑，它们已然成为了北京“俗”文化的组成因子。

齐白石故居位于西城区跨车胡同13号院，这座宅院原为木结构砖房四合院，三件北房就是当年的“白石画室”，因屋前有铁栅栏，又称铁棚屋。在院子里的一间屋子里，曾经存放过齐白石专门为自己准备的一口棺材，而且“他曾经自己刻了一枚图章‘四不怕’，并在边款上特地说明‘四’与‘死’谐音，‘四不怕’也就是‘死不怕’。成名之后的齐白石在抗战期间，拒绝向敌伪头目出售自己的画作，即体现了一种令人敬佩的‘不怕死’的精神”。[②] 据悉，齐白石还在自家小院儿的门口贴上了一张张纸条，“画不卖

① 舒乙：《明代主题壁画惊现于承恩寺》，《发现北京——舒乙眼中的北京》，中国城市出版社2009年版，第80页。

② 刘勇：《北京历史文化十五讲》，北京大学出版社2009年版，第228页。

与管家，窃恐不祥”，“中外官长，要买白石之画者，用代表人可矣，不必亲驾到门。从来官不入民家，官如民家，主人不利。谨此告知。恕不接见”，等等。由这些只言片语，可见齐白石先生深厚的爱国情怀，以及作为一代绘画大师的高风亮节。

西城区丰富胡同19号，是老舍先生当年的宅院，他曾亲手在院子里栽下了两棵柿子树，因而其夫人还取名“丹柿小院”。“小院是典型的北京二进三合院风格，大门坐西朝东。一进二门有一块很少见的五彩小木影壁，院中正房（北房）三间，明间和西次间为客厅，东次间是胡洁青的卧室兼画室，西耳房是老舍的卧室兼书房。”[①]老舍先生在这里，度过了十六年的光阴，并写下了建国后一系列代表作，如《茶馆》《龙须沟》《正红旗下》等。在故居的陈列室里，还可以看到《四世同堂》在国内外的各种版本以及一些作品的手写稿。老舍先生在这座宅院里，用自己的笔书写着北京这座城市，他用饱含深情的目光，注视着生活在城内的各色市民。

“S会馆里有三间屋，相传是往昔曾在院子里的槐树上缢死过一个女人的，现在槐树已经高不可攀了，而这屋还没有人住；许多年，我便寓在这屋里钞古碑。客中少有人来，古碑中也遇不到什么问题和主义，而我的生命却居然暗暗的消去了，这也就是我惟一的愿望。夏夜，蚊子多了，便摇着蒲扇坐在槐树下，从密叶缝里看那一点一点的青天，晚出的槐蚕又每每冰冷的落在头颈上。”[②]鲁迅在《〈呐喊〉自序》里提到的S会馆，就是位于宣武门外南半截胡同的绍兴会馆，它是鲁迅北迁后的第一处居所。绍兴会馆原名“山会邑馆”，“山”和“会”分别是指当时绍兴管辖的山阴和会稽，后来两处合为一处，因而会馆改名为“绍兴会馆”。鲁迅孤身一人客居北平，而当时正值政治腐败、军阀混战、社会黑暗之际，他在

---

① 刘勇：《北京历史文化十五讲》，北京大学出版社2009年版，第233页。
② 鲁迅：《〈呐喊〉自序》，《鲁迅小说全集》，北京燕山出版社2011年版，第6页。

苦闷彷徨之际，唯有埋头抄录古碑，或者到琉璃厂旧书肆淘古书，或者到广和居吃小菜喝小酒，来排遣自己壮志未酬的苦涩与烦闷。好在，鲁迅最后还是走出了“铁屋子”，而这座绍兴会馆，则见证了一代文豪成长为“精神界战士”的过程。

北京名人故居和会馆，是呈现给世界的一张“北京文化名片”。即使我们无缘亲自拜访那些名人先贤，但幸而北京还拥有他们居住过的宅院，而我们则借助这些老房子感受他们流传下来的思想风貌与精神文化遗产。

如果说名人故居与会馆代表了一种阳春白雪式的“俗”景观，那么想要真正领略一把北京独特的市井风情，就一定要去什刹海走一走。什刹海的前海，有北京著名的荷花市场：“由会贤堂门前稍往南行，没有几步，就有一条由西北通向东南的大堤把前海一隔为二，大堤两旁都是老柳树，堤南堤北的水面，一进六月，新荷出水，渐渐就看不到水面，而全部是接天无穷碧的莲叶了。”①荷花市场就设在这条大堤上，会期一般是五月端午开始，七月中元盂兰会后结束。在荷花市场开市的时候，每到下午三四点钟，各色游人便纷至沓来。“簇拥着人群，其热闹处，还不全在大天棚下面的茶座上，论吃的，还有卖冰镇果子酪的、酸梅汤的、白花藕的。摆地摊的、掌柜的，剃着精光的头，穿着琵琶领的对襟白竹布小褂，把手里的冰盏敲得山响；卖切糕的、卖炸糕的、卖粮膏的，忙活着自己的摊子……论穿的、用的，有卖估衣的，在老柳下，一件一件地抖着，力竭声嘶地唱着，招引着看热闹的人……论玩的，有套圈的，最远中心处，摆着个大兔儿爷，是最好的彩头，引得孩子们，十个圈、二十个圈地买来套，但套来套去总是只能套两个小泥娃娃，那个大的则老是可望而不可即，最后只好不服气地说说笑笑地抱着小泥娃娃或皮老虎走开了。”②在什刹海里，既有厂甸的繁

① 邓云乡：《鲁迅与北京风土》，河北教育出版社2004年版，第148页。
② 邓云乡：《鲁迅与北京风土》，河北教育出版社2004年版，第150页。

华，却又无厂甸的杂乱喧嚣，即使是搬个小板凳，在老柳树下闲坐，听听水音与市声，看看往来人群，也颇得一番并生的野趣与谐趣。

名人故居与会馆，以及北京人常去的什刹海荷花市场，共同构成了北京的市民景观，关注这些与市民贴近的景观，实际上就是关注这些景观背后的北京民俗文化和北京人的生活方式。北京的市井俗味儿，需要细细地体味，慢慢地领略，最好能够亲自到那里去转一转，方能真正深刻体会其“俗”之精髓，它们作为一类特殊的人文景观，彰显着北京“俗”文化的独特魅力。

景物即人，景物的生活化、审美化，正是散文作家对名胜景观一种独特的文字诠释。他们居住在城里，审视着也分享着城市文化，他们又是作家、学者等知识分子，因而保有一份清醒的认知能力，能够把景观与人同时纳入客观的审视视野中。他们是定居者和观察者，在对景观进行审美观照的同时，也能赋予其一定的深刻寓意。景物与人的“看与被看”，一方面使得景物具有人的性格、城的文化，另一方面也促使人们得以看清自己、认知自己，使一座城市的文化得以发展向前。静态的名胜景观等待着无穷多样的诠释，没有终极的解答，任何解释都不是最后的、绝对权威、毋庸置疑的，它静静地伫立在原地，等待着下一个发现者对自己的挖掘与诠释。他们相互找寻，年复一年地相互对话，不断有新鲜的陌生的对话者加入，而景物本身也在不断地变化、修饰着自己的形象，于是就有了说不尽道不完的景物与人。

名胜古迹就是活在人们心底的“城迹”，它是以传达城市文化、城市性格为核心的景观，文化与历史依附于具体的物体形态，变成了可游览、可欣赏、可感知的对象。景物，就是一座城市的文化坐标、历史古迹。

第四篇

散文家个体探微

天马行空般的自由境界

——中国现代文学史上的怪才张爱玲

从80年代中期至今（2004年），当代文坛对张爱玲的炒作一直没有降温，她的作品的各种版本已经目不暇接，最近又开始“炒”她的传记。对这样一位红得发紫的40年代的女作家，其作品为什么会有如此旺盛的生命力，作者的魅力何在？这真是值得认真思索的问题。笔者仅就其散文创作，谈一点管窥之见，以求教于大方。

张爱玲是中国文坛40年代十足的怪才、奇才。这与她的祖母（李鸿章的女儿）、祖父（张佩伦）的官宦家庭有直接的关系。大官僚的家庭使她从小就受到了良好的传统文化的教育。她对中国古诗有着浓厚的情感，她说有些诗，简直就是为她写的。她特别能在古诗里找到精神的依托和慰藉。她认为旧诗是十分深广的，而相比之下“词的世界就仿佛较小，较窒息”。[①]她中学上了教会学校，英文的课本比中文的还多，所以她的英语水平相当高，在二十几岁时，就经常发表英文文章了。现在出版的她的散文全集，有几篇就是后人从英文翻译过来的。比如《鸦片战争》《婆媳之间》等。她对于众多外国文学作品的了解亦属必然。

除了中西文化的熏染之外，家庭还给她带来了性格方面的影响。一方面是“为”所“欲为”，作为大家庭的“大”小姐所受到的“礼遇”，读者可以想见。但另一方面，她父母感情的纠葛，也让她受尽了“折磨”。母亲对她的“冷漠”、父亲因后母的挑唆而对她的凶狠，使得她的性格里也积累了“心狠手辣”，“她从来不悲天悯人，不同情谁，慈悲布施她全无……她非常自私，临事心狠手辣”。[②]当她看到父亲凶狠地打她弟弟的时候，她在流泪的同

① 《张看》下册，经济日报出版社2002年版，第402页。以下引文均出自这个版本。
② 上册，第139页。

时，想到的只是“我要报仇”。

遗传的基因以及家庭的环境，培育了她近似恣意妄为的性格，这对于文学创作这种创造性的脑力劳动来说，是再适合不过了。因此在她的小说或是散文里，她拥有一种难得的天马行空般的自由的创作境界。就她的这种敢作敢为的天性，连出道较早的冰心，也无法媲美。张爱玲是五四以来的女作家中创作思路最为活跃、创作思想最为放松的一位。冰心早期的散文，虽然也能呼风唤雨、气势磅礴，但是在大胆暴露“自我”上，还没有像张爱玲这样“自如”“坦然”，冰心是到了1979年以后《我的故乡》开始才真正达到了无拘无束、随心所欲的创作状态的。仅就大胆表露个性这一点来说，张爱玲是中国现代女作家里的第一人。这也正是她被当代众多读者喜爱的重要原因。

一、无所不在的“怪异”

她这种“为”所“欲为”的性格特点，反映到她的作品里，酿造了她无所不在的“怪异”。仅就张爱玲的散文而言，内容与形式都是“怪异”的，所以语言经常是语出惊人。比如在《中国人的宗教》里，她就有这样一段“怪论”：

> 虽说“天无绝人之路”，真的沦为乞丐的时候，是很少翻身的机会的。在绝境中的中国人，可有一点什么来支持他们呢？宗教除了告诉他们这是前世作孽的报应，此外任何安慰也不给么？
>
> 乞丐不是人，因为在孔教里，人生的范围很有限。人的资格最重要的一个条件是人与人的关系；就连这些关系也被限制到五伦之内。太穷的人无法奉行孔教，因为它先假定了一个人总得有点钱或田地，可以养家活口，适应社会的要求。乞丐不能有家庭或是任何人与人的关系，除掉乞伶于人的这一种，而这又是有损于个人道德的；于是乞

丐被逐出宗教的保护之外。[1]

这段话，很能见出作者的思想深度。她敏锐地发现在中国仅有的所谓孔教里，也是嫌贫爱富的（她自己没有阶级意识，也不愿牵扯进去），乞丐其实连信教的权利都没有。她在这篇文章里，对中国社会的意识形态的特点分析得入木三分。对所谓“孔教”也是一种无声的批判。她还把中国知识分子同普通百姓对宗教的看法加以对比，糅进中国民间的传说等，使得她对中国人心理特点的剖析，比任何人都透彻、精辟。比如：“表面上中国人是没有宗教可言的。中国知识阶级这许多年来一直是无神论者。一切对于人生的笼统观察都指向虚无。”[2]她的这种“发现”，具有深刻的哲学意义。她还明确指出了中国人的人生哲学：

> 一切思想如悬崖勒马地绝对停止，有如中国画上部严厉的空白，没有它图画便失去了均衡。不论在艺术里还是人生里，最难得的就是知道什么时候应当歇手。中国人最引以自傲的就是这种约束的美。[3]

由此可以看出，她把中国人的人生哲学演绎得“透明透亮”的清澈，其实这也正是中国人与西方人人生态度的根本差异。总之，《中国人的宗教》一文，集中显示出作者对社会问题的深入思考，特别显示出作者思想的深邃。这是最能体现张爱玲思想深度的一篇代表作。

她的散文里但凡出彩的地方，一定都具有怪异的特点。她在《中国的日夜》一文里描写在菜市场上见到的一幕：“不过街上一般人穿的蓝布衫大都经过补缀，深深浅浅，都像雨洗出来的，青翠

① 上册，第95页。
② 上册，第82页。
③ 上册，第82—83页。

醒目。我们中国本来是补丁的国家，连天都是女娲补过的。”[①]由前一句一般人的服饰的特点，联系到人类初始的神话传说，她思维的跳跃性、开放性是一般作者所不能匹敌的。她的思维的活跃，给她的文章自然地增添了一种无与伦比的“大气”。她的大气，同时也诱发了她的深刻。

她文章里的“怪异”多出在比喻上，她的比喻几乎没有同别人相像的，一律都是她的创新。在她的文章里，比喻就是充分发挥她创造力的地方。比如：

> 从咖啡店走出来，已经是黑夜，天上有冬天的小小的娥眉月的许多星星，地上，身上，像是没有穿衣服似的，漫了水似的，透明透亮的寒冷。[②]

她在这里运用了移觉的修辞手法。寒冷只是一种触觉，但是她用“透明透亮”的视觉效果来形容，由触觉转移至视觉了。“漫了水似的”虽然不是移觉，却是极其特殊的形象的描写。

她特别擅长运用移觉。在上海时，她家的隔壁有一家西餐馆，她这样描写面包的香味：“每天黎明制面包，拉起嗅觉的警报，一股喷香的浩然之气破空而来，有长风万里之势，而又是最软性的闹钟，无如闹得不是时候，白吵醒了人，像恼人春色一样使人没奈何。”[③]面包的香味，有如“浩然之气破空而来，有长风万里之势”已经是一种少有的夸张，暂且不论，“是最软性的闹钟”，由嗅觉转移到听觉；“无如闹得不是时候，白吵醒了人，像恼人春色一样使人没奈何”。这成为比喻中的比喻。作者感受之细腻、表达之尽意、到位，令人叹为观止。

她在香港读大学时，经常接到她姑姑的来信，信是用办公用纸

---

① 上册，第108页。
② 上册，第159页。
③ 上册，第117页。

写的，她说："读起来淅沥煞辣作脆响。信里有一种无聊的情趣，总像是春夏的晴天。"[①]那种纸，可能会发出声音来，但是她的描述是极其夸张、形象，无形中给读者增加了"音响效果"。"无聊的情趣"本来是一种感觉，她却用另一种感觉"春夏的晴天"来比喻，把一种不太容易言表的感觉，用一种司空见惯的时节的特点来表示，使之具体化了。又比如"童年的一天一天，温暖而迟慢，正像老棉鞋里面，粉红绒里子上晒着的阳光"。[②]作者形容童年时光的美好而且缓慢，居然联想到晒在老棉鞋上的阳光。"老棉鞋"寓意童年时光的遥远，"粉红色"寓意童年时光的美好。在作者笔下，把"童年时光"这样一个抽象的概念，完全形象化了。这个比喻既大胆又新奇，蕴涵着细腻与活泼。一般人很难想象，童年的时光怎么会与阳光联系在一起。但在张爱玲这儿，就表现得如此和谐、自然。

对于普通事物她想象奇特、大胆，对于比较丑陋的东西，她同样也能从艺术的视角去审视。比如她在市场上看见两个小孩胸前的油渍，她不觉其"丑"，反而说"像关公颔下盛胡须的锦囊"。"又有个抱在手里的小孩，穿着桃红假哔叽的棉袍，那珍贵的颜色在一冬日积月累的黑腻污秽里真是双手捧出来的，看了叫人心痛，穿脏了也还是污泥里的莲花。"[③]其实在变"丑"为美的同时，也透露出一种淡淡的揶揄与讽刺。她还描写了一个乞丐，跪倒在地上，"歪垂着一颗头，动作是黑色的淤流，像一朵黑菊花徐徐地开了"。[④]在她的散文里没有阶级性的体现，对于弱小、贫苦，没有太多的廉价同情，更多地表现出的是一种冷峻。

上述张爱玲在散文创作中所表现出的这种"怪异"，其实也并不偶然。因为她的人生追求，就是要"猎奇"。她曾经这样说：

---

① 上册，第176页。
② 上册，第58页。
③ 上册，第108页。
④ 上册，第109页。

一个人假使没有什么特长，最好是做得特别，可以引人注意。我认为与其做一个平庸的人过一辈子清闲生活，终其身，默默无闻，不如做一个特别的人做点特别的事，大家都晓得有这么一个人，不管他人是好是坏，但名气总归有了。①

她的一生以及她的文学创作所走过的道路都是对她这种人生追求的最好诠释。因为这种人生追求，生活上如衣着服饰，她永远别出心裁，与众不同；在创作上，她拥有无与伦比的大胆想象。因为她创作思想的无拘无束，所以她的艺术境界无比宽广。她真正是“语不惊人死不休”。她的文章在“怪异”的同时，还有比较深厚的文化底蕴。所以她的文章有深度、有内涵，耐人寻味。

二、痛快淋漓的文艺批评

无拘无束的创作状态，既给她带来了无限的创新能力，同时也给她带来了批评的勇气。对一切她看出“破绽”的事物，她都毫不留情地敢于批判。这一点很像老生代散文家里的施蛰存，极富反叛性。比如张爱玲喜欢谈吃，而且真谈得让人垂涎欲滴。但是她看不上周作人的谈吃：

周作人写散文喜欢谈吃，为自己辩护说“饮食男女，人之大欲存焉”，但是男女之事到处都是一样，没什么可说的，而各地的吃食不同。这话也有理，不过他写来写去都是他故乡绍兴的几样最节俭清淡的菜，除了当地出笋，似乎也没什么特色。炒冷饭的次数多了，未免使人感到厌倦。②

---

① 上册，第66页。
② 上册，第111页。

先不论她的评价有无道理，仅就她的这种思维方式就够大胆的。她自己要谈吃，先把别人（而且不是一般人）的谈吃否定一番，然后抛出自己的货色来。这样“先树敌”的做法多少是带有风险的。但是以张爱玲的性格，她就是要先声夺人，就是要达到这种一鸣惊人的效果。她就有这样蔑视权贵的气魄，虽然周作人也并非完全她所描述的那样，也并非“权贵”。

她对一切事物的感受都颇为深刻、具体。其他作家可能也会有同样的写作的甘苦，但是他们可能没有想到要表现出来，或者害怕表现出来，被人看作是“无能”。但是张爱玲，不怕。她的文字，即她的所思所想，二者之间是不打折扣的。她似乎从来不用去斟酌哪些是可以写的，哪些是不可以写的。凡是她想到的都是可以写的。所以她的有些评述文章是最好的文艺批评。她从来都是泾渭分明，绝没有模棱两可：

> 我不能因为顾明道已经死了的缘故原谅他的小说，也不能因为纪弦从前作过好诗的缘故原谅他后来的有些诗。[①]

> 陈云裳在《桃李争春》里演那英勇的妻，太孩子气了些。白光为对白所限，似乎是一个稀有的朴讷的荡妇，只会执着酒杯：“你喝呀！你喝呀！”没有第二句话，单靠一双美丽的眼睛来弥补这缺憾，就连这位“眼科专家”也有点吃力的样子。[②]

她对电影《秋歌》的评论也是颇为尖锐的：

---

① 下册，第240页。

② 下册，第235页。

片子主要的喜剧场面（一件皮草披肩的小风波），是从好莱坞的Daytime Wife一片借来的。其他的笑料，还是惧内的丈夫那个老套；另外就是来个搔首弄姿的半老徐娘，仿效 Carmen Miranda 那样浓妆艳抹。可是这种角色在中国不对头，没有说服力。①

《谈看书》讲到了社会小说的问题，有一些作者自己的独到见解：

社会小说这名称，似乎是二〇年代才有，是从《儒林外史》到《官场现形记》一脉相传下来的，内容上看去都是纪实，结构本来也就松散，散漫到一个地步，连主题上的统一性也不要了，也是一种自然的趋势。②

她对于社会小说的评价，有一定的学术价值。褒贬参半，是比较严肃的文学评论。

张爱玲的评论文章是现当代所少有的最痛快淋漓的文艺批评了！这是作者无所顾忌的创作思维的具体体现。作家笔下如有半点“私心”，那么他笔下的内容都多少会有所保留，但是在张爱玲这儿，她个人的观点是赤裸裸的。这就是她的可贵所在。

三、“透明透亮”的写作观

她的坦率、真诚，不光表现在文艺评论中，而且还表现在她对创作本身的认识上。在中国现代作家里，她是一个创作目的非常明确的作家。她既有出色的作品，同时又能清晰地袒露创作过程。她有比较明确的写作观。对于普通人的写作才能她评价颇高：

---

① 下册，第221页。

② 下册，第304页。

一般地说来，活过半辈子的人，大都有一点真切的生活经验，一点独到的见解。他们从来没想到把它写下来，事过境迁，就此湮没了。也许是至理名言，也许仅仅是无足重轻的一句风趣的插诨，然而积少成多，究竟是我们文化遗产的一项损失。①

这段话透露出作者几方面的观点：一是她对真切的生活经验的重视，一是她把风趣的插诨与至理名言看得同等重要。这确实体现了她一贯的写作作风。尤其是第二条，在她的作品里有充分体现。她对于风趣的插诨有一种特别的偏爱。其实，主要原因是她把语言上的机智看得很重要。比如《秘密》就属于这样的文章。

张爱玲是一个自觉注重读者的阅读、关注作品的传播效果的明智作家。她说“要争取众多的读者，就得注意到群众兴趣范围的限制”。②

对于写作活动本身，她有自己独到的看法。她一方面认为写作并非难事“不见得写文章就比说话难”。另一方面对写作的甘苦又有深切的体验：“写小说，是为自己制造愁烦。——人生恐怕就是这样的吧？生命即是麻烦，怕麻烦，不如死了好。麻烦刚刚完了，人也完了。”③笔者认为，这两者并不矛盾。因为她自己的创作活动比较自如，所以在她看来，写作并非“难事”；但是在具体写作过程中，她又有过真切的体验，也有写不下去、费尽周折的时候。但无论是“苦”还是“乐”，都是她自己真实的体验。

她也非常关注中下层阶级。凡有反映这个阶级的作品，都倍加赞扬：

普通人不比历史人物有左一本书右一本书，从不同

---

① 下册，第354页。
② 下册，第356页。
③ 下册，第357页。

的角度写他们，因而有立体的真实性。尤其中下层阶级以下，不论过去现在，都是大家知道得最少的，最容易概念化。即使出身同一阶级，熟悉情形的，等到写起来也可能在怀旧的雾中迷失。所以奥斯卡·路易斯的几本畅销书更觉可贵。[①]

她对于文学理论的看法颇有见地："在文学的发展过程中作品与理论乃如马之两骖，或前或后，互相推进。理论并非高高坐在上面，手执鞭子的御者。"[②]这种观点，在今天看来，也并没有落伍。形象地比喻，深入浅出。

她不善于写飞扬的人生，而是喜欢写人生安稳的一面。她认为"人生安稳的一面，则有着永恒的意味，虽然这种安稳常是不安全的，而且每隔多少时候就要破坏一次，但仍然是永恒的。它存在于一切时代。它是人的神性，也可以说是妇人性"[③]。事实上，她的创作实际与她的提炼确是完全吻合的。

她还认为："人是为了要求和谐的一面才斗争的。""斗争者失去了人生的和谐，寻求着新的和谐。倘使为斗争而斗争，便缺少回味，写了出来也不能成为好作品。"[④]这话表面看来似乎缺少"凌厉"，但是实际上，何止写作一项，世界上的任何事情不都应该是为了一个"和谐"的目标吗？人与人之间、人与自然之间都如此。她平平淡淡、安安稳稳地道出了一句真理！

张爱玲毫不隐瞒自己的写作观："我不喜欢壮烈。我是喜欢悲壮，更喜欢苍凉。壮烈只有力，没有美，似乎缺少人性。悲壮则如大红大绿的配色，是一种强烈的对照。但它的刺激性还是大于启发性。苍凉之所以有更深长的回味，就因为它像葱绿配桃红，是一

① 下册，第307页。
② 下册，第366页。
③ 下册，第366页。
④ 下册，第366页。

种参差的对照。”“我喜欢参差的对照的写法，因为它是较近事实的。”[①]可以想见，她对于柔和的美的追求以及对事实的重视。

她的作品里虽然没有阶级性，但是她关注的对象不是大人物或是英雄人物，她往往更关注普通人。她自己说：“我的作品里缺少力，但既然是个写小说的，就只能尽量表现小说里人物的力，不能代替他们创造出力来。而且我相信，他们不过是软弱的凡人，不及英雄的有力，但正是这些凡人比英雄更能代表这时代的总量。”[②]这种对“弱小凡人”的关注本身，既是她对“表现真实”的践履，又是她叛逆性格的自然呈现。

张爱玲的可敬之处，是她的实事求是的态度。她很有自知之明。她擅长的东西，就写；不擅长的东西，决不勉强。她不去追逐所谓“全能”，但是她在单项比赛上，她要争冠军。她自己坦言：“‘时代的纪念碑’那样的作品，我是写不出来的，也不打算尝试，因为现在似乎还没有这样集中的客观题材。我甚至只是写些男女间的小事情，我的作品里没有战争，也没有革命。我以为人在恋爱的时候，是比在战争或革命的时候更素朴，也更放恣的。”[③]她的这种创作态度，即便是在今天仍然有很强的现实意义。她还说：“我还是保持我的作风，只是自己惭愧写得不到家。而我也不过是一个文学的习作者。”[④]这种既保有自己的本色，又很谦虚的态度，与老生代散文家极其相似。

她的审美哲学也颇为警醒。她对于“唯美派”的分析颇为深刻：“我也并不赞成唯美派。但我以为唯美派的缺点不在于它的美，而在于它的美没有底子。溪涧之水的浪花是轻佻的，但倘是海水，则看来虽似一般的微波粼粼，也仍然饱蓄着洪涛大浪的气象的。美的东西不一定伟大，但伟大的东西总是美的。只是我不把虚

---

① 下册，第366—367页。
② 下册，第367页。
③ 下册，第368页。
④ 下册，第368页。

伪与真实写成强烈的对照，却是用参差的对照的手法写出现代人的虚伪之中有真实，浮华之中有素朴，因此容易被人看作我是有所耽溺，流连忘返了。”[①]她对于“美”与“伟大”的关系，概括得十分精辟。而她的虚实结合、华丽与素朴相结合的写法，也许值得我们后来的文学家认真思考并借鉴。

四、白璧微瑕

其实，客观地看待张爱玲的散文创作，有她特殊的地方：思想解放、思路活跃、个性鲜明、语言独特等，但是由于她所处的时代及个人的人生经历，使她的散文素材相对来说窄了一点儿，她创作的技巧尽管大气，但是素材的窄小依然不能弥补她创作视野的缺陷。她在《论写作》里说，她自己是缺乏社会意识的。这不是她的自谦。

她有很好的、新颖别致的表现力，但是她所能表现的对象无非就是她的生活的小圈子，除了她的个人、家庭之外，只有炎樱等一两位好友。她的《姑姑语录》，无非是要表现姑姑的机智语言；她与炎樱的对话，也体现了同样的特点。有时不免有语言游戏之嫌。但是作者写来却有无尽的乐趣。这当然不能怪作者个人，她所处的时代，没有给她更多的施展才华的空间，没有让她参与更多社会活动。她的局限更多的是时代使然。

她很洒脱，写起来无拘无束，可以滔滔汩汩，如泉奔涌。但是写出来的东西，是否都是“有用的”，就有斟酌的余地了。在《谈音乐》里，她毫无顾忌地谈了很多关于“气味”的内容，与文章的核心实际是疏离的。对于这一点，她自己倒有明确的意识：“因为我用的是参差的对照的写法，不喜欢采取善与恶，灵与肉的斩钉截

---

① 下册，第368页。

铁的冲突那种古典的写法，所以我的作品有时候主题欠分明。”[①]

她能把音乐变成一幅幅的图画，但比较散漫，好像收不住闸的自行车，总是往前溜。文笔实在是雅致之极，但是作者到底要表现什么呢？似乎只有字面上的美感而已。

她在《谈看书》里，没有说看书、选书等人们想象中的常规问题，而是谈了书中的内容，而且是去探讨或者说是考证书里内容去了。这些内容多半是已经拍成了的电影。从夏威夷的小矮人到亚洲小黑人，文中引了许多人种方面的书，像讲故事一样，一本书一本书地讲下去。读者没有丝毫的疲倦，而作者当然更是津津有味。这样的文章，确实很有文化韵味，但是却让读者摸不清文章的主题。

她的怪异来自她的“放纵”，而她的不足同样也来自她的“放纵”。她的自由创作的境界，既给她带来了“福祉”，同时也给她带来了局限。她的文学主张鲜明地印证了她对“自由”的器重：“文人讨论今后的写作路径，在我看来是不能想象的自由——仿佛有充分的选择的余地似的。”就是这种自由的创作境界造就了张爱玲。她还颇为形象地描述道：“我认为文人应该是园里的一棵树，天生在那里的，根深蒂固，越往上长，眼界越宽，看得更远，要往别处发展，也未尝不可以。”[②]她的魅力就在这“虚”与“实”的游离之间。

总之，张爱玲的创作思路以及文学成就不是当代人所能轻易学到的，她是特殊年代、特殊家庭造就出来的一个文学怪才。她有艺术上的独特之处，她的自由的创作精神以及灵活的参差的写作手法还有值得借鉴的价值。她对文学的认识、她的写作观、审美品位等方面也有相当的借鉴意义。

① 下册，第369页。
② 下册，第361页。

论萧军散文中的文艺思想和文化人格

萧军作为30年代中期走红的作家，为世人所熟知的主要是他的小说，除了《八月的乡村》之外，还有《第三代》《五月的矿山》《过去的时代》、历史长篇小说《吴越春秋史话》等。大多数研究者也都关注他的小说。比如“在东北作家群中，论影响萧军比端木大；但是论创作成就和艺术才华，应该说，端木比萧军高”。[①]其中创作成就指的就是他的小说。《中国现代小说史》说，萧军的创作“最见艺术功力的是《第三代》，最有社会影响的却是《八月的乡村》了”[②]。其实萧军的创作还有不大为人所熟知的散文作品以及诗歌和剧作。他的散文集有《绿叶底故事》（诗、散文合集，1936年出版）、《十月十五日》（小说、散文集，1937年出版）、《侧面》（报告文学，1938年出版）、《我的童年》（自传，1982年出版）、《从临汾到延安》（散文集，1941年出版；是《侧面》的续集，1983再版）以及逝世以后出版的《人与人间——萧军回忆录》（2006年出版）等。他的杂文没有收入专门的文集，只是散落在延安时期的《解放日报》及东北局时期的《文化报》等报刊上。关于这些散文及杂文作品，目前研究者少有问津。本文主要以萧军的散文、杂文为研究对象，去探讨蕴涵其中的文艺思想和文化人格。

散文作为最善于表现作家个性的文学样式，它更能直接而全面地反映作家的“世系、性格、嗜好、思想、信仰以及生活习惯等等”[③]，“在一切文体之中，散文是最亲切、最平实、最透明的言谈……不像小说可以戴上人物的假面具，事件的隐身衣。散文家理当维持与读者的对话的形态，所以其人品尽在文中，伪装不

---

① 马云：《端木蕻良与中国现代文学》，北京出版社2001年版，第133页。

② 杨义：《中国现代小说史》第二卷，人民文学出版社1998年版，第546页。

③ 郁达夫：《〈中国新文学大系·散文二集〉导言》，《二十世纪中国文学史文论精华·散文卷》，河北教育出版社2000年版，第123页。

得”。[①]换句话说，散文就是作家主体人格精神的艺术呈现。在整个现代散文的艺术长廊里，散文家的文化人格类型呈现出异彩纷呈的态势。周作人的冲淡人格、朱自清的蕴藉人生、林语堂的幽默人生等都在某种程度上体现了“风格”与“人格”的一致性。这恰恰印证了法国作家布封的“风格即人格”的观点。荣格认为“人格的获得意味着整个个体的生命得到最恰当的发展。……他需要整整一生的时间，包括所有社会的、生物的及精神方面的生活。人格是人的特性的最高实现，它是一种勇敢地面对生活的行为；是对形成个体一切因素的完全证实；是对与最自由地实现自觉相联系的一切生存条件的最佳适应”。[②]可见，要想了解萧军的人格特征，必须掌握他全部的人生轨迹。因为散文作品是作家人生经历和情感体验的最佳载体，我们极有必要将关注的重心聚焦在萧军的散文作品上，由他的散文创作，去探询和挖掘他文艺思想和文化人格特征的存在方式。

一、主观战斗精神

作为中国现代文学史上曾经产生过一定影响的作家，萧军与其他同时代的作家甚至与他同时成名的东北作家群的作家相比，他最突出的特点就是一贯的“主观战斗精神”。这种文艺思想产生的根源，与他的人生之旅和他所处的时代当然有必然的联系。重温他的回忆录，读者会发现，他一生都是在不断的抗争中度过的。在他童年的回忆里，已经浸润着这种主观战斗思想的萌芽。他在回忆录里这样写道：“我懂得自己是无亲娘的孩子，就应该显得强梁些，坚硬些，用战斗获得一切，不应该向任何人乞讨怜悯和温情。”[③]这是他幼小心灵的独白。如果说这段话只是他的自勉的话，那么他

---

① 余光中：《散文的知性与感性》，《二十世纪中国文学史文论精华·散文卷》，河北教育出版社2000年版，第378页。

② 荣格：《荣格性格哲学》，九州出版社2003年版，第259页。

③ 萧军：《人与人间——萧军回忆录》，中国文联出版社2006年版，第25页。

在童年回忆里的另外一段自白就更加明确了他的这种战斗精神的存在。他从祖母和祖父的“无情”感觉到了世态的“炎凉”，于是他猛然醒悟了，“有一种‘大蔑视’的思想和感情”充盈到他的头脑中，“一切是‘力量’，一切是‘利用’，一切是‘战斗’这信念，从这时起就渐渐在我那小小的头脑和薄薄的思想土壤中，开始生着它们的根，长着它们的叶！……要报复、要不屈，要以生命做最后的一颗子弹——必须战胜一切啊”！[①]这是他在人生的征途上第一次自觉领悟到“战斗”的必须与可贵。他进入“东北讲武堂”学习军事以后，还逐渐学会了以笔作为战斗的武器。22岁的时候，他在报纸上发表的一篇题为《儒……》的短文，文章大胆揭露了“讲武堂”的士兵拿人头当球踢的灭绝人性的丑恶行径，可以算做他揭露社会黑暗的第一篇檄文。虽然只是一篇短文，但是萧军却是把这“成功”看作与“剑术”和“拳术”同等重要的又一个“武器”。[②]后来他直接参加了东北的抗日活动，《八月的乡村》成为他这种主观战斗精神在文学创作上的第一次集中爆发。

值得关注的是，萧军的这种主观战斗精神，恰恰顺应了当时抗战初期抗击日本入侵者的社会大背景。在民族危亡的紧急关头，社会最需要的当然就是具有战斗精神的文学。萧军在认识鲁迅之后，直接得到了鲁迅的书信鼓励。鲁迅在给萧军、萧红的第一封信中，这样写道：“现在需要的是斗争的文学，如果作者是一个斗争者，那么，无论他写什么，写出来的东西一定是斗争的……”[③]鲁迅的谆谆教诲，给二萧带来了巨大的精神力量：“这一具体而扼要的教导，它开扩了、丰富了我们的创作思想，天地变得广阔了……”[④]在抗战的洪流中，萧军的主观战斗精神的确产生了积极的影响。他勇敢无畏，天不怕，地不怕，表现出不畏艰难险阻的

① 萧军：《人与人间——萧军回忆录》，中国文联出版社2006年版，第99页。
② 萧军：《人与人间——萧军回忆录》，中国文联出版社2006年版，第191页。
③ 萧军：《人与人间——萧军回忆录》，中国文联出版社2006年版，第234页。
④ 萧军：《人与人间——萧军回忆录》，中国文联出版社2006年版，第234页。

勇气，彰显出打不倒的硬汉子精神。这恰恰与鲁迅的硬骨头精神有一脉相通之处。另外，与胡风所倡导的主观战斗精神，不仅同名，而且在同声相应、同气相求的意义上，可以说，就是胡风主观战斗精神在一个时期内的代表。只是这种战斗精神，在萧军身上和萧军笔下，其最终的发轫点上都难以与鲁迅相同，也难以完全与胡风等同。萧军的人生遭遇虽然没有胡风那样惨烈，但是萧军也没能逃脱任何一次大大小小的政治运动。他一生当中应付最多的是明枪暗箭，而他的一贯态度就是“来者不惧”。所以他时常要写反驳的文章，时时要给自己打气、鼓劲儿。所以读萧军的回忆录，读者会时时体会到作者在字里行间涌动着的一股股战斗的激情。即便是表现自己的迫切心情，也显示着浓郁的战斗气息。他接到鲁迅约见他们夫妇的书信，急切地等待着那一时刻的到来，他“感到时间过得太慢了，几乎是难于忍耐了，很想用鞭子把地球抽打两下，使它跑得更快一些”。[①]延安时期，他不光是宣传鲁迅的战斗精神，而且更是身体力行。顺利的时候，他“要替小小者申冤”；他受到攻击和批判的时候，他依然鼓励自己“要斗争”。靠着这种战斗精神，他在延安及东北局时期写了不少杂文。因为对于鲁迅精神的宣传、阐释和研究，是解放区文化、文艺政策的一个重要组成部分；另外，他也因被卷入“王实味事件”，必须以杂文为武器，来维护自己的尊严。因此萧军的杂文在解放区的散文文坛占有一定的地位。他曾提出“杂文还废不得说”，在1942年前后掀起了“鲁迅式”杂文的高潮。他认为，杂文“是孙悟空的金箍棒，可大可小，可长可短，可重可轻……而作战的对象也从不选择，只要一属敌人行列——为政治、为文化、为社会……它就可以随时开枪……决不有误军‘机’”。[②]他曾经以自己的女儿住保育院后变得呆滞、瘦小、多病的经历为依据，提醒政治家应该关心那些弱势群体，并由此要求

① 萧军：《人与人间——萧军回忆录》，中国文联出版社2006年版，第247页。
② 江震龙：《解放区散文研究》，上海三联书店2005年版，第73页。

政治家在革命同志之间提倡理解、友爱、真诚、温暖。同时也讽刺、挖苦了某些只顾自己的地位、权威，甚至不择手段"逞英雄"的政治家们。他先后写出了《纪念鲁迅：要用真正的业绩》《论同志之"爱"与"耐"》《作家面前的"坑"》等文章，现在看来他的观点当然有充分的合理性，但是当时却成了被批判的"靶子"。从这些杂文可以看出，他对于延安整风运动颇有自己的独到见解。他发现并且勇敢地指出了其中的弊端，他思想的深刻性在杂文中是显而易见的。1946年，在东北创办《文化报》时，他又发表了多篇纪念、宣传、研究鲁迅的杂文，比如《为纪念而战——为战斗而纪念》《要继承鲁迅底文艺传统》《鲁迅逝世十年祭》《鲁迅与瞿秋白》等。这些文章充分显示出他是"鲁迅的坚定的追随者和真诚的继承者"[①]的特点，同时也展示出他的执着精神、对真理义无反顾的追求精神。比如他的《政、教泛谈》，从秦始皇、蒙古帝国到商鞅、韩非；从马其顿的亚历山大、罗马的恺撒大帝、拿破仑以及希特勒和墨索里尼，从古到今，由中到外，思路可谓纵横捭阖。通过他的"全方位的考察"，他最终得出这样的结论：中外反动统治者"他们崇权、持威、极刑、苛法……而结果是越要统一，越分裂，越想长久，越半途夭折"。[②]从他文章所关注的中心来看，他思想不仅是渐趋成熟，而且还渐趋透辟。后来萧军在应对刘芝明、宋之的等人的批判时，也写出了一系列杂文，笔锋犀利，痛斥有利，颇有鲁迅杂文的遗风。不同时期对萧军袭来的各种政治暗箭没有吓倒他，反而催生出他众多洞彻底里、入木三分的高质量的杂文，这应该说是萧军的意外收获。当然，也是他主观战斗精神的很好体现。

另外值得一提的是，他的这种战斗精神，还有一种韧性的特征，即处处体现出"摧不垮""打不倒"的韧劲。"《文化报》事件"之后，有人说萧军以后不会有创作了，他硬是靠着自己坚韧

---

① 钱理群：《批判萧军——1948年8月》，《文艺争鸣》1997年第1期。

② 江震龙：《解放区散文研究》，上海三联书店2005年版，第105—106页。

的毅力完成了《五月的矿山》等以后的几部长篇。“文革”期间，他被关了8年，他的住所被霸占，但是他说“有窝就下蛋，有水就行船”，特意给自己后海烟袋斜街的居所起名“蜗蜗居”。我们可以毋庸置疑地得出这样的结论，主观战斗精神可谓贯穿了萧军的整个人生历程，文学创作既是他战斗的武器，同时也是他战斗精神的结晶。由此看来，他的创作，无论是小说还是散文，在很大程度上充分体现了“战斗”的目的，尤其是杂文以及展示他心路历程的散文、日记，一方面是直白的，袒露他“自我”的内心世界，另一方面又是深刻的，是他对于社会、人生，对于政治、思想的识见和总结。他说，“虚而能容，静而能明，专而能精”读者不得不钦佩他的哲理的把握；他说“仁者不忧，智者不惑，勇者不惧”。①读者不能不钦羡他的胸襟与胆魄。

二、“侠气”和个人英雄主义

当我们把镜头聚焦在萧军的文化人格类型上的时候，我们不难发现萧军的文化人格是与他的文艺思想紧密联系的“仗剑走天涯”的“侠气”。主观战斗精神的文艺思想，导致他的创作也充满了行侠仗义的气息。萧军完全没有中国传统折中调和的中庸主义思想以及传统文人的儒雅。他的生活信条非常明显地体现出了他的“侠气”的特点：“是朋友就伸出手来，是敌人就拔出你的剑来罢。”他就是这种“二元对立”的思维方式，与五四启蒙思想“力求黑白分明、非此即彼的明确而直接的形态”②不谋而合。他一生当中，因为朋友甚或是不相干的人而惹上麻烦的次数一定多于为他自己。在延安时期，画家张仃的画受到了批评，于是萧军主动站出来去纠正，提出应该多鼓励少打击。与毛泽东一有交谈的机会，他就把了解到的延安党内外作家所遇到的诸如个性被消磨、文章被机械批

---

① 萧军：《人与人间——萧军回忆录》，中国文联出版社2006年版，第436页。
② 倪婷婷：《“五四”作家的文化心理》，南京大学出版社2005年版，第158页。

评、生活琐碎、精神压抑等问题一股脑儿向毛泽东做了汇报。就他当时对党内问题的思考和判断，完全是出于公心，源于他行侠仗义的文化人格。他同情弱小，愿意为软弱的人打抱不平，“付出任何代价无怨无悔”。[①]这在他青少年时期已然如此了。其中“弱势群体”里自然包括女性。“爱异性，这感情在我是发达很早的。”他的“侠气”，不光施与朋友，也还包括所有的弱势群体。侠肝义胆的品格，无疑要映射到他的文学作品里。他的小说常常被认为是“运笔狂野”，人物性格粗鲁、语言鄙俗。[②]而他的散文同样也有因“侠气”而带来的粗鄙。比如他写“抗大”教跳舞的女教师，“她把眼睛白白地向我瞪了一下，鼻子像狗似的皱了一束摺，笑着，便急速地转入了一个屋子”。[③]同样，他写一个执着认真的小孩儿，也是这样的笔调：“他的声音重浊过所有的孩子们，眼睛像一只小公牛似的眼睛，圆突突的瞪着前面。”[④]除此之外，他在散文里还展示了侠骨柔肠的一面。他对于读私塾时的同桌“迎春姑姑”的“暗恋”以及在《初夜》里执行巡逻任务时主动借给吸毒女子手套御寒等，都充分体现了他这种特点。他钟情的，就会为之掏心窝子抑或两肋插刀；他要主动为他们撑起一片天空，他会自觉担负起保护他们的责任。他与萧红结婚之初，在一起度过的“清贫而又甜蜜的岁月”[⑤]、与王德芬相识并苦苦追求、不断给王的父亲写信、一如他初恋的情感波澜等，都写得荡气回肠。比如他回忆上私塾时与他同桌的“迎春姑姑”时，着力描写了她的一双手，突出了这双手在婚前婚后的巨大变化：

更是那双手，当它们常常把着我的手写字时，那是多么丰满而秀美啊！每处骨节的地方全是一个小涡涡，每

① 萧军：《人与人间——萧军回忆录》，中国文联出版社2006年版，第99页。

② 马云：《端木蕻良与中国现代文学》，北京出版社2001年版，第131页。

③ 萧军：《侧面》，香港海燕书店1941年版，第97页。

④ 萧军：《侧面》，香港海燕书店1941年版，第74页。

⑤ 肖凤：《悲情女作家萧红》，文化艺术出版社2004年版，第67页。

只指甲全是用凤仙花渲染得鲜红光亮，腕子上一对刻镂得玲珑可爱的小银镯，只要一动就有轻微的金属的碎声温柔地响着。如今这手不独没了任何装饰，而且变得完全不相识，骨节突出，瘦削而宽大。[①]

这种细节描写，无疑渗透着作者对这位同桌“姑姑”的吝惜之情。其实，萧军以前根本不认识这位“姑姑”，但是他对她的这种吝惜之情，是真挚的，纯真的。他只是从对女性的审视与欣赏的角度去描摹客观对象的，并不一定有常人所惯有的目的。又比如在《水灵山岛》这篇散文里，作者决意要到青岛郊外一个贫困的小岛去亲眼看一看那里普通百姓生活的真实状况，旅途中，作者遇到一位同行的69岁的老人，本来是萍水相逢，但是作者却对这样一位陌生的老人产生了感情，作者写道：“在他笑着的时候，我对他发生了感情，他和善得相同一个爷爷！他的脸上每条纹皱全是单纯而真挚，从他的脸上，我读不到一点人类卑污的痕迹。他这单纯洗涤了我的灵魂。如果不是为了我还不能完全打碎人和人间的桎梏，我会吻着他的每只和善的眼睛和那单纯的手！”[②]作者后来知道这位老人是基督徒，又花了很大的力气去劝说他、开导他，真正造就了“无缘无故”的爱和不带任何功利目的的“侠情”。他这种侠骨柔肠，除了直接引发出细腻的描写之外，也导致他在散文作品里，有时会表露一些真挚的但是毫无意义的情感，容易给人“支离”的感觉。

萧军的人生经历铸就了他耿直、外向、敏感的性格，我行我素，个人主义，毫无悬念地呈现在他的性格密码里。他崇拜的英雄，是献身于高尚的事业，具有强烈的感情、坚定的意志、执着的追求、非凡能力的人，是杀富济贫的草莽英雄。而实际上，在他内心深处，就是以这样的英雄自诩的。个人英雄主义，是他侠气人格

① 萧军：《人与人间——萧军回忆录》，中国文联出版社2006年版，第20页。

② 萧军：《十月十五日》，文化生活出版社1937年版，第44页。

类型的一种具体表现方式。他在生活上一直缺少家庭的温暖，十几岁的时候，当他在祖父母那儿也彻底失望的时候，他突然间明白，温暖不是他应该索取的，而应该是他付出的，他猛然感觉到自己的强大，大过自己的实际年龄，“也大过所有的大人们，以至于祖父母”。[①]他觉得他“似乎是登临在某种高顶上，俯视着，他们如同蚂蚁一般。我诞生了一颗大而狂妄的心，它要涨破我的胸腔……”[②]个人英雄主义过早地在他幼小的心灵里萌生了。他在东北军阀张作相的部队里当骑兵以及在“讲武堂”习武的经历都使他这种英雄主义的意识在不断加强。其实在旧军队、地方武装中混过的作家中，沈从文是经过摔打和死亡经验的，但是这种经验却在沈从文身上凝结为另一番审美体验，即对人和对事、对历史的一种别具一格的审美境地。与萧军同时代的作家中，姚雪垠在初中第一学期未读完，就被土匪队伍抓走，在土匪队伍中生活了大约100天，这一经历成为他日后创作自传性小说《长夜》的基本素材。而姚雪垠的散文创作，如《惠泉饮茶记》，则表现出中国传统文人的儒雅，土匪队伍中的生活与散文创作两者毫不相干。只有萧军是唯一将其戎马生涯的直接体验凝结成“侠”和“匪”的双重习气毫无保留地带到了散文当中来。虽然同是在延安时期挨整，萧军与《野百合花》的作者王实味却并没有多少共同之处，《野百合花》显然没有萧军笔下的那种“煞气”和“戾气”。在萧军眼里，一向是没有什么“神仙皇帝”，也没有什么领袖与伟人的概念，尤其是对于延安时期的领导人，他没有一丝一毫常人的敬畏心理。所以他笔下的领袖人物反倒具有极其客观的笔调。他认为瞿秋白是“有感觉，有认识但无魄力”、陈独秀是“对主观力量估计不够——书生气”、李立三是“对客观力量认识不够——流氓和冒险式”，[③]对高尔基等所谓被推崇的对象，他当然绝不人云亦云，“对于高氏我感到淡

① 萧军：《人与人间——萧军回忆录》，中国文联出版社2006年版，第99页。
② 萧军：《人与人间——萧军回忆录》，中国文联出版社2006年版，第99页。
③ 萧军：《人与人间——萧军回忆录》，中国文联出版社2006年版，第392页。

然，虽然惊异他的工作精神，也受了他的影响。我总感到他谦卑得有点不真实”。[①]他笔下对毛泽东的初次印象，极其自然、真切。他“泰然地笑了，用手指在一个白瓷杯里捡着泡过的茶叶吃”。“为了吃烟过多，他的牙根大部变黑了，脸色黄的，有些浮肿，眉毛是稀薄的，眼睛常常是睡眠不足的样子，下巴上有一个小瘤，生着几根毫毛……从他的脸上看不出棱角，眼睛也没有桀骜的光，他是中国读书人的样子。”[②]他对毛泽东的描写生动而客观，没有领袖的光环。毛泽东演讲反对党八股，吸引了在场的听众，萧军由此感慨道：“他是一个很好的中学教师，有一种能溶解别人感情的能力，这大概就是他特殊的地方。他讲话是通俗的没有学究气，也没有艰涩或深奥的地方……如果说他是领导者，还莫如说是教育者。”[③]他还说：“他是个领导教育的人物，但深刻浸澈力不够，他先做到了宽而不够深。”[④]他完全是把毛泽东当作朋友来看待的，而非领袖。因为没有人格面具的遮蔽，所以萧军对延安时期的领导人大多“把脉”客观，个性鲜明；对于延安的生活，他得出的经验也颇为令人深思，因而他笔下的延安日记，倒是有很高的史料价值。他那种英雄主义的意识，促使他越是在困境当中，越是勇往直前。初到延安受到小挫之后，他是这样给自己鼓劲儿的：“我要作一次堂·吉珂德吧，我要替一些小小者申冤，只有我能担当这任务。有伟大的行为，才能有伟大的作品，有伟大的精神，才能有伟大的成就。要决然地担当起人类保护者监督者的担子，我能！”[⑤]为了要践履他的“人类保护者”的责任，他不光是在王实味处于危难的情况下，挺身而出，从一个毫不相干的角色变成了王实味的“同党”；而且他还提出了党内存在的很多不足，认为：“农民

---

① 萧军：《人与人间——萧军回忆录》，中国文联出版社2006年版，第392页。
② 萧军：《人与人间——萧军回忆录》，中国文联出版社2006年版，第347页。
③ 萧军：《人与人间——萧军回忆录》，中国文联出版社2006年版，第362页。
④ 萧军：《人与人间——萧军回忆录》，中国文联出版社2006年版，第377页。
⑤ 萧军：《人与人间——萧军回忆录》，中国文联出版社2006年版，第343页。

性、封建性、游击性还残存得厉害！”所以“我要尽自己力量，从各方面，切实地、沉默地（切忌显露居功）帮助他们罢，因为他们还没有承认别人‘伟大’的气魄”！[①]“别人”自然就是他自己。从历史的角度回顾萧军的所思所想，“有一定正确的成分”应该是不容置疑的，但是在他思想深处，的确是以“救世主”的姿态来与当时的延安领导人对话的，他在与毛泽东的一次谈话里，还主动谈了自己的“新英雄主义，三不政策”[②]。应该说，他的个人英雄主义，是他在中国历次的政治运动中容易成为众矢之的的重要原因之一。萧军这种“侠义”的个人英雄主义的人格，导致他在散文创作的语言上基本就是单刀直入，直白是极其普遍的。这给他的散文增加了真实感，没有什么“叙事者”的存在，不张扬、更不粉饰；然而与此同时，也削弱了他散文语言的艺术性尤其是儒雅的韵味。

三、萧军与萧红

在文化素养的储备上，萧军与五四时期的主流作家不在同一层次上，萧军本质上是游民，与同时登上文坛的东北作家群的其他作家相比，他压根儿没有骆宾基、端木蕻良、舒群等作家身上因文化素养而带来的儒雅，乃至与他第一任妻子也是文学伙伴的萧红相比，他们夫妻在艺术风格上，乃至文化人格上不仅不能互补，简直就是朱紫不同炉，南辕北辙。他与萧红的结合，不能否认也有“侠骨柔肠”的成分。当他了解到萧红的悲惨处境之后，同情自不必说，继而看到她写的魏碑体的“双钩”艺术字、画得具有专业水准的美术图案以及忧郁、凄凉的诗句，萧红的这些艺术天赋，刹那间集中展露在萧军面前，令他惊羡不已，于是原本“落难”的萧红在他面前一下子幻化成了“一颗晶明的、美丽的、可爱的、闪光的灵魂”[③]，进而，他“向自己宣了誓：我必须不惜一切牺牲

① 萧军：《人与人间——萧军回忆录》，中国文联出版社2006年版，第400页。
② 萧军：《人与人间——萧军回忆录》，中国文联出版社2006年版，第346页。
③ 萧军：《人与人间——萧军回忆录》，中国文联出版社2006年版，第213页。

和代价——拯救她！拯救这颗美丽的灵魂！这是我的义务”[①]。由此可见，他与萧红的结合，首先是把对方作为自己的拯救对象去“拯救”的，而不是男女之间平等的“情爱”。当然因“侠”而生“情”而生“爱”，也是顺理成章的事。所以二萧的结合，从一开始就埋下了“不和谐”“不平等”的种子。当然“夫妻之间的悲欢离合，是任何第三者都难于判断，也无权过问的”。[②]但是，事件本身可以折射出萧军的性格特征。

就散文创作而言，萧军一生有两个遗憾，那就是没有写出关于鲁迅和萧红的抒情美文。关于鲁迅，他写过一篇《十月十五日》，收在同名的散文、小说合集里，千把字的散文，其中一部分描写高尔基的雕像给周海婴和许广平带来的疑惑以及鲁迅的欢喜，比较传神。通篇是描写与抒情交替，抒情显得强烈而生硬，文章的情感线索有时时被切断的感觉，没能把作者个人极度的悲痛之情恰到好处地表达出来，完全不能与萧红的《鲁迅先生记》相提并论。萧红以细腻的笔法，详细而鲜活地描绘了鲁迅一家三口的生活起居的习惯以及家庭生活的和谐，包括鲁迅饮食的爱好、对衣着色彩的独到见解、工作的疲惫，甚至还有许广平的操劳和周海婴的顽皮，字里行间流淌着作者对鲁迅的无限崇敬与感激之情，情感浓郁、温婉，韵味无穷，是极其优异的美文。而萧军终其一生，也没有写出一篇具有震撼力量的回忆文字。即便在鲁迅追悼会上的发言，萧军的表述也不是很理想。他把鲁迅的逝世比喻为“一把饥饿的刀！深深地插进了我们的胸槽”[③]，他的文学意象是血淋淋的。其实他一生中只把鲁迅看作是他“平生唯一所崇拜的中国人”，他是“以一种宗教的情绪在膜拜着他”[④]。但是他在谈到鲁迅对他的影响时，却是把自己与鲁迅比作豆汁与石膏，说：“我好比一缸豆汁，鲁迅先生好

① 萧军：《人与人间——萧军回忆录》，中国文联出版社2006年版，第213页。
② 肖凤：《悲情女作家萧红》，文化艺术出版社2004年版，第155页。
③ 萧军：《人与人间——萧军回忆录》，中国文联出版社2006年版，第500页。
④ 萧军：《人与人间——萧军回忆录》，中国文联出版社2006年版，第432页。

比石膏或卤水，经过了他的指点，我才成了形，结了晶……混水和浊水分开……”[①]这样的比喻，通俗自不必说，但粗陋之“嫌”是十分明显的，与“无限崇敬”之情应该说相去甚远。他就不能像萧红那样用清新隽永的笔调写出集思想家、和蔼宽厚的长者、好丈夫以及好父亲等多重身份于一身的特别富于人情味的鲁迅。从他谈及鲁迅的文字里，并未凸显出他与鲁迅关系的不同凡响，这与他在内心深处对鲁迅充满感激的事实，是不相称的。追根寻源，依然是“侠气”的人格特征起了决定性的作用。我们当然不是强求他一定具有女性作家的笔触和情调，但是他同样可以以他自己的亲身经历和感受，去描写他心目中的、他崇拜的“鲁迅先生”。在二萧初到上海之际，鲁迅经常给他们写信，几十字的短信，却凝聚着鲁迅对于文学青年的无微不至的体贴与关怀，不仅通知他们见面的酒店，而且详细地写出到达那里的具体路线；鲁迅不光在文学创作上给予他们巨大的支持，而且在经济上也给予了非同一般的无私的帮助。他完全有充足的素材，去组织成翔实、细腻的抒情美文，但是很可惜，他没能写出这样的文字。同样，关于萧红，骆宾基的《萧红小传》是中国现代文学中的一部名著，其文学价值应该与萧红自己的《呼兰河传》《生死场》相等值。而作为与萧红耳鬓厮磨度过艰难岁月、奋斗岁月的文学伴侣，萧军笔下却没有留下多少比较集中而且生动传神的文字。这儿当然不是评人，而是衡文，衡缺失之文。作家写什么，不写什么，评论家和文学史家当然不便信口雌黄，但从中可以窥视到作家创作的“敏感圈”在何处、有多大的缺失，可以窥见作家文化人格的某些隐秘和不隐秘的阈限。显而易见，写什么和不写什么，终究要折射出作家之所爱和之所不屑，大凡有难言之隐处，就回避了。

当我们透视了萧军的文化人格类型之后，我们会不由自主地想到荣格的一句话：“人格，作为我们整个生命的完全实现，是一个

---

① 萧军：《人与人间——萧军回忆录》，中国文联出版社2006年版，第346页。

实现不了的理想……理想仅仅是征途上的目标，而不是征途上的终点。”[①]作为现代文学长廊里林林总总的作家之一的萧军，我们当然不能苛求他挥写违背事物发展规律的奇迹。他的人生经历以及他所处的时代，造就了他的人格特征，而他的人格特征也孕育了他的作品，他只要属于“这一个”，恐怕就够了。

总体来看，萧军是一个纯粹“生活型”的作家，他曾经把文学比作“伟大的慈爱无边的母亲”[②]。他没有太深厚的文学修养，更没有太丰盈的文化储备，仅凭他对文学的满腔热爱，凭着他对生活的点滴感悟，凭着他对是非的判断标准去写作，尤其是凭着他的良心去写作。他随时随地都在“研究”身边的人与事，随时随地想着把他眼中的世界用文学的形式表现出来。就普遍意义的艺术性而言，他文学作品的艺术水准不算高，但他是以他的客观、真实的视角去认真表现的，是用心写作的。主观战斗精神伴随了他一生。他独特的人格类型不但孕育了一系列长篇小说，还有数量可观的散文作品（包括杂文）。他的杂文笔锋犀利迫人，抒情散文富于战斗的激情；他蔑视权贵，客观而真实地表现了延安时期重要人物的丰富人性，同时也直接地显示了他个人的伟力与坚韧的意志力。当然他散文作品中诸如情感表达单一、缺少儒雅的气韵等不足也是十分明显的。尤其是他在“文革”之后的十年时间里，在创作的题材及艺术造诣方面没有太大的突破，无论小说还是散文，在内容上都显得单薄而凌乱，因而没能在社会上产生广泛的影响。这无疑使他局限在了三四十年代。但无论怎样，萧军的这种人格类型，在现代作家的行列里自然是鹤立鸡群，就像是一片翠生生的竹林中，突然冒出来的一棵仙人掌，以它的独特占尽了风流。

---

① 荣格：《荣格性格哲学》，九州出版社2003年版，第260页。

② 萧军：《人与人间——萧军回忆录》，中国文联出版社2006年版，第433页。

蒙娜丽莎的微笑

——杨绛散文的智性思维

杨绛在现当代众多女性散文作家中，以个性鲜明、外柔内刚、不事张扬、充满智性而受到学界的关注。读杨绛的散文，人们会更多地体会到“才子”的韵味。

杨绛的父亲是一个正直、倔强的律师。曾留学日本、美国。晚年曾作过上海《申报》的“主笔”。他喜欢收藏古玩，喜读杜甫的诗；对植物学、音韵学都有兴趣。他思想开明、民主。对妻子也情谊深厚。杨绛说，“父母好像老朋友”，“他们俩同年”，“无话不谈”[①]。杨绛的姐妹都顺理成章地获得了读书的权利。生活中杨绛受父亲的影响最深。甚至她曾经想学习法律，好给父亲做助手。她桀骜不驯、超尘出俗、幽默诙谐的性格特点，与这样一个宽松、自由、平等的家庭环境，有必然的联系。她的这种性格特点，当然也会不自觉地反映在她的散文作品中。

她的家庭状况以及在“文革”以前的生活，与冰心的十分相似：生活比较安逸、舒适，在国内读到大学，而后随丈夫出国，而且丈夫也都是大学问家。只不过杨绛在“文革”中经历了磨难；而冰心没有受到太大的冲击。因而，杨绛的散文更多地显示出她对于社会问题尤其是“文革”的思考与批判以及她思考过程中自然流露出的女性的睿智；而在冰心的散文里，则经常闪现着“爱”的光芒。

杨绛的散文，并不属于让读者“一见钟情”的那一类。要读懂它，须像饮茶一样细细品味，其悠远的韵味方能渐渐呈现。杨绛的散文，处处宣示着作者鲜明的个性：冷静、客观；不事雕琢，几乎没有过多、过细的描写；而且极其平易，很少有直接抒情。她散文

① 杨绛：《回忆我的父亲》，《杨绛散文》，浙江文艺出版社1998年版，第85页。

中的惊人之语，常常自然流露于不温不火的叙述之中。斗室破陋，不蔽风雨，但是“我等着它白天晒进阳光，夜晚透漏星月的光辉，有什么不好吗”？[①]与日月同辉、以星月为伴，何等心胸与气魄！她并不是以华丽的辞藻或是柔婉的情思来吸引读者。但是她的散文，总有一种让读者荡气回肠的因子，那就是平易之中所蕴涵的智慧。

从总体看，她的平易与冰心的华美有异曲同工之妙。她的文字，虽表面平易，但绝不是柔婉，文字深层更多地透露出她的刚毅。她的真挚，可与季羡林先生的散文媲美，但是真挚之外，她特别惹人去感叹她的机敏。她总有让读者感到意外的东西，不管是回忆性的文字，还是关注社会问题的文字。这使她的散文常显露出戏剧性效果甚至是幽默的效果。关键是，无论产生了多么动人的艺术效果，她永远是一副冷静的面孔，不露声色，就像蒙娜丽莎的微笑，永远耐人寻味；也像相声中的“抖包袱”，是在“不经意”中巧妙完成的。

散文作为一种“侧重于表现内心感情与思想体验的文学样式”[②]，散文家更多注意情感的抒发和理性的思考。“情感的抒发”往往是比较直接的，“思想的体验”又常常是理性化的。但是杨绛的散文却是一反常态。她“情感的抒发”往往是含而不露、含蓄蕴藉；“思想的体验”又常常附带形象的比喻或超常的联想与想象，又是形象化的。因而她的散文，无论是什么题材，都是“笑不露齿，怒不出声”。为了形象地表现她对社会问题的思索，她很会营造一个奇异的想象的空间，去表情达意；想象中一定带有浓重的文化韵味。她真正可以在想象的空间里自由驰骋。读杨绛的散文，人们首先领略到的是她那充满创新意味的思维方式。这种创新的思维方式，笔者把它叫做智性思维，主要指思维内容的奇异、精确、

① 杨绛：《流浪儿》，《杨绛散文》，浙江文艺出版社1998年版，第4页。
② 林非：《林非论散文》，江西高校出版社2000年版，第28页。

机智以及幽默、含蓄的表达效果。智性思维集中体现了作者的思维深度。

关于“文革”题材的散文，杨绛写得并不算多，主要集中在《丙午丁未年纪事》和《干校六记》两个“长篇”当中。在这些文字里，作者的诉说超乎寻常的平淡，她与有些作家的“声泪俱下”侧重“控诉”完全不同。她一方面用画龙点睛的语言，活画出“文革”中的“英雄”的丑陋，同时又真实地记录了她在这场浩劫中的抗争；另一方面，也是重要的方面，就是她对于这场浩劫的深入思考。因为她的语言永远是不温不火，而且一切都尊重史实，客观、冷静，甚至相当从容，以至于给有些读者的最初印象是，她似乎写着“别一个”杨绛和默存。这使许多读者产生一个错觉，以为她是站在什么“文化的角度”来写“文革”，其实，大不然矣！她的笔尖常常带者讽刺、蔑视与愤怒。只不过，她的愤怒是无声的。

在《丙午丁未年纪事》里，她曾经还想搞明白“揪出来”的“算什么东西”；她和默存被分配去扫院子和扫女厕之后，他们还像小学生完成家庭作业一样，认真制作自己的“身份牌”。她把指挥“红卫兵”的所谓“头儿”，戏称为“极左大娘”，后面还特别加上注解：“一个老革命职工的夫人”。别人含着眼泪企求红卫兵不要给剃光头，她却“不愿长他人志气”，“由她剃光了半个头”。还解嘲说是小时候“羡慕”弟弟剃光头的结果。她用极其平静的语调，表明了她对于这场黑白颠倒、是非混淆的“劫难”的郑重思考：“我们这群‘牛鬼蛇神’是最驯良、最和顺的罪犯，不论谁的命令都一一奉行。因为一经‘揪出’，就不在人民群众之中，而在人民群众之外，如果抗不受命，就是公然与人民为敌，‘自绝于人民’。‘牛鬼蛇神’互相勖勉、互相安慰的‘官话’是‘相信党，相信人民’，虽然在那个时候，不知有谁能看清党在哪里，人民又是谁。”这既是实情，又是鞭辟入里的批判。那个年代以及她的经历，也逼着她去审视“好人”这个概念。“好人多吗？多的是什么样的好人呢？”

看过《干校六记》的读者都会记得《“小趋”记情》，杨绛把一只小狗写得有情有义，有声有色。这应该是作者在干校生活中唯一能给她带来快乐的动物，可惜不是人。因而她也少不了思考人与狗的区别：“是狗有人性呢？还是人有狗样儿？或者小娃娃不论是人是狗，都有相似处？”她这种出人意料的联想，一定会让人在发笑的同时，品出一种苦涩。就像《凿井记劳》里为了庆贺挖井成功，终于心想事成，买回一瓶烧酒，但是却没有下酒菜，只好以泥块糖下酒。这在“干校之乐”的表面，让人更多的体会到“乐”中之“苦”。同样的思路，在《学圃记闲》里她还说：“我们老夫妇就经常可在菜园相会，远胜于旧小说、戏剧里后花园私相约会的情人了。”其中的讽刺意味必须是读懂了她的全部散文作品的人，方能领略的。她还说，他们在菜园自己用树枝做的厕所“门帘”居然被人偷走，所以她和阿香只好“互充门帘”。这几乎是“黑色幽默”，更是无声的控诉。她更坦诚地说，她住在老乡家时，只有“帐子里狭小的一席地”，致使她常记起一个老人走向坟墓的一幅画，“自己仿佛也是如此”。这才是她在干校生活中的真实体验。绝不是什么文化的角度，而是极大的讽刺与蔑视。这就是她面对不公、面对过去了的劫难的彻底的否定态度，也正是她鄙视丑恶的具体方式。她对干校的思考，更可谓透彻：“我们奉为老师的贫下中农，对于干校学员却很见外。”“我们”种的菜、种的树苗通通被“他们”偷走，“我们不是他们的‘我们’，却是‘穿得破，吃得好，一人一块大手表’的‘他们’”。[①]杨绛尖锐地指出，被那个时代奉为“楷模”的农民，却具有如此“美德”，而且颇具讽刺意义的是那些农民居然与“我们”为敌，这不能不让人去思考干校的价值何在。杨绛的见解常常是一针见血。

杨绛在散文中对于“文革”的思考，没有停留在一般的控诉的层次。她一方面身处其中，谈自己的真实体验，另一方面又站出

---

① 杨绛：《杨绛散文》，浙江文艺出版社1998年版，第35页。

来，掷出“投枪”，直指这场浩劫的错误根源。尽管这些“投枪”经常是“软刀子”。她的思考远远胜出80年代初期的其他“伤痕文学”。刘锡庆先生把散文分成了五个层面，即“实生活层面、情感层面、性灵层面、心灵层面、生命体验层面”[①]，“伤痕文学”时期的散文，多为“情感层面”的散文，而杨绛的散文已经脱颖而出，上升到“心灵层面”了。她是以小映大，以个人折射社会了。

《孟婆茶》[②]，是被一些年轻人抱怨“看不懂”的散文佳篇。它与《隐身衣》一起分别是《将饮茶》一书的代序与代后记。“孟婆茶”取自佛教“轮回说”中的一个传说。相传在阴间要转世的人，都要经过一个孟婆亭，到此，便会口渴难忍，而孟婆就准备了迷魂汤。人喝过之后，就把前世之事彻底忘掉了。杨绛以超乎寻常的想象，借助这个传说，通过“小我”来映衬“大我”，使散文的含义既隐蔽又深刻。作者谦称是“胡思乱想、代序”，实际上它首先是一篇作者精心铸造的精致散文，只是它还有资格同时兼任“序”的职责。《孟婆茶》里明显表示了作者的无奈：她在“教师、作家、翻译者”那儿，都没有找到自己的位子。而在《记钱钟书与〈围城〉》提到杨绛编写的话剧曾经上演；在《丙午丁未年纪事》提到她翻译《堂·吉诃德》。到了孟婆店，有人说不想喝茶，马上有一个声音“反正也由不得你”！文中的许多话语，暗含的锋芒十分尖锐。进了“孟婆店”，“上去就不再下楼了——只上，不下”。其中的深意，不能不让人联想到我国的干部管理体制。“往前看”固然应该，但是要让人把心里的“冤屈”都说出来，不要让人“频频回头，频频拭泪”。心灵的创伤毕竟不能靠简单的“忘却”来医治。“现代化”与“民主”应该密不可分。作者真正要告诉读者的是，忘却并不能解决根本问题；要解决根本问题，应该是根除一切不合理的制度。这对“文革”是最为深刻的反

---

① 刘锡庆：《散文新思维》，河北教育出版社1998年版，第14页。
② 杨绛：《杨绛散文》，浙江文艺出版社1998年版，第226页。

思，同时也流露出作者对拨乱反正之初的国家前途的忧虑。全文借助传说写“梦境”，手法的巧妙自不必说；文中的深意表现得自然、圆润，这是这篇散文的灵魂所在。更是她智性思维的集中体现。

“文革”改变了很多人的命运，当然也能改变很多人的性格。杨绛经历了这场浩劫之后，使她对人生的看法，更加现实，也更加超脱了。也许她在“文革”以前也不爱显山露水，但是“文革”之后，可能使她更加看透了人世间追逐名利的丑恶，因而更促使她选择了“隐身衣”——冷静、客观、与世无争的处事态度。在人生态度上，她与钱钟书真是天生的一对。

《隐身衣》[①]，作者标明是“废话”，这当然是反语。而且“废话”意即“说了也没用”。这一层内涵倒正能映衬杨绛的真实思路。像《孟婆茶》一样，《隐身衣》也是经过作者精心制作的一篇寓意深刻的散文。她在文章里真诚袒露了她的人生态度。“消失于众人之中，如水珠包孕于海水之内，如细小的野花隐藏在草丛里，不求‘勿忘我’，不求‘赛牡丹’，安闲舒适，得其所哉。”她的散文看似波澜不惊，实则大巧若拙，不动声色中蕴藏着生命的真谛——保存生命才能获得一切的深意。她甘居卑微，同时又不自暴自弃，“是什么料，充什么用”实际是杨绛经历了“文革”劫难之后的一种人生总结，是她的人生追求。她沿用英美人的说法，把社会比喻为“蛇井”。她看清楚了在这样相互倾轧的“蛇井”里，不公与不平已经都是自然的，那么卑微与高贵也是“上帝的安排”，没必要削尖了脑袋往“高贵”里钻，强扭的瓜不甜。“猴子爬得越高，尾部又秃又红的丑相就愈加显露；自己不知道身上只穿着‘皇帝的新衣’，却忙不迭地挣脱‘隐身衣’，出乖露丑。”她的蔑视的态度和形象的讽刺，虽然不像鲁迅的“横眉冷对”，但是其批判的力度、客观的效果，却也不亚于“横眉冷对”。而且她是

---

① 杨绛：《杨绛散文》，浙江文艺出版社1998年版，第231页。

不动声色地掷出“匕首”和“投枪”。她永远是在“不经意”中表明自己的爱憎。“唯有身处卑微的人，最有机缘看到世态人情的真相”。“世态人情，比明月清风更饶有滋味；可作书读，可当戏看。”不急不火，但又是何等的讥讽啊！她对社会、对人生的看法，已经上升到了“完全超脱”的高度，这对于许多已经被名利困扰而不能自拔的人，是不小的警示。“隐身衣”，与“人生态度”，这本来是风马牛不相及的事物，但是在杨绛笔下，它们被巧妙的褡裢在一起，既深刻，又新鲜，是创新思维孕育的又一朵“奇”葩。“有独至的个性、人格，自会有独至的风格。”①

相似的同样给人新奇感受的同类题材还有《软红尘里·楔子》②。作者凭借丰富、奇异的想象，构筑了一个天上人间，女娲与太白星在天宫里“参政议政”。他们的对话明显是以神话寓现实，对当今社会的丑恶，是深刻的讽刺与尖锐的批判。女娲的烦恼是：“这群小人儿！聪明精巧有余，却不懂得寻求大的智慧。”“古往今来，只见你挤我，我害你。个人之间，是人与人的互相倾轧；集体与集体之间，是结了帮、合了伙的互相倾轧。大家永远停留在彼此排挤、互相伤害的阶段上，能有什么成就可说呢？”散文自始至终都萦绕着天宫的“仙气”，但是两位天宫的主人自始至终议论的都是社会现实。这篇散文的社会性和艺术感染力在作者独具匠心的运筹中，得到了最大限度的呈现。

杨绛的智性思维，在《流浪儿》③里也有具体体现。“我”一会儿“凝敛成一颗石子，潜伏涧底”，一会儿“放逸得像倾泻的流泉”，一会儿“又来个‘书遁’”，表现出飘逸洒脱、无拘无束的性格。这种表现方式是以“石子”“流泉”的视角去观察、去感受客观外物。既是写“石子”“流泉”，又是在写“我”。作者思维之活跃，令年轻作家也啧啧称羡。

---

① 刘锡庆：《散文新思维》，河北教育出版社1998年版，第8页。

② 杨绛：《杨绛散文》，浙江文艺出版社1998年版，第314页。

③ 杨绛：《杨绛散文》，浙江文艺出版社1998年版，第3页。

这种表现手法在冰心晚年的《谈生命》里又见到了。她们的思路是相近的。只不过，杨绛是以“我”来作本体，而冰心是以“生命”作本体。这是一种独特的叙述方式。需要作者有极其丰富的想象能力，富有超乎寻常的智性思维。既要按照喻体的特性去描述，同时还要关照作者的写作意图。

杨绛的智性思维不仅表现在散文的思想内容上，还表现在具体的语言形式上。她散文中的语言组合，也常常出人意料，总让人回味良久，并且让读者从内心佩服作者思维的卓越。

“不会说话的人往往会听说话，正好比多少诗人文人所鄙薄的批评家——自己不能创作，或者创作失败，便摇身一变而为批评大师，恰像倒运的窃贼，改行做了捕快。”[①]这句话里，前一句“会听说话”好比“批评大师”，是一般的思维所能达到的；而“恰像倒运的窃贼，改行做了捕快”就远远超越一般人的思维定势了。而且后一句比前一句更精彩，更深刻。又比如“责怪人家说话不真实，等于责怪一篇小说不是构自事实，一幅图画不如照相准确。说话之用譬如衣服，一方面遮掩身体，一方面衬托显露身上某几部分”。[②]第一句话告诉读者，“责怪人说话不真实”的荒诞。后一句话是谈“说话”的两方面作用：遮掩与显露。把说话的作用与衣服的作用联系到一起，这也是出人意料的，而且还带有强烈的讽刺意味。

又比如“平时总觉得污泥很脏，痰涕屎尿什么都有；可是把脚踩进污泥，和它亲近了，也就只觉得滑腻而不嫌其脏。好比亲人得了传染病，就连传染病也不复嫌恶，一并可亲”。[③]由不嫌弃污泥脏，而联想到不嫌恶亲人的传染病，这个联想又是独此一家。话语中带着夸张，暗含讽刺。讽刺的意味在后面的语言里得到了充分的印证。“我暗暗取笑自己：这可算是改变了立场或立足点吧！”

---

① 杨绛：《听话的艺术》，《杨绛散文》，浙江文艺出版社1998年版，第16页。

② 杨绛：《听话的艺术》，《杨绛散文》，浙江文艺出版社1998年版，第18页。

③ 杨绛：《干校六记》，《杨绛散文》，浙江文艺出版社1998年版，第32页。

她的思维视角是独特的，所以惊人之语常常自然流露于笔端。“我觉得读书好比串门儿——‘隐身’的串门儿。要参谒钦佩的老师或拜谒有名的学者，不必事前打招呼求见，也不怕搅扰主人。翻开书面就闯进大门，翻过几页就升堂入室；而且可以经常去，时刻去……”[①]读到这样的新鲜、独到的语言，我们不得不为作者的奇思妙想叫好。

杨绛散文中的奇异想象，使她的散文增加了无穷的韵味。不论作者的思考有多么深刻，也不论作者的讽刺有多么尖锐，文章自始至终都给人一种艺术的享受。同时也导致了她的散文无论是爱与憎，都保有一种含而不露的艺术效果。

读杨绛的散文，人们会深深地体会到她语言的平易与平易中所暗含的精练与到位，仔细分析她的语言成分，又确实没有任何特殊的词汇或修辞，但是语言的情感效果、戏剧效果、幽默效果尽收眼底。她的语言，是不加修饰的修饰，没有描写的描写。

在《回忆我的父亲》[②]中，说到她父亲在北洋公学上学时一件“陪人受过”的事情，语言极其平缓，完全是叙述。“闹风潮不过是为了伙食，我父亲并没有参加，可是他看到那伙人都缩着脑袋，就冒火了，挺身而出说：‘还有我’好得很，他就陪着那个广东同学一起开除，风潮就此平息。那是一八九七年的事”这段语言简洁练达，没有什么修饰，但是感情色彩浓郁，而且颇有戏剧性，有很强的感染力。这种效果主要是她语言本身的表现力和感染力。“他看到那伙人都缩着脑袋，就冒火了，挺身而出”语言凝练、形象；“好得很，他就陪着那个广东同学一起开除，风潮就此平息”，马上点出引言“还有我”的客观效果。“那是一八九七年的事”颇像小说里的补叙。杨绛不善于修饰，或者说不屑于修饰，但是普普通通的词语，经过她的神奇组合，就能营造出惟妙惟肖、趣味横生的

① 杨绛：《读书苦乐》，《杨绛散文》，浙江文艺出版社1998年版，第311页。
② 杨绛：《回忆我的父亲》，《杨绛散文》，浙江文艺出版社1998年版，第87页。

艺术效果。她真正是“点石成金”的高手。

又比如《客气的日本人》[①]的结尾，很有戏剧性。抗战后期，杨绛还赶上了一次与日本鬼子周旋的经历。所幸日本人要找的并不是她，审了她一番，就把她放了，没受丝毫的皮肉之苦。朋友谈起这件事，都觉稀罕。李健吾就受尽了折磨。杨绛说：“大概我碰到的是个很客气的日本人，他叫荻原大旭。”“李先生瞪着眼睛说：‘荻原大旭？他！客气！灌我水的，就是他！’”这前后的一扬一抑，形成了鲜明的对比，产生了强烈的戏剧性效果。这种戏剧性效果完全是作者用纯朴的语言演绎出来的，没有特殊的词汇。

还比如《林奶奶》[②]中的一段：“我曾问起她家的情况。林奶奶叙事全按古希腊悲剧的‘从半中间起’；用的代名词很省，一个‘他’字，同时代替男女老少不知多少人。我越听越糊涂，事情越问越复杂，只好‘不求甚解’。”这句话里一个“全按古希腊悲剧的‘从半中间起’”，一个“用的代名词很省”，不仅仅是产生了戏剧性的效果，而且还略带幽默。精妙无比！

杨绛的散文，如果有描写，也常常是白描，与鲁迅的风格相似。比如《老王》[③]中对病入膏肓的老王的描写：“他面色死灰，两只眼上都结着一层翳，分不清哪一只眼瞎，哪一只眼不瞎。……他简直像棺材里倒出来的，就像我想象里的僵尸，骷髅上绷着一层枯黄的干皮，打上一棍就会散成一堆白骨。”她抓住描写对象的本质特征，用很少的笔墨，就能勾勒出人物的灵魂了。

《林奶奶》[④]结尾的语言，也趣味横生。林奶奶火化以后，她娘家人坚持办丧事得摆酒，所以热热闹闹请了二十桌。散席以后，她儿子回家睡觉，忽然发现锅里盘着两条蛇。“锅里蟠两条蛇，也

---

① 杨绛：《客气的日本人》，《杨绛散文》，浙江文艺出版社1998年版，第275页。
② 杨绛：《林奶奶》，《杨绛散文》，浙江文艺出版社1998年版，第243页。
③ 杨绛：《老王》，《杨绛散文》，浙江文艺出版社1998年版，第239页。
④ 杨绛：《林奶奶》，《杨绛散文》，浙江文艺出版社1998年版，第249页。

不知谁恶作剧；不过，倒真有点像林奶奶干的。”最后一句话，不管作者想要达到什么目的，都是出人预料的。其实作者无非是要夸张林奶奶这个人物的特性——死也不饶人。普通的词汇，在杨绛的笔端就“显灵”了。

杨绛的散文，言语不多，但句句意味深长。不紧不慢中，还时时透露出哲理。“凭你多热闹的地方，窗对着窗。各自人家，彼此不相干。只要挂上一个窗帘，只要拉过那薄薄一层，便把别人家隔离在千里之外了。”[①]“赤裸裸的窗口不引人注意，而一角掀动的窗帘，惹人窥探猜测，生出无限兴趣。”“所以赤裸裸的真实总需要些掩饰。”“距离增添了神秘。看不见边际，变为没边没际的遥远与辽阔。……隔着窗帘，惝恍迷离，可以产生无限美妙的想象。”这些语言都让人回味无穷。语言形式的准确与精当，恰是作者思维敏捷与深刻的具体体现。

之所以说杨绛的语言，体现了智性思维，是因为她的语言形式，真正是质朴无华，但同时语言的客观效果又真正是精彩纷呈。同时，“朴实”也增加了她文章的率真与坦诚。她能用朴实的语言，制造出戏剧性效果甚至幽默效果。幽默是一种机智，是一种深入骨髓的思维理念。杨绛的语言永远是平易的，也同时永远是“文质彬彬”，文化韵味浓郁。她的思维内涵总离不开文史典故。她在《回忆我的父亲》的最后写道：“我如今只能替我父亲说：‘我不是堂·吉诃德，我只是你们的爸爸。’”[②]这是杨绛作为老一代作家所特有的文化素养。她是一位面容和善的长者，谈话沉稳、舒缓，但是无论是幸福之情，还是憎恶之心，她都习惯于不露声色。

综上所述，杨绛散文的突出特点是她在散文中透露出的智性思维。她以智慧营造了想象的空间，又在想象的空间里自由翱翔；她以平平常常的词语，铸造了颇具戏剧效果的言语氛围，从而使她的

---

① 杨绛：《窗帘》，《杨绛散文》，浙江文艺出版社1998年版，第8页。
② 杨绛：《回忆我的父亲》，《杨绛散文》，浙江文艺出版社1998年版，第137页。

散文独具智性的魅力。杨绛的散文之所以会具有这种特性，这与女性作家的“不太接受规范，经常不戴‘人格面具’”。[①]有直接的关系；另外，杨绛父亲的影响使得她天生就善于打破规矩，善于创新，走自己的路。

① 刘锡庆：《散文新思维》，河北教育出版社1998年版，第61页。

金克木散文：在中西文化中行

金克木，1912年8月生于江西，祖籍安徽寿县。30年代后到北京求学，1935年曾在北京大学图书馆任职员，他利用一切机会博览群书，勤奋自学，同时掌握了英语、法语、德语、世界语等多种语言，开始翻译和写作。1938年任香港《立报》国际新闻编辑。1941年他经缅甸到印度，在加尔各答的中文报纸《印度日报》任编辑，后到印度佛教圣地鹿野苑钻研佛学，并跟随印度著名学者学习梵文和巴利文，走上梵学研究之路。1946年回国，应聘武汉大学哲学系教授，1948年后任北京大学东语系教授。金克木1980年以前的重要译著、理论著述、诗集共有9本，而1980年之后的散文、随笔、小说、诗歌、译著、理论专著全面开花，是47本（不算重印本）；其中散文、随笔是27本。可以说，70岁以后，是他学术与创作的收获季节。作为文化名人的金克木，在哲学、印度文化等方面都有重要的研究成果，本文只以金克木的散文、随笔作为研究的对象。

金克木的散文（包括随笔），是当代散文中少有的有着“活泼的文调”、能让读者发笑的文章。在文章里，作者经常扮着各种“鬼脸”，戏谑读者，充分展示了他的诙谐与幽默。他的文章恰恰践履了梁实秋的散文观：

> 散文的文调应该是活泼的，而不是堆砌的——应该是像一泓流水那样的活泼流动。要免除堆砌的毛病，相当的自然是必须保持的。[①]

他文章里这种少有的“活泼的文调”，其重要原因是运用

① 梁实秋：《论散文》，《二十世纪中国文学史文论精华·散文卷》，河北教育出版社2000年版，第30页。

反讽的结果。什么是反讽？《辞海》是这样定义的：译自希腊语eironia，原为希腊古典戏剧中的一种角色类型，即“佯作无知者”。作为一种艺术手法，反讽早在柏拉图笔下的苏格拉底身上已有娴熟老到的应用，那是出于论辩的需要，乃至是愚弄论辩对手的一种利器的岁月中沉寂了下来。到了西方现代主义文学兴起以后，才大放异彩。故此，在新批评理论中，反讽是指“语境对一个陈述语的明显的歪曲”，即词语在上下文中发生了意义的改变，即言非所指。反讽是叙事文学经常使用的一种修辞手法。叙述者在叙述的过程中，为读者提供至少两套代码，一套代码是“表面的”“显在的”，在字面上提供了貌似正确的道理，而另一套代码是“内在的”“隐藏的”。通过叙述者在语言上的婉转周旋，利用历史语境的差异或逻辑上的谬误，让读者心领神会“内在的”“隐藏的”代码的“正确”和“表面的”“显在的”那套代码的“错误”，或虽然明白“错误”却依然坚持错误而产生的荒谬感。反讽叙述希望达到的效果，与叙述者字面上的陈述往往是错位的，“言在此而意在彼”是反讽的基本修辞面貌。①反讽是现代主义给小说的审美与叙事带来的一种新的元素。在小说、诗歌、戏剧等文学形式上的反讽的研究比较多见，比如欧·亨利式的结尾，《尤利西斯》利用现代人与古代英雄观之间的反讽对比营造结构等等，而反讽在散文创作方面的运用的研究则是凤毛麟角。在我们民族，有研究者认为早在中国古典小说里就已经有了事实意义上的即艺术实践上的反讽，当然它不是艺术理论和小说叙事学意义上的有意识的反讽。从《金瓶梅》到《儒林外史》，这种事实意义的上反讽，都不是由叙事者讲出来的，而是由文本的内在结构显现出来的，是自我意识出现矛盾的产物，或者可以更明确地说，反讽乃是在小说的叙事结构中出现的自身解构、瓦解的因素。散文中的反讽与小说不同，它是由散文作者——叙事者本人直接表述出来的。散文从写历史、写社会、写

---

① ［英］D.C.米克：《论反讽》，昆仑出版社1992年版，第101页。

风俗到执意品尝人生的况味，在更宽广，更深邃的意义上表现了人性和人的心灵深层。他的反讽，犹如一面多棱镜，不露声色地照出各色人等的行迹。反讽的方向在本质上是批判性的。反讽并不是一种简单的形式构成的方法，更重要的是它浸润了作者的生命体验。由此可见，反讽作为叙事和表现的艺术手段，原是出于把握复杂世界和击垮论辩对手的需要，它是有深刻的时代根源和文学史的传统的。拥有深厚中西学养的金克木，何以在自己的暮年反讽会在他笔下大放光彩，正是源于他对事物和人生的深刻理解，因而其批判的力度就显得格外显著。不过，相对而言显得要“温和”一些，没有“剑拔弩张”的味道。他有时是自嘲，有时是嘲人，都不过分“尖刻”。反讽一方面显示着作者的态度和评价的显在表达，另一方面，在总体语言环境里，作者的意指却是截然相反的态度和评价。比如《老来乐》：

六十整岁望七十岁如攀高山。不料七十岁居然过了。又想八十岁是难于上青天，可望不可即了。岂料八十岁又过了。老汉今年八十二矣。这是照传统算法，务虚不务实。现在不是提倡尊重传统吗？[①]

最后一句话，就是典型的反讽：明知尊重传统的意思，不是指年龄的“务虚不务实”，但是作者偏要“牵强”一回。这就是上面说的“坚持错误而产生的荒谬感”。他的反讽，经常是一石二鸟。不谐调是诱发幽默的种子，反讽不同于一般的讽刺，它往往带着谐谑，叠合着苦涩或亮色的喜剧意味。重要的是它的自嘲与自谑，常常把自己“摆”进去，是“蓦然回首”，“我”也在其中的深刻自嘲即强烈的灵魂自审意识之中。比如他的《末班车》有这样一段：

---

① 金克木：《当代中国散文八大家——华梵灵妙》，海天出版社2000年版，第101页。

> 现在我搭上人生的末班车，回想1933年去沙滩北大法文组当末班车的无票乘客，从此和外文打交道，可说是一辈子吃洋文饭。然而说来很惭愧，对于外国文，我纯粹是一个实用主义者，不用就忘，可以说是一生与外文作游戏。①

这段话中“我纯粹是一个实用主义者，不用就忘，可以说是一生与外文作游戏”是反讽，而且是自嘲。在金克木的散文里，像这类的思路非常多见，比如《告别辞》《自撰火化铭》等，信手拈来，都有巧妙运用反讽的佳句。金克木的散文不单单是站在权威地位俯视卑劣灵魂并对其进行揶揄、鞭笞，也不是那种站起来的灵魂对这没有站起来的灵魂的调侃。正是“我也在其中”的一种心态。面对人生的乖戾与悖论，作家承受着由己及人以及由人及己的心灵震撼，其用生命咀嚼出的这种人生况味，不能说前无古人后无来者，但金克木的睿智和傲骨，则格外地令人瞩目。不过他的睿智和傲骨，出之于他的悲天悯人。他对人对己，对长辈、同辈知己乃至后生小辈，概莫能外。像杨绛、施蛰存、陈白尘等老作家一样，金克木并没有居高临下地裁决生活，而是以一颗悲天悯人的心灵去体察人们生活中的各种滋味。他们不再简单地注重人生的社会意义和是非善恶的简单评判，而是倾其心力于人生况味的执着品尝，倾心展示他们人生行进中的特异感受与生命体验。

常人写回忆性的文章，多是怀人记事，但是在金克木笔下，既能保有对撰写对象的尊敬，同时还能时时戏谑一番。使他的回忆性散文，远远超出了表达思念之情的层面，人物刻画栩栩如生，并且显示出作者超人的想象力。他笔下的“徐祖正教授”，即是如此：

> 徐先生终身未娶。他的妹妹终身未嫁。……两人都是

① 金克木：《当代中国散文八大家——华梵灵妙》，海天出版社2000年版，第106页。

基督徒，很虔诚，在心里。徐先生个子很矮，皮鞋是特制的高底，手里经常拿一根西式手杖。我一望见就恍惚遇上了没胡子的夏目漱石。[1]

这一段不仅仅表现了他对抒写对象的情感，同时还表现了他对抒写对象性格的准确把握，他极其善于打破常规的一本正经的严肃格调，取而代之一种幽默、谐谑甚至玩味的味道，字里行间显示出的是少有的“老顽童”的形象。他的《少年徐迟》《忘了的名人》《三笑记》《遥记莫愁湖》等，都令人忍俊不禁。金克木的文章，无论怀人记事抑或评事论理，都是这样谐趣横生，洒脱自如。他写30年代北大英语系主任温源宁，也是妙笔连连。他说，听温源宁读中国古诗时，“竟仿佛会见了一位宋朝或明朝的词人、文士，那么温文尔雅”。又说，温源宁的英语“也使我闻所未闻。那么自然随便，轻轻的低语，和他的中国话一模一样。法国的蒙田，英国的艾狄生，中国的陶渊明，化为一个人来到我的面前了吗？我如入梦境，竟不知道怎么和这样一个人谈话”[2]。他的想象，简直是出神入化。除了这类“奇思妙想”之外，他随时都要谐谑一下。他还说南星的文章“也有不关文章和翻译的小疵，好像美人脸上有两三个雀斑”。[3]

金克木的散文之所以这样谐趣横生，一方面基于他的智性思维，另一方面也基于他豁达乐观的生活态度。他几次在文章里正面谈到死亡，总是一种从容、坦然的姿态。恰恰是因为作者首先拥有一种达观的现实态度，金克木尊重我们民族先哲孔子的遗教——“未知生，焉知死”，在他看来，死亡虽然是个体生命的终结，但它实在是生命的一部分，只是生命旅途的最后一个驿站而已。这最后一个驿站，也仍然是生命必经的，终究不可逃避，也无心

---

① 金克木：《当代中国散文八大家——华梵灵妙》，海天出版社2000年版，第161页。
② 金克木：《当代中国散文八大家——华梵灵妙》，海天出版社2000年版，第166页。
③ 金克木：《当代中国散文八大家——华梵灵妙》，海天出版社2000年版，第167页。

逃避的一部分，于心不愿不甘，于是，他选择了反讽以及诙谐这样绝妙的形式。因为在这里，他关注的终究是生命之生，是一生的这个过程。《遗憾》一文中，他自谦地说“这一生东打一拳，西踢一脚”，“尽管有遗憾，仍能笑口常开，时刻准备着上八宝山‘火遁’去也”。写此文时，他已经是七八十岁的老人了，行文节奏起伏跌宕，变化万千，读者感受到的却是一个青壮年作家生机盎然、年富力强的那种律动。行文中不断流露出只有阅历超常丰厚、胸襟广阔的老人才能有的睿智和洞察力。金克木极其善于将人物的神韵勾画出来，他不是围绕家常琐事，儿女情长，而是仅用三言两语就抓住人物的性格特征，单刀直入地触及人物的命运，或者人物的政治见解，或者学业上的成就或是日常待人接物中的某一不被人注意的细节，这一难能可贵的高超眼力和艺术上妙到毫巅的分寸感，颇有鲁迅大师之遗风。比如他写《吴公子保初》，作者就抓住了他政治生涯中充满矛盾的特性。概括为“他既维新又革命，还和先维新后保皇的康有为有联系，又与毁了维新篡了清朝的袁世凯有过来往”。这种入木三分、性格灵魂如置眉睫之前的点睛之笔，在金氏文本中在所多有。他思路开阔，行文简洁又跌宕多姿，富于跳跃性，严肃当中总是浸润着诙谐。

“忆往昔，峥嵘岁月稠”，其实对老生代的许多作家来说，并非如此。他们的一生，多半分为三段，少年至青年，或坎坷或平淡，在中国社会历史的大动荡、大悲大喜之中，他们是这一时代历史的小人物，他们的悲喜，也是时代大风浪、大波涛所能折射或与之休戚相关的那一道涟漪；中年经历的“文化大革命”，将他们打入社会最底层，或身陷囹圄，或在“牛棚”和“干校”中渡过艰难岁月，直到晚年，七老八十以后，迎来了我国历史上来之不易的“太平盛世”，社会地位和学术地位的“复位”，他们的学术写作，或所从事的其他的职业（老生代散文作家中有好几位杰出的画家），就他们个人来说，都达到了一个与前半生和前大半辈子不能相提并论，也许还是一生事业的顶峰。如前所述，金克木虽然在前半辈子没有像张中行因为这样或那样的原因被冰封冷藏达二三十载，也没有萧乾和施蛰存那样经历了“戴帽”和“摘帽”的惨淡而荒谬的升沉折腾，金克木和季羡林一样，都是经历过未名湖畔的“牛棚”生涯，不过，他们几位如同两哲西塞罗和罗素，不约而同地在老年关注起老年这个话题。行八旬话老年，他们几位八旬老人话八旬的文章，可以毫不夸张地说，是我国20世纪散文史上闪耀着迫人思想光芒的华章，后人要超越这个话题的深度和广度，几乎是让人会有“崔颢题诗在上头”的感叹的。

像其他老年作家一样，金克木笔端所涉及的“老年”，是“广阔天地，是可以大有作为的”。与一般“夕阳无限好，只是近黄昏”的忧伤、无奈的基调截然相反。他更进一步表明，年老后，可以随便看书，“不必出门而自有天地，真是无限风光在老年”。他几乎就是在唱老年赞歌了。作者还说：“像我这样的人，八十岁够了。老年来得好。”他是在充分地享受老年，老年与厚积薄发的创造，成了同义语。

对于死亡，季羡林认为“万物方生方死”，应该顺其自然，泰然处之。金克木不光是处之泰然，在他笔下，死神并不狰狞可怖，而是与自己一样是一个和善的老头、友人，可以和它开善意的玩笑，玩一些无伤大雅的“噱头”。他说“末班车可以是头班车，离开这个世界，在另一个世界里，我又是初生儿了”。而且他还别出心裁：“生者致悼词，死者岂可无词？何妨‘自我作古’，拟作一篇。”这应该是当代文坛里少有的作“生祭”之用的“告别辞”了。作者还说“但愿有时记起我的人在回忆的春天里发出会心的微笑”。作者另一篇异曲同工的《自撰火化铭》曰：“先生金氏，东西南北之人也。生于清亡次年壬子。卒年未详。曾居教席于小学、中学、大学，皆机缘凑合，填充空缺，如刊物之补白，麻将之‘听用’，不过‘拾遗’‘补阙’‘员外’而已。”言语之间，谐趣横生，作者惊人的旷达与洒脱，直追丧妻之后盆鼓而歌的庄周。金克木的《陈年日记一则》，表面看去，好像是作者信手涂鸦，文中作者还直言“可以笑笑大约七十年前的读书人和读书”。但是认真读过这篇文章之后，相信真正读懂这篇文章的人，谁也不会认为这是作者的“无意为之”。文章除了字面意思之外，作者将讽刺与批判的锋芒直刺封建礼教，所谓“非礼勿视，非礼勿听”，把一些文化人完全给禁锢住了。“非礼”的词汇即便是出现在否定的句子里，也会备受关注。而越是标榜“正人君子”的人，其实“非礼”的事情没有一样不“在行”的。另外，文章不动声色地嘲笑了旧式文人的矛盾：一方面教人如何去读书，但是另一方面又说学这些“不会有多大出息”。而会记账倒比读那些书有用，起码“还可以吃饭”。在金先生笔下，旧有的一套治学方法的堂皇借口体无完肤地被打破了。它们是那么是可笑、可鄙。文本作者皮里阳秋，几乎是一本正经，不动声色的。

金克木的诙谐是发自骨子里的，是他文化人格的一个组成部分。幽默如果仅停留在词语错位、逻辑错位、心理期待错位，而不是在价值错位上进行校正和颠覆，那也同样不是一位高明的幽默大师。学术工作被迫抛置一边，他不是首先想到自己，而是相同处境的同仁，有一次，可以说是一种带有类似恶搞性质的对同仁的关怀。在黑白颠倒的日子里，他居然倚老卖老地引诱一位同事“上当”，去翻译“倚老卖老”一词，一方面消解大家的苦闷，另一方面其实是验证一下朋友是否荒疏了专业。幽默与诙谐已然成了他对待生活、审视生活不可或缺的态度。金克木在表现自己的思想时，时常闪现出唯有大智者才有的智慧。而幽默正是这种大智慧的表现，是大智者的“一种心理状态”，“一种对人生的看法”。[①]

学贯中西、博古通今的金克木，他自谦是在中外之间游走，古今之间穿梭；他不光是精通文史，还由文涉理。一位人文科学学者，就不像一位自然科学家同时还是一位哲人，如20世纪初那一批物理学巨擘那样，在人类思想史上是贡献卓著的。个中原因，可能

① 林语堂：《中国人》，学林出版社2002年版，第77页。

是青少年时代学了文科，成年后再修自然科学，年岁的季节已过，就不那么入门了。不过，金克木即便算不上是“通才”，但是，在人文科学学者的队伍里，他的自然科学知识无疑是十分丰富，起码是兴趣最为浓郁的一个了。金先生认为中国传统思想主要集中于六部经书里，即《周易》《老子》《尚书》《春秋》《毛诗》《论语》。作者从文化学的角度分别对这六部经书不仅有纵向的个案分析，而且有横向的比较。作者把佛法六经与儒道六经做了比较。剖析了二者的差异：

> 佛法的个人性明显，倾向于分散。儒、道这方面则政治性极强，倾向于全体、集中。佛法是从个体到全体，无序。孔、老是从全体到个体，有序。①

文字简洁，而且一针见血。作者这种宏观的审视，是对儒道思想体系的全新关照，其见解之新颖之深刻，对专治儒、道、佛某门学科的专业学者，也是有诸多启发的。他的《用艺术眼光看世界》《食人·王道》《世界思潮》《历史的断层》《门外议儒家》《妄谈孔子》等，不光是对中国传统文化自身的探讨，他还经常站在世界文化的高度，进行中外对比、东西对比，把中国的传统文化放在世界文化的潮流当中去观察。金克木除了对印度文化等社会科学有深厚造诣之外，举凡数学、天文、地理、生物等自然科学领域也涉猎广泛。施蛰存在他的《文学之贫困》里曾经呼吁作家应该有历史、哲学、政治等人文科学的修养，而金克木在他的散文里所反映出的学养已经远远超过了施蛰存提出的高标。金克木的文章，大多属于文化随笔，可以称得上是名副其实的“学者散文”。他在文化随笔里所呈现出的对古今文化、中外学术的融会贯通和游刃有余，颇有钱钟书的遗风，真正是“凌云健笔意纵横”。他的随笔，

---

① 金克木：《当代中国散文八大家——华梵灵妙》，海天出版社2000年版，第343页。

不光穿越文、史、哲，而且是文理兼备，简直就是“百科全书”，一切旧学新知，都能为他所用。更为重要的是，尽管他的文章真正是“上知天文，下知地理”，但是绝没有掉书袋的味道，文中涉及的学术观点，都是经过他自己的消化，从他的思想里自然流淌出来的。最为难能可贵的是作为一个老学者，他不光对旧学谙熟，更能在前卫性质的学科前沿发言。他博闻强记，思想敏锐。他的文章里，很少有大段的引文，他晚年以后没有像样的书柜，有要查询的内容，通常是给好朋友打个电话，只需印证一下自己的记忆而已。他需要的书，大多都储存在他自己的大脑里了。

他的散文，承载了丰富的学养，同时也展示出学者宽广的视野和缜密的思维。他对问题的思考相当深刻，而且思考的结果，常常出人预料。他的《反传统的传统》，发人未发，观点警策，揭示了“反传统”的历史渊源，给读者重新打开了一扇窗子。他说五四的“反传统”，并非始自五四，而是古已有之，带给读者不小的震撼。他的思路经常是先“顾左右而言他”，然后在不经意中，又回到他的主题。《科学·哲学·艺术》一文指出自秦“焚书坑儒”之后，一直延续着“不利于统治机构者禁之”的原则。东汉的“党锢”、宋代的“党禁”、明代的“党争”等，都以政权的强力迫使归于统一。这种原则在明代的“八股文”中达到了极致，当然同样也适用于民间文化和外来文化。可以说，“官办文化从秦到清一直是传统主流”。这也就是为什么从秦代直到清末，再也没有出现过战国时百家争鸣的文化景观的原因所在。作者一针见血地指出“近代欧洲文化思想是从怀疑开始的，是从提问题开始的”，婉转地表达了科学、文化的繁荣对思想的解放、言论自由的高度仰仗。文章立足于中国，又穿越了时空的阻隔，以印度及欧洲的文化史为参照，显示出少有的广博的视界。

金克木通过随笔尽情地挥洒着他学术的存储。谢冕先生说过，金克木的贡献是“把传统的散文小品学术化了”。这话很有道理。他确实是把散文与学术糅合到一起了。其他散文家如孙犁、施蛰存、黄裳等也有这类学术随笔，但都不及金克木的广博和融会贯通。

金克木的随笔突出体现了他在文理之间的融合与沟通。他了解科学哲学，所以形成了他独有的宇宙观。他特别提倡读书人要懂一点天文知识。他说："看天象，知宇宙，有助于开阔心胸。这对于观察历史和人生直到读文学作品，想哲学问题，都有帮助。心中无宇宙，谈人生很难出个人经历的圈子。"他还说："最宏观的宇宙和最微观的粒子电脑、多么相似啊！宇宙的细胞不就是粒子吗？怎么看宇宙和怎么看人生也是互相关联的。"[①]他通常是在这样的思想境界里思考问题的，其思想的博大精深，自然不难理解。20世纪中期，全球化的思潮带给中国学术界不小的焦虑，面对东西文化的激烈交锋，金克木从科学发展史的角度俯瞰整个世界的文化发展进程。他指出："西方（欧）文化里的东方（亚非）成分本来就不少，后来几乎是东方文化向西发展的文化史……西中有东，东中有西，难以隔绝。"[②]他认为从古时代代相传的文化之"统"，是在变化当中传下来的。虽然形式有种种改变，但是思想之"统"没有变。他认为中国传统思想之"根"，就存在于六部经书里；其中《周易》是核心，是思想之体；《老子》是用，两者相辅相成，是中国传统思想核心的两面等。[③]从他的散文里，读者感受到的不仅仅是一个学者、散文家，更是一个思想家。

如果说上述特征是金克木散文内容上的独到之处的话，那么他在形式上的独特表现就是善于运用对话体。从叙事学的角度考察，散文在一般情况下，都是由作者以第一人称的方式直接表述的。中国古代多数怀人叙事、咏物抒情的散文是如此，国外的蒙田随笔、培根杂感等也是如此。但是在哲理散文的鼻祖庄子、柏拉图等人那里，却有一种例外，他们开创了用对话谈论哲学的形式，如柏拉图的《理想国》、狄德罗的《拉摩的侄儿》等等。这种对话体，由作

① 金克木：《当代中国散文八大家——华梵灵妙》，海天出版社2000年版，第185页。
② 金克木：《当代中国散文八大家——华梵灵妙》，海天出版社2000年版，第349页。
③ 金克木：《当代中国散文八大家——华梵灵妙》，海天出版社2000年版，第340页。

者设想出两个人物，就某一话题展开辩论。对话体便于论题的展开和抽丝剥茧般的深入，或环行旋转螺旋般地逐级上升。

在金克木的随笔里，这样的对话形式较多。而且作者在对话形式的设置上，还别出心裁。施蛰存等人也有对话体，一般只是人与人之间的对话，而在金克木笔下，比如《与诗对话：〈咏怀〉》，则出现了一个“人”与“诗”的对话，这是金克木对“对话者”的创新。其中无疑蕴涵着作者超人的想象力。文章展开的形式是对话，实际上却是作者对于这首《咏怀》的新解。如果按照正常的写法，一句原诗，一句解释，就变成了对诗歌的“翻译”了，但是作者采用了这种形式，文章就变得生趣盎然。因为是对话，所以人际交流就大可以随心所欲而妙语连珠了。其内容主要就是对《咏怀》的解释，但是在作者写来，诗歌却活了，解释当然就更灵活了。金克木的《显文化·隐文化》直接采用了“主”“客”的问答形式。文中无论“主”“客”，不光是博古通今，而且是冶自然科学和社会科学为一炉。从《礼记》到“耗散结构”，从太阳黑子到狄尔泰的“精神科学”，从《庄子》到“旧约”，从以《易经》为首的一系列中国古典文化到“隐文化”和“显文化”，最后到“女性文化”应该属于“隐文化”等。作者从整个民族文化传统的角度来审视女性文化，看出了女性文化在中国存在的长期性和复杂性以及在当今流行的必然性，更指出了这种文化现象古今中外存在的一致性和特点的差异性，指出它的存在，没有什么值得大惊小怪的，并非什么新鲜货色。文章气势磅礴，纵横捭阖，对话的形式，使文章广阔的视野得以有序展开。另外，也使严肃的话题，能够在轻松自如的气氛中进行。对话，为语言的灵活以至于诙谐，铺平了道路。前面提到的幽默、谐谑的特点在对话体的文章里，也时有呈现。

总之，金克木的散文既让人忍俊不禁，又让人感叹作者知性思维的灵活。这使他的散文不光生动传神，而且显得颇为智慧。学者的身份与经历，使他的散文创作平添了许多雅致的情趣，同时，也增加了他对事物敏锐的洞察力，因而时时表现出与众不同的思维路向。与其他学者型的散文家一样，金克木的思想相对比较解放，是一种“自治”的人生哲学和“自在”的人格哲学，无所顾忌，我行我素，敢恨，敢爱，敢于批判。金克木的散文还给我们留下一些启示。成功的散文，作者的构思及文调应该是最自由、最“放荡”的。洒脱，才能表现出“真我”，才能展示出作者的真实个性，散文才具有生命力。当然洒脱，不是随便可以模仿的，一定源于作者的学识、修养以及个人的生活阅历。学识、修养越深厚，阅历越丰富，散文就越洒脱。如果没有作者的学识、修养以及社会阅历的基础，洒脱只能是一种虚幻。散文作者除了要有相当的生活积累，一定的思维能力以及个人独到的见解之外，还必须要有自己的个性。小说还有人物、情节等很多因素可以吸引读者，而散文是没有任何水分的“干货”，字里行间必须展露作者的鲜明个性。作者的鲜明个性是吸引读者的唯一砝码。张中行与金克木，都有老学究的气质，但是张中行则更多地表现出士大夫的谨小慎微，而金克木则更多地表现出洒脱与机智。散文家应该追求一种自由的境界，越远离有意识的“修饰”，文章就越会显示出旺盛的生命活力。

论汪曾祺散文中的“淡泊”与“平静”

1987年在汪曾祺的作品研讨会上，北大的青年学者称其为“士大夫文化熏陶出来的最后一位作家”。评论界还有另外一句话，即80年代出现了一位30年代的作家。说此话的人，当时是贬义居多。但是在笔者看来这正道出了汪曾祺的“真性情”。他确实是带有浓郁传统文化特点的作家。他本人也承认他的散文继承了“明清散文和五四散文的传统”。他的散文透露出来的是老到、洒脱。这也正是笔者把他归入当代老生代散文的重要原因。在晚年他曾明确表示：

> 我是主张“回到民族传统的”，但是并不拒绝外来的影响。[①]

这一点与孙犁等老生代散文家是不谋而合。汪曾祺除了作文，还“兼营”书画。其情趣与性灵的表现，都不无自我把玩的味道。他最能体现依傍着文化背景的心灵与人格特征。他对于民间文化的兴趣和爱好，最早来源于他书香门第的家庭。他祖籍江苏高邮，生在一个带有浓厚儒家文化色彩的开明地主之家。祖父教他《论语》书法，祖母教会他对饮食文化的品味和赏鉴。父亲是一位“通才”，琴棋书画无不精通，还善做手工艺品。汪曾祺从小喜欢出入店铺，去观摩各种手工艺的制作。他感悟到“一种辛劳、笃实、轻甜、微苦的生活气息”。这些童年的记忆，都成为他日后散文、小说创作的重要素材。来自家庭生活的影响不光是中国的传统文化本身，最重要的是将东方艺术的精神传递给他了。新中国成立

① 汪曾祺：《认识到的和没有认识到的自己》，《汪曾祺全集·三·散文卷》，北京师范大学出版社1998年版，第303页。

后，他曾在中国民间艺术研究会工作，做过《北京文艺》《说说唱唱》《民间文学》杂志的编辑以及北京京剧团的编剧。多年从事与民间艺术密切相关的工作，更促使他成为当之无愧的民间艺术专家。他自认为“受儒家思想影响比较大”，是在温柔敦厚的诗教里长大的。他非常欣赏孔子的亲亲、仁民、爱物思想，认为“孔子是个很有人情的人”。儒家在人伦道德的践履中，表现出的对世俗生活的执着与肯定，是他形成现世品格的重要精神依托。他接受了儒家的思想，入世但是又不计较功名，所以还有道家的超脱与淡泊。他自称曾经迷过庄子，因此有研究者说他是“内儒外道”。综观汪曾祺的全部散文作品以及他一生所走过的道路，他的人生追求应该是“淡泊”。他对他的老师沈从文的评价，“不去抢行情，争座位”[①]，是他对淡泊的诠释，因此，在他看来，淡泊是一种品德，是一种境界。这同样也适用于他本人。

汪曾祺年轻时也曾热衷过尼采、叔本华、萨特等西方哲学思潮，但他认为那是“赶时髦而已”，他能融奇崛于平淡，纳外来于传统，其主要思想根源还是淡泊。有研究者认为汪曾祺“依恋农业大文化，崇尚和谐、平等，以静为本”[②]。因而他遇到不愉快的事情时，不怨天尤人，也不冷嘲热讽，而是泰然处之。所以他任何时候都是不偏不倚，无所谓好，也无所谓坏，或者直接就是好坏参半。他对自然景物的看法，也都不折不扣地反映了他的这种“中和”思想：

> 翠湖这个名字起得好！湖不大，也不小，正合适，太小了，不够一游；太大了，游起来怪累。[③]

---

① 汪曾祺：《认识到的和没有认识到的自己》，《汪曾祺全集·三·散文卷》，北京师范大学出版社1998年版，第304页。

② 范培松：《京派散文的再度辉煌》，《钟山》1994年第6期。

③ 汪曾祺：《翠湖心影》，《汪曾祺全集·三·散文卷》，北京师范大学出版社1998年版，第362页。

左右兼顾，追求适度。这就是汪曾祺的审美尺度。这种“中和”的美学观，在《胡同文化》里，也有充分体现。胡同联系着北京，北京又联系着北京人。这种连带关系及其具体反映，就是一种文化。胡同的“方正”，给北京人的生活以及思维方式都带来了深刻的影响。作者不光看到了北京城表面格局的“方正”特色，而且透过这种格局看到了北京人的性格本质。

汪曾祺对老北京充满了无限的怀念之情。他笔下的老北京是温馨的、富于人情味的，也是客观的、真实的。他看老北京，是全方位的，是居高临下的俯视。因而是褒贬参半，甚至是既无所谓“褒”，也无所谓“贬”。胡同使“北京人的方位意识极强”，拉洋车的也可以轻而易举地在胡同里向别人提出警示、老两口睡觉时的提醒也清楚明了。另外，胡同里安安静静，北京人很会“处街坊”、讲究礼数，北京的熬白菜举世无双等。作者在叙写这些胡同里的“优良传统”时，自然流露出一种掩饰不住的赞许和欣赏，同时也反映出老北京人的自信与自豪。在这篇文章里，汪曾祺没有一味地去赞美什么，当然也不会一味地否定什么。中庸之道，在这篇文章里最明显。这是他创作中常有的思路。当然任何事物都是利弊相伴，这也是客观事实。所以，当他对老北京的一些风俗表示了欣赏的同时，必然还有下文，即发现北京人的一些“不良习气”：比如只瞧热闹，不管闲事；隐忍第一，安分守己，逆来顺受等。只是，即使是北京人的不足，在作者笔下也仍然是善意的批评，颇有点儿“敝帚自珍”的味道。虽然北京人的生活并不富裕，条件并不优越，但是北京人的这种情趣、趣味，在作者看来，是一种难得的文化氛围。所以看到“北京的胡同在衰败、没落”，作者自然是怅望低回，无限感伤。

汪曾祺不光是对老北京有浓厚的情感，他还对老北京的文化有深刻的理解。对于胡同的得名，他如数家珍，一下子列出六种得名的方式。他敏锐地观察到胡同与四合院的密切关系，他发掘了市民文化与胡同文化的同一性，并且客观地分析了胡同文化的封闭本质。北京人住的是四合院，但是北京人的理想却是“独门独院”，老北京人的这种物质追求本身就体现了强烈的封闭性。又比如北京人爱凑热闹，街坊邻里，婚丧嫁娶，都要随个份子；棋友、酒友、鸟友都愿意一块玩、一块喝、一块溜，但是除此以外，则又都是“井水不犯河水”“自顾自”，这其实还是体现了一种文化的封闭性。“一团和气”只是表面现象，也只能是做在表面，真正遇到了“大事”“要事”，像“闹学生”“女电梯员挨打”一类，还是要么“置身事外”，要么“穷忍着”。文章对于老北京人的封闭本质的分析，可谓入木三分。文章里曾经提到北京人不愿挪窝儿，并不是真愿意住四合院，而是没有条件，实在没有办法，是舍不得那点“破家万贯”。实际那是一种自我封闭，而在大杂院里“各人自扫门前雪”，则是北京人一种“人际之间的封闭”。作者所说的“胡同文化是一种封闭的文化”，实际应该包含这两方面。“忍”是封闭文化的核心，也是基础。只有能“忍”，才有“封闭”，又因为“封闭”，也就只有“忍”。

汪曾祺深得“中庸”要义，孔子的“君子时而中”、朱熹的“随时以处中也”，“盖中无定体，随时而在”。[①]被他很好地活用为“随遇而安”。他认为用“逆来顺受”来解释被错划为右派“太苦涩了”，“随遇而安”，更轻松一些。他说：

> 不“安”，又怎么着呢？既已如此，何不想开些。如北京人所说：“哄自己玩儿”。当然也不是哄自己。生活，是很好玩的。[②]

在这种思想主导下，他晚年回忆昆明的《跑警报》，就出人预料，没有空袭之下的惊慌失措，四处逃窜，而是泰然处之，见机行

---

① 朱熹：《中庸章句》，《四书章句集注》，中华书局1983年版，第19、20页。

② 汪曾祺：《随遇而安》，《汪曾祺全集·五·散文卷》，北京师范大学出版社1998年版，第140页。

事。甚至是借跑警报之机，发生了不少谈恋爱、拾金子、洗头发、煮莲子等浪漫故事。只有汪曾祺才能写出这种“乱中求安”“闹中取静”的文章。因为在汪曾祺这儿，对一切都淡泊。值得注意的是汪曾祺的“随遇而安”并非“消极避世”，更非“无所事事”。他还是主张“努力地工作”的，并非像他自己概括的那样“对民族的亲和力和凝聚力是会产生消极作用”。其实，之所以能够“随遇而安”，关键还是对世间的一切都有一颗平常心。

汪曾祺在散文里所透露出的更是一种平淡中的乐趣、平淡中的怡然自得。他在这种忙世人之所闲——写写字、画画画，做做菜中，得到了闲世人之所忙者。他对饮食文化的钟情，每每为行家们称道。他以相当数量的作品津津有味地描写着各种“吃”，而且对吃的态度，几近于“痴”了：

> 做菜，必须自己买菜。提一菜筐，逛逛菜市，比空着手溜弯儿要“好白相”。到一个新地方，我不爱逛百货商场，却爱逛菜市，菜市更有生活气息一些。买菜的过程，也是构思的过程。①

颇有郑板桥的“自砍柴，捆青松”“闲钱沽酒，醉醺醺山径归来”的意趣。他笔下的各地风味吃食，是色、香、味俱全，让人大开眼界，完全可以与梁实秋的《雅舍谈吃》并驾齐驱。他的《故乡的食物》《食豆饮水斋闲笔》《昆明的吃食》《故乡的野菜》《五味》《食道旧寻》等，涉及饮食文化的文章，仅全集第五集，就有15篇。他与梁实秋一样，不光讲它们的食用方法，而且还讲它们的历史。甚至要考证到《诗经》《齐民要术》以及《农书》等。他是把饮食文化作为一种研究的对象来研究的。更为难能可贵

---

① 汪曾祺：《自得其乐》，《汪曾祺全集·五·散文卷》，北京师范大学出版社1998年版，第283页。

的是他还从平常的吃食中寄寓着人事的兴衰慨叹，“蔬菜的命运，也和世间一切事物一样，有其兴盛和衰微，提起来也可叫人生一点感慨”。[①]这的确是中国传统文化的独特表现方式和精微之处。他之所以会对民间文化、饮食文化如此投入，首先是他从思想上就把饮食文化与其他学术研究放到了同一个天平上。因为在他的思想深处，无所谓“阳春白雪”与“下里巴人”。在读者看来，他好像是甘于平淡，而其实他根本并未觉得平淡。汪曾祺认为：

> 风俗，不论是自然形成的，包含一定的人为的成分（如自上而下的推行），都反映了一个民族对生活的挚爱，对“活着”所感到的欢悦。[②]

汪曾祺从小就生活在风情名物弥漫的民间，后来在北京工作，他还曾编过几种民间文学的刊物。因而，他对各地丰富多彩的民俗活动，对民间故事丰富的想象力和农民朴素的幽默诙谐，颇为着迷，并尽量写进了自己的作品中。如他描写的农民心目中的女神，一个能干善良且俊俏的小媳妇——“水母”。作者着力展现了这位“水母”与其他“女神”的区别。在描摹这种区别的过程中，作者津津有味地描述了诸如女娲圣像、九天玄女的装束和神态等，表明了他对民间文化的深入了解。又如《城隍·土地·灶王爷》，汪曾祺的考证，写得诙谐有趣，引人入胜。以“祭灶”为例，汪曾祺辨别了“祭灶”的起源，一路引经据典，谈古论今，尤其以《东京梦华录》“醉司命”和《梦粱录》《武林旧事》记述用“饧”即关东糖作祭品的事。这些农民编出的一些对诸神不大恭敬的故事，真实反映了老百姓观察世相人情的独特心态。从民族文化心理的深层次

---

① 汪曾祺：《葵·薤》，《汪曾祺全集·三·散文卷》，北京师范大学出版社1998年版，第387页。

② 汪曾祺：《谈谈风俗画》，《汪曾祺全集·五·散文卷》，北京师范大学出版社1998年版，第350页。

来看，存在于广大农村的活着的民间文化，其实是传统文化的渗透、融合和转化的生动形式。《论语》中有这样一段话："祭如在，祭神如神在。子曰：'吾不与祭，如不祭'。"就孔子的立场，鬼神之灵的实际存在与否，根本就不是一个重要的问题，重要的乃是祭礼本身的意义。因此，冯友兰指出："儒家对于祭祀之理论，亦全就主观情感方面立言，祭祀之本意，依儒家之眼光观之，亦只以求情感之慰安。"①

由此可以得出，风俗是民族感情的重要组成部分。民族感情虽然抽象，但它通过风俗形式而得以丰富的再现。汪曾祺认为："风俗是一个民族集体创作的生活抒情诗。"②写风俗，有点怀旧，但那是故国神游，汪曾祺沉湎于民族、民间风俗，其实是他"游心"，或"信游"的一种方式。它给人的是慰藉，是愉悦。有研究者认为他的生活方式散淡，其实，这只说对了一半。

汪曾祺对待生老病死的通脱旷达的态度，也突出地体现出他追求淡泊的精神境界。这种淡泊境界，恰巧与儒家的生死观暗合。在儒家先哲看来，只有懂得生，才能懂得死，才能在死的自觉中感受到存在。孔子拒绝讨论怪力乱神，他说："未知生，焉知死"，"未能事人，焉能事鬼"（《论语·先进》）。又说："朝闻道，夕死可矣"（《论语·里仁》），"无求生以害仁，有杀身以成仁"（《论语·卫灵公》）。这里讲的既是死的自觉，更是生的自觉。正因为生是有价值有意义的，对死亡则可以无所谓甚至不屑一顾。汪曾祺写的《疟疾》《牙疼》等"旧病杂忆"系列散文，都是表明他早年对待疾病的通脱态度。他每年都发一次疟疾，他竟然引杜牧诗云"忍过事则喜"，倡导对疟疾只有忍之一法。对于牙病，他也是抱着这样通脱的态度。他是有意要跟"痛牙""较量"一番。他"有点幸灾乐祸地想：我倒看你疼出一朵什么花来！……腮

① 冯友兰：《三松堂学术文集》，北京大学出版社1984年版，第139页。

② 汪曾祺：《〈大淖记事〉是怎样写出来的》，《汪曾祺全集·三·散文卷》，北京师范大学出版社1998年版，第219页。

帮子肿的老高，还能谈笑风生，语惊一座”。他去看牙医，恰巧不在，乐得“乘兴而去，兴尽而归”，拿着这笔钱上牛肉馆，美美吃它一顿。从他的这些描述看，他的确是一个苦乐随缘、随遇而安的人。

在《祈难老》里，汪曾祺从太原晋祠的“难老泉”说起，认为“难老”之名取得甚好。不说“不老”，而说“难老”。所谓难老，乃是希望老得缓慢一点，从容一点，不是“焉得不速老”的速老，不是“人命危浅，朝不虑夕”那样的衰老。他指出：“老死是自然规律，谁也逃不脱的。唐宪宗时的宰相裴度云：‘鸡猪鱼蒜，逢着则吃；生老病死，时至则行’，这样的态度很可取法。”孟子曰：“尽其心者，知其性也；知其性，则知天矣。”（《孟子·尽心上》）孔子五十而知天命，六十而耳顺，七十从心所欲不逾矩，这说明人之所以能够知得“天命”，乃是对世间人事有了更深的理解。汪曾祺对于人生能看得通脱和深入，正是他知心所性，心境益臻于中正和平使然。他的《七十书怀》《自得其乐》《无事此静坐》，这些文章都流露着汪曾祺随缘自适、乐天知命的晚境心态。

汪曾祺追求的是自然本真，他笔下的世界当然也就是生活的本真。生活里普普通通的食物、植物等，都是他写作特别关注的对象，所以他也都能写得生趣盎然。他在《七十书怀》里说：

> 我写作，强调真实，大都有过亲身感受，我不能靠材料写作。我只能写我熟悉的平平常常的人和事，或者如姜白石所说“世间小儿女”。我只能用平平常常的思想感情去了解他们，用平平常常的方法表现他们。这结果就是淡。

其实，汪曾祺的“淡”实际是一种“和谐”。他曾经告诫青年作家，年轻时的创作，不妨“放荡”，不要过早地归于平淡。可见，平淡是他老年之后的选择，更是一种老到、老成的表现。他自己曾经较详细地论述过“平淡”：

> 平淡好。
>
> 但是平淡不易。
>
> 平淡不是从头平淡，平淡到底。
>
> 苏东坡尝有书与其侄云：“大凡为文，当使气象峥嵘，五彩绚烂。渐老渐熟，乃造平淡。”
>
> 葛立方《韵语阳秋》云：“大抵欲造平淡，当自绚丽中来，然后可造平淡之境。”
>
> 平淡是苦思冥想的结果。①

他曾经说过他非常欣赏“归有光用清淡的文笔写平常的人情”，他所追求的“淡泊”，不是不食人间烟火，恰恰相反，是既有现世品格，又有超脱的情怀。只不过是在现世品格里，他用了一种超脱的眼光去看待一切：以极其宽厚的胸怀拥抱他所生活的土地，以极其淳厚的感情去追求人世间的真善美。即便是对于孔子的看法，无形中也透露出他的“淡泊”心态。他觉得“孔夫子是个很有人情味的人，并且是个诗人”。他认为“儒家是爱人的”，并自诩是“中国式的人道主义者”。汪曾祺说他在西南联大时，就曾从老师沈从文常写的两句诗“绿树连村暗，黄花入麦稀”那里，悟出应该怎样用少量文字描写一种安静而活泼、充满生气的“人境”。可见，他的人生追求与艺术探索，尽在那两句诗中。

汪曾祺作为20世纪一个重要文学流派——“京派”文学的传人，其散文无不折射着中国传统文化的艺术精神和审美特征。他认为：中国的新文学，“只有散文，却是土产，渊源有自，可资

---

① 汪曾祺：《谈散文》，《汪曾祺全集·六·散文卷》，北京师范大学出版社1998年版，第1页。

借鉴汲取的传统很丰厚”。[1]他的散文就是极好地承载了中国文人儒道思想相融相济的精神特点，因而也就成就了他的艺术理想。汪曾祺的语言，属于“平中见奇”一类。拆开来看，语言都很普通，但是凑到一起，就让读者感到贴切、得体，恰到好处，就会让读者感到生趣盎然、活灵活现，像是作者赋予了生命一般。比如“打个酱油”、“约二斤鸡旦”、“随份子”、“处街坊”、“杀一盘”（棋）、“喝两个”（酒二两一杯，叫一个）等等，这些动词的运用，真是“地道”，不能不让人感觉到、体验到这儿就是北京城，没跑儿！汪曾祺自己曾经说过“语言不只是载体，是本体”。[2]他强调的是小说语言与内容是不可剥离的，是连为一体的。其实，何止小说，一切文学样式都是如此。语言是思维的直接现实。任何文学样式的语言和思维都是无法分开的。透过汪曾祺的语言形式，我们可以看出，他追求的是朴素、自然，因为朴素、自然，也就达到了得体、大方的客观效果。正是因为他与他的老师沈从文一样，在思想上都极为关注与重视地方风情，所以他们的语言，自然也就富于地方色彩了。汪曾祺虽然是个衔接现、当代的作家，中国传统文化的光环一直笼罩着他，但是他实际并不保守。他曾多次提及，他要的民族传统是“对外来文化的精华兼收并蓄的民族传统”，“我也曾接受过外国文学影响，包括‘意识流’作品的影响，就是现在的某些作品也有外国文学影响的蛛丝马迹”。[3]这也就是他之所以能够被八九十年代的人喜欢的重要原因。

汪曾祺从儒家精神中汲取的主要是贯注其中的原始人道主义精神，从庄禅意识中寻觅的主要是人格独立和精神自由的思想。汪曾祺受儒道甚至佛学的影响，这是大家取得的共识，但是影响归影

---

① 汪曾祺：《当代散文大系·总序》，《汪曾祺全集·五·散文卷》，北京师范大学出版社1998年版，第457页。

② 汪曾祺：《思想·语言·结构》，《汪曾祺全集·六·散文卷》，北京师范大学出版社1998年版，第74页。

③ 汪曾祺：《回到现实主义，回到民族传统》，《汪曾祺全集·六·散文卷》，北京师范大学出版社1998年版，第289页。

响，最终还要形成他自己的思想，思想是不能复制的。汪曾祺追求的是一种艺术化的人生。他舍弃世间所谓的“目的”“有用”，由“无用”而获得精神的自由解放，从中得到了一种内在的永恒的平静与和谐。

百年散文探索丛书

孙绍振　陈剑晖　主编

第一辑

孙绍振《审美、审丑与审智：百年散文理论探微与经典重读》
陈剑晖《诗性想象：百年散文理论体系与文化话语建构》
王兆胜《新时期散文的发展向度》
谢有顺《散文的常道》

第二辑

林　非《散文的昨天和今天》
范培松《散文脉络的玄机》
吴周文《散文审美与学理性阐释》
郑明娳《现代散文理论垫脚石》

第三辑

张　炜《走得遥远和阔大：张炜谈文论艺》
王充闾《只缘胸次有江湖：王充闾谈散文》
丁晓原《精神的表情：现代散文论》
陈亚丽《文化的截屏：现代散文面面观》